A PRETERIDA

AVA RANI

A PRETERIDA

Tradução
ALEXANDRE BOIDE

parelela

A Editora Paralela é uma divisão da Editora Schwarcz S.A.

Grafia atualizada segundo o Acordo Ortográfico da Língua Portuguesa de 1990, que entrou em vigor no Brasil em 2009.

TÍTULO ORIGINAL The Spare: A Biotech Billionaires Novel

CAPA Joana Figueiredo

ILUSTRAÇÃO DE CAPA Mary Cagnin

PREPARAÇÃO Rosa Casselato

REVISÃO Marise Leal e Adriana Bairrada

Dados Internacionais de Catalogação na Publicação (CIP)
(Câmara Brasileira do Livro, SP, Brasil)

Rani, Ava
A preterida / Ava Rani ; tradução Alexandre Boide. — 1ª ed. — São Paulo : Paralela, 2025. — (Bilionários da Biotech)

Título original : The Spare : A Biotech Billionaires Novel.
ISBN 978-85-8439-471-5

1. Romance norte-americano I. Título. II. Série.

25-259845 CDD-813.5

Índice para catálogo sistemático:
1. Romance : Literatura norte-americana 813.5

Aline Graziele Benitez – Bibliotecária – CRB-1/3129

EDITORA SCHWARCZ S.A.
Rua Bandeira Paulista, 702, cj. 32
04532-002 — São Paulo — SP
Telefone: (11) 3707-3500
editoraparalela.com.br
atendimentoaoleitor@editoraparalela.com.br
facebook.com/editoraparalela
instagram.com/editoraparalela
x.com/editoraparalela

Para todas as garotas que viram o que era esperado
delas pelos outros e disseram "foda-se".

1

SLOAN

Eu precisava parar com essa disputa de pregar peças com Xander. Era divertido na faculdade e na pós-graduação, mas já estava ficando meio infantil.

Tudo bem, ainda era divertido.

Só que tinha começado a sair dos limites. E eu estava meio cansada de perder o tempo todo.

Então simplesmente o tranquei no terraço da SoHo House a noite toda. Era verão, e ele ficou bem. E eu não teria feito isso se ele não tivesse dado um jeito de deixar minha casa toda à prova de crianças. Demorei três dias para entender como abrir os armários da cozinha.

Nós tínhamos três regras: não podia ser nada que machucasse, arruinasse nossa reputação ou tivesse interferência externa. Eu respeitava todas.

A reação dele foi totalmente desproporcional. Ligar para o Comitê de Ex-Alunos da Universidade da Pensilvânia e me oferecer para presidir o evento de gala anual foi cruel e nem um pouco corriqueiro.

Abri um sorriso malicioso quando senti o celular vibrar. Era bom que ele gostasse de andar, porque a equipe que contratei para embrulhar seu carro com metros e metros de papel-filme tinha acabado de chegar na garagem do Ritz, onde seu Aston Martin estava estacionado.

O Evento de Gala Beneficente da Fundação dos Ex-Alunos da Upenn costumava receber convidados notáveis — de grandes empresários a políticos e socialites, a lista não tinha fim. Passando os olhos pela relação desse ano, procurei por um nome em particular, e sorri quando vi que ele compareceria. Um arrepio delicioso percorreu meu corpo ao lembrar daqueles olhos acinzentados e penetrantes.

Entre os graduados da prestigiada universidade havia algumas das pessoas mais poderosas do planeta. O enorme campus foi um dos primeiros lugares que conheci na Filadélfia. Meu avô e todos os Amari depois dele estudaram lá. Depois de formado, ele criou uma das maiores empresas farmacêuticas do mundo. Henry, meu irmão mais velho, estava sendo preparado para assumir a empresa quando chegasse a hora.

Enquanto eu seguia pelos corredores de pedra com as folhas de outono estalando sob os meus pés, minha mente se encheu de lembranças da época da faculdade.

Parei diante do prédio histórico da biblioteca, onde o evento seria realizado, e revisitei a lista obsessivamente organizada de coisas a fazer. Posso ter passado a manhã de sábado supervisionando a montagem, mas, uma vez acabada, teria o dia todo só para mim.

Bom, para mim e para Xander.

"Sloan?", chamou uma voz familiar atrás de mim. Ao imediatamente reconhecê-la, hesitei. Entreguei algumas coisas para o pessoal do buffet e a lista de convidados para a equipe de coordenação do evento. Dei uma espiada por cima do ombro e o encontrei correndo na minha direção.

Não podia ser. O destino não podia ser assim tão cruel. Meu coração disparou quando meus receios se confirmaram.

Ombros largos. Olhos azuis-acinzentados. Cabelos castanho-escuros. Marcus Sutton.

Eu havia prendido meu cabelo preto e comprido num coque. Estava de óculos, em vez de lentes de contato. Não tinha passado nenhuma maquiagem. Não era como eu queria que ele me visse depois de tanto tempo. Queria estar devastadora.

Mas parecia uma bibliotecária.

Claramente terminando uma corrida, Marcus desacelerou o passo sobre o caminho de pedras diante da biblioteca.

"O que você está fazendo aqui tão cedo?" Marcus diminuiu a distância entre nós, recobrando o fôlego entre uma palavra e outra. Seu corpo de uma escultura romana esticava o tecido da camiseta de corrida.

Eu estava prestes a cumprimentá-lo com um abraço quando percebi o suor pela corrida. Ele deu uma risadinha com a minha mudança de ideia desajeitada.

Desistindo de manter a pose, soltei um suspiro resignado e comecei a mexer na pasta de papéis que segurava. "Fui escalada como chefe do comitê desse ano."

"Vixe." Ele fez uma careta fingida e olhou ao redor, provavelmente à procura de seu irmão, que estava quase sempre comigo. "Xander está aqui também?"

"Ainda está cedo." Procurei um lugar para fixar o olhar. "Vou almoçar com ele mais tarde. Quer ir também?"

Porque, ao que parece, tenho um apetite insaciável pela humilhação.

Seu sorriso faz as minhas pernas tremerem. Foi sutil, apenas uma leve curvatura no canto da boca. Ele sempre me olha como se eu o divertisse. "Ah, claro que vocês vão. Queria poder ir, mas tenho que trabalhar. Cheguei de Manhattan tarde da noite ontem."

Assenti e desejei ser capaz de pensar em alguma coisa, qualquer coisa, para falar.

"Vejo você no evento hoje à noite?", ele perguntou.

Confirmei com a cabeça de novo, e ele se foi, me deixando com um sorriso que eu relembraria por horas.

Mas, primeiro, mandei uma mensagem para Xander. Ele teria outros sentimentos relacionados à volta do irmão.

Estávamos no canto de um brunch que frequentamos por anos. Xander e eu tínhamos vindo de Manhattan na noite anterior, preferindo passar o fim de semana na Filadélfia para relembrar os anos de faculdade.

Ele deu um gole no café. Seus olhos verdes estavam distraídos, incapazes de se fixar nos meus. "Você viu Marcus? Onde?", perguntou.

"Na biblioteca." Eu me ajeitei um pouco na cadeira.

"Recebi uma mensagem dele hoje de manhã, antes da sua", Xander disse, afastando o cabelo loiro escuro dos olhos. "Isso significa que ele voltou para ficar?"

"Não perguntei." Principalmente porque todo e qualquer pensamento coerente me abandonou depois *daquele* sorriso. "Ele falou que veio de Manhattan para cá, então quem sabe?"

Ele assentiu, franzindo a sobrancelha em confusão. Morávamos em

Manhattan, todos nós, mas Marcus passou os dois anos anteriores trabalhando em diferentes lugares de mundo.

Xander Sutton e eu nos conhecíamos havia quase quinze anos. Nossos irmãos mais velhos foram colegas de quarto no primeiro ano de faculdade, e desde então os irmãos Sutton são uma constante na minha vida. Xander entrou na Penn dois anos depois de Marcus, e eu, dois anos depois dele, por isso me tornei uma caloura muito popular no campus — conhecer todos os veteranos gatos é uma moeda de troca importante para estudantes universitárias. O fato de Xander ser lindo e a estrela do time de futebol também ajudava. Nossa amizade cresceu e foi se transformando com o passar dos anos, mas era uma das poucas coisas com a qual eu podia sempre contar: seu apoio constante e incondicional. Eu podia confiar nele para tudo.

"Quem sabe?" Seu tom de voz passou do choque para a decepção. O irmão mais velho dele era um exemplo perfeito da expressão viver para trabalhar. E a coisa degringolou de vez alguns anos antes, quando Marcus passou a viajar e colocar a carreira em primeiro lugar.

Ao longo dos dois últimos anos, ficou bem claro que, para Marcus, a empresa era prioridade. Isso magoou Xander mais do que ele estava disposto a admitir.

Alguns minutos carregados de tensão se passaram; enquanto isso, ele girava lentamente a xícara de café como se fosse uma taça de vinho.

"Obrigada por me acompanhar nisto aqui", ele disse por fim, esquecendo que quem havia topado me acompanhar foi ele. Não tinha nada melhor do que a proteção de Xander para escapar das inevitáveis armadilhas desse tipo de evento. "Acho que não ia conseguir arranjar ninguém para vir comigo."

Isso era uma grande mentira. Ele encontraria alguém para acompanhá-lo em dois tempos, mas não conseguia me negar um favor. Os irmãos Sutton eram extremamente atraentes, cada um ao seu modo. Xander, com os olhos verdes deslumbrantes, o corpo bem definido e seu sorriso charmoso, era um sucesso com as mulheres.

Mudamos de assunto e começamos a falar de trabalho, especificamente sobre a minha hesitação em compartilhar com a família minha nova conquista.

Eu era a filha obediente indo-britânica do herdeiro de uma empresa farmacêutica indiana-americana e sua esposa socialite inglesa. As expectativas sobre mim eram ofensivamente baixas. Enquanto Henry, meu irmão mais velho, se tornaria o CEO um dia, a única coisa que esperavam de mim era que eu tivesse bons modos e estivesse sempre bonita. O fato de eu ser a sócia júnior mais jovem da minha empresa de advocacia era visto por eles como um hobby.

Afinal, eu era a preterida. O herdeiro tinha expectativas a cumprir. Eu tinha eventos beneficentes para comparecer.

No entanto, tudo isso mudaria com uma incumbência temporária de seis meses no escritório de Londres da firma para reforçar a equipe de fusões e aquisições.

Era uma tarefa importante, que não costumava ser atribuída a sócios juniores. A Grã-Bretanha era um fator chave em fusões de larga escala porque quase não havia regulamentação de mercado. Qualquer firma de advocacia que quisesse trabalhar com negócios em escala global precisava ter uma equipe forte ali.

Montar um grupo estável e eficiente garantiria dividendos por décadas para a empresa e uma posição de sócia sênior para mim.

"Você ainda não contou pra eles?", Xander perguntou, com um suspiro de decepção.

"Vou contar no Dia de Ação de Graças." Apoiei a cabeça na mão e comecei a empurrar os ovos de um lado para o outro no prato.

"Está nervosa?"

Dei de ombros. Minha mãe não ficaria nada contente; os pais dela moravam em Londres. Dizer que eles não se davam bem seria um grande eufemismo. Havia drama suficiente naquela família para encher um romance de Tolstói. Era raro fazermos uma visita, e ficávamos numa casa que meu pai comprou para evitar ficar muito tempo com eles. Henry e eu nem conhecíamos nossos primos desse lado da família.

Fingíamos ignorar o motivo para o desdém deles, mas era algo que pairava sobre mim como uma nuvem escura. Henry era melhor do que eu para lidar com a situação. Ele tinha uma *aparência* que permitia isso, mas eu era inequivocamente "mestiça".

A última lembrança que tenho dos meus avós foi de vê-los por alguns minutos na casa de Londres. Não voltei mais lá desde então, mas era onde eu pretendia morar enquanto trabalhava no novo projeto.

"Você também podia trabalhar de Londres por alguns meses", sugeri.

Era uma ideia que já tinha me ocorrido algumas vezes. Xander administrava portfólios de investimentos para um dos maiores fundos de cobertura do país, e tinha bem aquele estilo de vida esperado para um executivo lindo de morrer do mercado financeiro. Como Londres era um polo econômico extremamente atrativo, achei que não seria difícil convencê-lo.

"Você precisa aprender a viver sem mim", ele disse dando uma piscadinha.

Xander não estava errado, mas não era essa a minha preocupação. Os dois últimos anos tinham sido difíceis para ele, com Marcus viajando o tempo todo. Marcus era seu único familiar próximo depois que os pais deles morreram, uma década antes. Os irmãos se recuperaram, cada um à sua maneira, mas ainda era uma ferida que a ausência de Marcus poderia ter ajudado a reabrir.

Depois da morte dos pais, Xander passou a evitar qualquer tipo de compromisso, e Marcus qualquer tipo de sentimento. Com o tempo, eles pareceram voltar a uma espécie de normalidade, mas os dois últimos anos abalaram essa estabilidade.

"Além disso", ele continuou, "meu irmão tem um jatinho particular; você não vai se livrar de mim por estar em Londres por uns meses."

"Nem nos meus sonhos."

"Ah." Ele se animou todo. "A equipe que você contratou para embrulhar um carro com papel-filme fez um bom trabalho."

Por que ele ficaria tão contente com a minha vitória? Seu sorriso indicava que eu tinha sido subjugada. "O Aston Martin do Henry", ele completou.

Droga. Esqueci que meu irmão vinha hoje também. Se não tivesse um evento para organizar, estaria lá para supervisionar minha retaliação.

"Xeque-mate, Amari." Ele estava segurando o riso. "Mais sorte na próxima vez, ok?"

"Tudo bem." Eu detestava perder. "Você venceu desta vez."

Ele abriu um sorriso presunçoso. "Você está perdendo o jeito."

2

MARCUS

Eu estava sentado na ilha da cozinha da cobertura na Filadélfia que tinha comprado havia anos, para quase nunca usar. Na prática, só vinha gente quando Henry ou Xander estavam na cidade. Todo mundo morava e trabalhava em Manhattan, então o apartamento não tinha muita utilidade, a não ser como um bom investimento. Só não vendi ainda por isso.

O mármore branco refletia a luz do sol no cômodo. Passei uma hora tentando trabalhar, mas ficava repetindo na mente o encontro com Sloan naquela manhã. Isso porque tinha saído para correr para espairecer a cabeça.

Eu poderia tê-la ignorado; seria fácil já que ela não tinha me visto. Mas, além de ser a melhor amiga de Xander, era a irmã de Henry.

Não foi por nenhuma dessas razões que parei. Foi porque não conseguia resistir à atração magnética que ela exercia sobre mim.

Ela estava elegante como sempre, e sem fazer o menor esforço. Usava um casaquinho de lã azul-marinho bem justo no corpo, os cabelos presos num coque, com algumas mechas rebeldes emoldurando o rosto. A meia-calça preta chamou minha atenção para suas pernas compridas enquanto ela encantadoramente arrumava suas pastas.

A essa altura, eu já estava olhando fazia tempo. Então cedi à tentação e parei. Foi estranhamente prazeroso dizer o nome dela em voz alta.

Nossa interação foi breve, mas suficiente para arruinar o objetivo da corrida.

Tentei me livrar da lembrança. Meu café tinha esfriado e o notebook entrou em modo hibernação de novo. Em vez do trabalho que pretendia fazer, fiquei girando o celular na mão. Tinha mandado uma mensagem para o meu irmão mais cedo, mas ainda não havia recebido resposta.

Depois de pegar mais café e recuperar um pouco o foco, revisei a estratégia da nossa próxima aquisição — a Gant Pharmaceuticals. A ideia era fechar o negócio o quanto antes. Adquirir, desmantelar e seguir em frente.

Mais um e-mail confirmou que a tentativa de aquisição da Ellory Inc. pela minha empresa tinha fracassado. Quem bateu o martelo foi a Amari Global, a companhia da família Amari, como eu tinha planejado.

Minha companhia, a Sutton Industries, tinha nascido basicamente de um golpe de sorte. Uma venda lucrativa me deu a chance de repetir o sucesso que Rishi Amari, o avô de Henry e Sloan, teve décadas antes.

E eu aproveitei.

Essa foi provavelmente a primeira vez que me senti merecedor dos elogios que Rishi vivia despejando sobre mim. Eu sempre soube muito bem que Henry, meu grande amigo e herdeiro de Rishi, nunca teve esse tipo de aprovação. Para completar, ele sofria pelas excessivas críticas do pai e pelas grandes expectativas de ser o herdeiro dos Amari.

Meu sucesso nunca nos distanciou, nem a concorrência que surgiu entre nossas empresas. Nossa amizade sempre foi capaz de superar tudo — tínhamos sorte nesse aspecto —, mas eu estava com a sensação de que isso poderia não continuar por muito mais tempo.

Mais algumas horas se passaram, e nada do meu irmão me responder.

O som da chave virando na fechadura interrompeu meus pensamentos. Abri um sorriso quando vi meu irmão mais novo no hall de entrada.

"Xander." Por algum motivo, vê-lo depois de tanto tempo me faz lembrar de quando éramos crianças. De quando nossos pais estavam vivos, até antes de conhecermos os Amari.

Parecia uma eternidade.

"Eu saí mais cedo do meu almoço para vir aqui brigar com você", ele esbravejou muito sério. Eu o tinha visto brevemente várias vezes nos últimos dois anos, mas não por tempo suficiente para ter um impacto de verdade. "Sloan te encontrou antes de mim? Imagine um mundo em que Sloan Amari está mais bem informada que eu."

"Simples: o mundo onde vivemos." Sentei diante do notebook, mandei um último e-mail e fechei a tampa.

Um formigamento irritante se instalou no meu peito ao som do nome dela. Ignorei o desejo avassalador de perguntar a seu respeito. Já conhecia a notícia, mas não os detalhes. Ela e Julian Waldorf haviam terminado enquanto eu estava fora. Tinham começado a sair juntos mais ou menos na época em que viajei. Isso era tudo que eu sabia sobre a vida pessoal de Sloan.

Xander deu a volta na bancada e se empoleirou na superfície de mármore. Em seguida pegou uma garrafa de água, se sentindo bem à vontade. "Você vai no evento hoje? E voltar para Londres depois?"

"Vou, e eu volto em janeiro."

A expressão de Xander mudou, só um breve momento, mas vi sua decepção. A Sutton Industries tinha algumas filiais em outros países, e eu havia passado a maior parte do ano anterior trabalhando em Londres.

"Mas depois disso volto de vez", acrescentei. Era uma decisão que eu não tinha tomado até agora, mas ao ver sua reação tive a certeza de que daria um jeito. Os motivos que eu tinha para ficar longe não faziam mais sentido. Com exceção de um.

"É isso aí! A gangue vai se reunir outra vez."

Nós quatro tínhamos virado uma espécie de família, principalmente depois da morte dos meus pais, dez anos antes. Eu tinha acabado a pós-graduação em administração, e Xander estava no último ano de faculdade. Mesmo antes disso, Xander e eu já passávamos a maior parte do nosso tempo com eles. Eu e Henry, Xander e Sloan.

Não demorou muito para Henry aparecer, também sem avisar. Sloan devia ter contado da minha volta.

"Não queria contar para o seu melhor amigo que estava por estes lados?", ele questionou.

Nós nos viramos e o vimos entrar. Ele me encarou com seus olhos castanho-escuros com uma certa decepção, que se desfez com um sorriso animado. Ele me puxou para um abraço. Fazia dois anos que não nos víamos, a não ser por uma ou outra visita rápida. Éramos praticamente inseparáveis quando eu morava aqui. Tentei dispersar os sentimentos de culpa.

Henry e eu tínhamos sido designados aleatoriamente como colegas de quarto no primeiro ano da faculdade. Fomos companheiros de time nas equipes de rugby e tênis e, por obra do destino, nos formamos no mesmo curso. Depois fizemos pós-graduação no mesmo lugar, e competíamos um com o outro em tudo. Henry era meu maior amigo e concorrente.

“Ele também não contou para o irmão dele”, Xander acrescentou. “Adivinha quem ele foi ver primeiro?”

Eu ter visto Sloan tinha sido mera coincidência.

“Sua irmã. Eu topei com ela enquanto corria”, corrigi.

“Você encontrou a Sloan?” Henry franziu a testa e se virou para Xander. “Ela anda me evitando. Você faz ideia do motivo?”

“Nada que eu já não tenha dito antes.” Xander balançou a cabeça, com ares de decepção. “Mas pensa bem. Com certeza você vai entender.”

Henry sentou e começamos a conversar como se o tempo não tivesse passado.

3

SLOAN

Xander e eu chegamos um pouco mais cedo no evento, o que me deu tempo para ver se estava tudo em ordem. Para minha sorte, o orçamento era sempre astronômico e, depois de conversar com o pessoal da coordenação, fiquei livre para aproveitar a festa.

"Você está bem?", Xander perguntou. Estávamos na entrada, e os convidados começavam a chegar. Me voltei para ele e comecei a ajeitar sua gravata. Ele logo percebeu minha apreensão, canalizada para as mãos inquietas. "Por que você está tão nervosa?"

"Sua gravata está torta", respondi sem olhá-lo, sabendo que ele desmascararia minha mentira se o fizesse. Eu não sabia por que meu coração estava disparado daquele jeito. Xander fez um gesto discreto para chamar um garçom e me entregou uma taça de vinho.

"Relaxa! Vai dar tudo certo. Além disso, se você fizer besteira, nunca mais vai ser chamada para organizar nada."

"E se algum babaca me inscrever como voluntária de novo?"

"Um babaca bonitão", Xander corrigiu.

"Sloan! Xander!" Uma vozinha fina e empolgada desviou a atenção do meu nervosismo para uma loira pequena com cabelos esvoaçantes que entrava na biblioteca. Charlotte Cummings, ou Cici, como a chamávamos, era uma amiga minha e de Henry desde que éramos crianças. Ela se formou comigo na Penn. Continuamos próximas ao longo dos anos.

Entramos na biblioteca, onde os livros e as prateleiras tinham sido retirados para abrir mais espaço.

"Você está maravilhosa; dá uma voltinha", ela pediu. Cici era sempre a alma da festa. Xander riu e levantou o braço para segurar minha mão enquanto eu girava. A rodada do meu vestido vermelho, de gola alta e na maior parte justo, só um pouco mais solto na saia, foi bem menos impactante do que eu esperava.

Quando abaixei o braço, relanceei a entrada por uma fração de segundo, e um par de olhos bem familiar encontrou o meu.

Xander seguiu meu olhar e chamou o irmão até nós. "Marcus."

Foi então que percebi a razão para a minha ansiedade. Não tinha nada a ver com a festa. Era o mesmo motivo que me levou a verificar a lista de RSVP uma centena de vezes à procura de um nome. O mesmo motivo que me levou a comprar esse vestido.

Os irmãos Sutton eram altos, o que se tornava ainda mais óbvio quando estavam lado a lado. Marcus era um pouco maior que o irmão, que devia ter por volta de um e noventa, e havia alguma semelhança entre os dois. Xander tinha um visual típico de galã de cinema, com seus lindos olhos verdes, o sorriso cativante e o cabelo loiro escuro que vivia caindo sobre o rosto. Marcus tinha uma beleza mais discreta e menos superficial. Estava sério e bem-vestido, com os olhos acinzentados sempre mergulhados numa reflexão profunda como se uma batalha acontecesse dentro dele. Os dois não poderiam ser mais diferentes. Xander era extrovertido e charmoso. Marcus muitas vezes parecia reservado e frio à primeira vista.

Eu era uma das poucas pessoas que já tinha visto sua expressão se atenuar e assumir ares mais ternos; ser a irmã mais nova do melhor amigo dele me deu esse privilégio. Ele sorriu quando fui abraçá-lo.

"Marcus." Tentei camuflar de todo jeito na voz o que estava acontecendo dentro de mim. Ter esse crush havia tanto tempo estava ficando meio constrangedor, apesar de só eu saber a respeito.

"Sloan", ele disse baixo enquanto eu sentia seu perfume. Era um cheiro almiscarado, com toques de especiarias. Tão familiar que só naquele momento percebi o quanto me fez falta. Depois de me recompor da sensação de ser envolvida em seus braços, eu me afastei.

"Você voltou."

É óbvio. Diz alguma coisa interessante.

Inconscientemente, dei um passo atrás, para o lado de Xander. "Pelo menos por enquanto", Henry se juntou a nós, alguns passos atrás de Marcus.

Fiquei um pouco tentada a falar sobre isso com Henry, mas achei melhor não. Ultimamente, qualquer conversa que tínhamos acabava em alfinetadas. Ele andava cada vez mais sob pressão no comando da empresa, e seu estresse respingava nas pessoas ao redor. Eu não era muito solidária, admito. Nem queria ser. Passei a vida toda demonstrando o mesmo nível de excelência, mas nunca sequer cogitaram me passar esse tipo de responsabilidade.

Era sempre a mesma coisa. Henry dizia algo que considerava inofensiva. Eu dava uma resposta atravessada, e tudo ia por água abaixo. Eu era tão culpada quanto ele pela natureza mais ácida da nossa relação em tempos recentes. Às vezes era como se não falássemos a mesma língua.

Nós quatro não tivemos tempo de pôr a conversa em dia. Fomos puxados um para cada lado. Mas, por um breve período, as coisas pareceram voltar a ser como sempre foram.

A festa transcorreu sem incidentes; pelo visto, se o lance de ser herdeira e advogada não dessem certo, eu teria uma carreira promissora como produtora de eventos. O prédio histórico da biblioteca era enorme, e as pessoas também se espalharam pelo amplo gramado. As luzes pisca-piscas e as luminárias foram espalhadas junto com aquecedores por todo o espaço, e a noite estava tão agradável que era quase possível esquecer que as fraternidades não ficavam muito longe dali.

Fiquei praticamente a noite toda colada a Xander, com medo de que sumisse se não estivesse ao meu lado. Ele brilhava nesse tipo de evento. Tinha uma personalidade agregadora, e a capacidade de atrair a simpatia das pessoas sem se esforçar. Ele sempre havia sido o tipo de pessoa com quem os outros queriam ficar por perto. Era um dos muitos benefícios de ser sua melhor amiga — eu nunca ficava entediada.

Xander tinha ido pegar bebidas, me deixando sozinha para absorver o evento, mas eu só pensava em uma coisa. Conseguia sentir a proximidade de Marcus, mas me forcei a não o procurar com os olhos. Ele ficou conversando com meu irmão por um bom tempo até Henry ir embora. Agora estava falando com outra pessoa, mas me concentrei ao máximo para não me deixar distrair por ele.

"Não fica brava." Xander voltou com uma bebida para mim. Estava com um sorriso irresistível. Era a melhor maneira de dar más notícias. "Eu preciso ir."

Dei um passo atrás como se tivesse levado um tapa na cara.

De jeito nenhum. Ser abandonada ali era assustador. "Isso é o que vão escrever na sua lápide", avisei.

"Sloan. Desculpa, mas é coisa de trabalho." Ele soltou um suspiro pesado lamurioso e passou a mão no cabelo, como se um dos seus truques para escapar de problemas com outras mulheres fosse funcionar comigo. "Você sabe que eu não iria se não fosse importante."

"Trabalho? Eu quero a verdade." Xander não perderia uma consulta no dentista por causa do trabalho, muito menos uma festa.

"Essa é a verdade."

"Xander."

"Barcelona", ele falou rápido. Isso era tudo o que precisava dizer, já que eu devia um favor, que ele estava cobrando agora. Eu não poderia discutir.

Fiquei de queixo caído. "Não acredito que você vai usar essa carta agora."

"Eu não faria isso se não fosse importante", ele insistiu, olhando ao redor. Sorriu ao ver o irmão, chamando-o até nós. "Eu preciso ir, mas não vou te deixar sozinha, porque o Marcus vai ser meu substituto."

"Que diabos você está falando?" Marcus se colocou ao meu lado. Seu tom não era de divertimento.

"Preciso ir. Você toma conta da minha garota pra mim?" Xander deu um tapinha no ombro do irmão.

"E a minha opinião, não conta?", interrompi, percebendo a expressão rígida de Marcus.

"Barcelona", Xander me lembrou, se virando com uma piscadinha. Ele podia ser bem irritante às vezes, mas era sempre um charme.

"Eu vou matar o seu irmão." Observei com a cara fechada Xander se retirar às pressas da biblioteca. "Desculpa", acrescentei, me virando para Marcus, que provavelmente não estava muito feliz com a ideia de passar a noite na festa comigo. Isso me lembrou que ele não tinha vindo acompanhado, um fato que me deixou mais satisfeita do que deveria.

"Você precisa de amigos melhores." Seu tom de voz foi mais leve, provavelmente por pena.

Marcus e eu até que éramos amigos. Mais por proximidade do que qualquer outra coisa, mas sempre nos sentimos confortáveis na companhia um do outro. Quer dizer, isso até as últimas vezes em que o vi antes de ele ir embora.

O ar sempre parecia pesado.

Não sei quando isso começou a acontecer, mas tinha alguma coisa diferente. Era como se a minha presença o irritasse.

"Se eu quiser ser um bom substituto para o meu irmão, acho que preciso te convidar para dançar." Ele estendeu a mão.

Eu aceitei com um sorriso. Um arrepio percorreu meu corpo quando ele pôs a outra mão na minha cintura.

Dançamos em silêncio enquanto eu tentava pensar em alguma coisa, qualquer coisa, para dizer. "Você está de volta." A frase saiu como uma afirmação, mas minha intenção era que fosse uma pergunta.

Durante a última década e meia, me acostumei com a presença de seus olhos penetrantes e seu corpo finamente esculpido em reuniões de amigos, noitadas e feriados.

Ele e Henry fizeram juntos a pós-graduação em negócios depois da faculdade. Depois disso, passaram a trabalhar na Amari Global, a empresa da minha família. Marcus era o mais próximo que nosso avô já teve de um pupilo. Henry jamais admitiria, mas ele sempre sentiu que Marcus era o herdeiro que nosso avô sonhou, tendo que se conformar com ele em vez disso. Marcus subiu rápido na hierarquia, e acabou saindo para entrar numa startup, vendida não muito tempo depois. Ganhou uma nota preta.

No mundo de hoje, o sucesso no ramo da biotecnologia era menos sobre descobrir um novo medicamento ou dispositivo médico e mais sobre adquirir seus direitos intelectuais. A Sutton Industries, a empresa de Marcus, fazia isso com precisão cirúrgica. Com isso, ele virou uma lenda. Criou a própria companhia e rapidamente se tornou o único concorrente à altura do meu irmão.

"Em carne e osso", ele respondeu depois de alguns segundos, me afastando dos meus pensamentos. "Tenho trabalho para fazer aqui até depois do Ano-Novo."

Quando Marcus saía para suas viagens, nós quatro virávamos três. Henry foi se tornando cada vez mais solitário, e no fim ficamos só Xander e eu. Não conversamos sobre essa perda, mas todos nós a sentíamos.

"Você vai ficar?" Minha voz falhou, soando bem mais emotiva do que eu gostaria. "Xander sente sua falta." Me comovi um pouquinho quando vi suas feições se atenuarem. "Todos nós sentimos."

Qualquer pessoa que conhecia Marcus, que realmente o conhecia, não se surpreendeu com a ascensão meteórica da Sutton Industries. Ele colocava o trabalho acima de quase tudo. A única vez que o vi priorizar outra coisa que não a carreira foi quando Xander precisou dele.

Marcus não respondeu. Seu olhar se moveu para longe. A pergunta pareceu quase dolorosa para ele, então tentei encontrar outro assunto para amenizar o clima.

Ele foi mais rápido que eu. "Barcelona?", perguntou. Quando olhei para cima, vi um sorrisinho no canto de sua boca. Com uma sobrancelha levantada, seus olhos finalmente encontraram os meus. "Não lembro de ter recebido nenhuma ligação da polícia espanhola."

Meu coração disparou quando senti a leveza do seu tom.

"Você ouviu isso? A gente se virou." Ergui o queixo para encará-lo com confiança. "Eu não sou um ovo Fabergé que pode quebrar a qualquer momento. Sei me virar sozinha."

Seu sorriso se alargou. Ele me encarou com uma expressão intrigada. "Tão bem que Xander consegue te chantagear com isso?"

"Ele tem as cartas dele, eu tenho as minhas. E não vou desperdiçar por causa de uma festa de ex-alunos."

Sua mão se moveu lentamente da minha cintura para minhas costas, expostas pelo vestido, e ele me segurou de um jeito quase possessivo. Um fogo líquido desceu pela minha pele, me aquecendo e provocando arrepios ao mesmo tempo.

"Com o que você gastaria?", perguntou. Seus olhos permaneciam fixos nos meus; o peso de sua atenção total me pressionava. Só que isso não me deixou apreensiva. O que provocou em mim foi bem diferente.

Depois de uma longa pausa, percebi que não tinha respondido. "Subornar autoridades do governo." Minha expressão permaneceu neutra, e meu tom de voz, bem sério.

Ele deu risada.

Xander se formou na faculdade no mesmo ano em que seus pais morreram tragicamente num acidente de carro. Todo ano, por volta dessa época, nós dois fazemos uma viagem para ele poder se distrair da data. Virou uma espécie de ritual.

Não era raro nós aprontarmos algumas nessas viagens. E, sempre que um dos dois precisava tirar o outro de uma encrenca, ganhava o direito de cobrar o favor depois. Esses episódios eram confidenciais e ficavam só entre nós. A história de Barcelona era especialmente picante, e me fez agradecer por ser Henry o membro da família Amari que atraía o interesse dos tabloides, e não eu.

"Sloan Saanvi Amari, você é cheia de surpresas." Seu sorriso pareceu um raio de sol depois de uma nevasca, um calor que atravessava o gelo.

"Não é tão surpreendente assim para quem me conhece." Franzi o nariz numa expressão brincalhona.

Marcus me olhou bem nos olhos de novo. "Eu te conheço há anos."

"Você conhece Henry há anos", corrigi. "Mal sabe quem eu sou."

Sob o tecido do smoking, senti seus músculos se retesarem; ele parecia ofendido. Isso me trouxe de volta à realidade.

Era verdade. Nos últimos anos, as únicas pessoas com quem ele mantinha contato eram Xander e Henry. E o contato foi mínimo. Já o que eu recebi foram apenas mensagens de texto e presentes ofensivamente genéricos nos meus últimos dois aniversários.

Ele *não queria* me ver. Eu sabia que não tinha nada contra mim, mas, por ser alguém que eu conhecia havia tanto tempo, esperava que pelo menos sentisse a minha falta.

"Quer dizer...", murmurei, percebendo imediatamente sua chateação. "Quer dizer... hã. Esquece."

Parabéns pela emenda pior que o soneto, Sloan.

Ele sorriu, pelo visto gostando de me ver tropeçar nas palavras. "Espero que sua argumentação no tribunal seja melhor do que isso", provocou.

"Eu não atuo nos tribunais."

Uma música mais rápida começou a tocar. Ele me puxou para perto, seus passos se acelerando com o novo ritmo.

Respirei fundo. "Meu trabalho é..." Engoli em seco, já antecipando o contato que a dança proporcionaria com aquele corpo minuciosamente esculpido. Um fogo se instalou na minha barriga. "É mais de bastidores."

Puxei o ar algumas vezes para tentar afastar aquela sensação, fosse qual fosse. Eu nunca tinha dançado com ele assim *tão de perto*. Na verdade, acho que nunca nem tínhamos dançado juntos. Geralmente, Xander ou alguém com quem eu estivesse saindo ia comigo a esse tipo de evento. A surpresa e *algo mais* me invadiram.

"Fusões e aquisições, né?" Seus olhos percorreram o salão. Sua mão apertou as minhas costas com mais força por um instante, e então ele me fez girar.

Assenti.

"Hum, interessante", ele comentou. O ritmo foi ficando mais lento, em um decrescendo. A música acabou. Eu me afastei para me recompor.

Ele apontou com o queixo para o bar.

"Interessante por quê?"

Eu me peguei admirando seu físico naquele smoking. A maneira como o tecido esticava quando ele se movia e delineava seu corpo musculoso era tentadora. O tecido preto era um contraste marcante com a pele clara.

"Você deixou a fortuna da família para trás para fazer a mesma coisa que Henry?" Ele pegou sua bebida e me entregou a minha. Então deu um gole, pôs o copo de uísque sobre o balcão e ficou girando-o na mão.

"A fortuna ainda é minha." Torci o nariz. Tinha virado advogada para ter meu próprio dinheiro. Eu era mais que uma simples herdeira. "A palhaçada da família é que não."

"Eu sempre soube que você era a mais esperta da família."

4

MARCUS

Sentei diante do notebook na cozinha da cobertura. Se não ia conseguir dormir, pelo menos poderia trabalhar um pouco. Mas, de novo, não consegui me concentrar. O sol mal havia nascido; eu não seria incomodado por ninguém por horas.

Estar distraído do trabalho era novo pra mim; passar meu tempo fora viajando significava menos distrações. Mas minha mente continuava voltando para a noite anterior. Não conseguia lembrar de quando tinha passado a noite inteira com uma mulher totalmente vestida, quanto mais conversando. Por outro lado, Sloan não era qualquer uma.

Eu tinha quase esquecido o quanto ela era incrível. Esperta e independente. Sem contar incrivelmente sexy. O vestido vermelho aberto nas costas moldava com perfeição seu corpo. O cabelo estava preso num penteado elegante, deixando algumas mechas soltas, implorando que fossem tocadas. Os diamantes que usava brilhavam sobre a pele cor de oliva.

A irritação, talvez intensificada pela culpa, se espalhou dentro de mim quando pensei nos limites que estava ultrapassando. Eu estava pensando no que não deveria, desejando o que não poderia ter.

Mas não importava. Eu não *queria* Sloan realmente, ela só... não saía da minha cabeça. Em algum momento eu encontraria uma forma de afastar meus pensamentos.

Além disso, ela era território proibido, por mais de um motivo.

Era a irmã mais nova do meu melhor amigo.

A melhor amiga do meu irmão mais novo.

A neta do meu mentor.

Continuei nesse looping de pensamentos por algumas horas até ouvir passos vindos do corredor. Aquilo passaria, disso eu tinha certeza.

"Que horas você acordou?", Henry perguntou.

Eu tinha ouvido Xander perambular pelo apartamento em algum momento da noite, e Henry acabar parando aqui também, totalmente bêbado.

"Cedo." Eu me embaralhei para fechar um e-mail. Agora que estava de volta, tinha que ser mais cuidadoso.

"É por isso que você está sempre dois passos à frente?" Henry deu risada enquanto pegava um café. Ao longo dos anos, tinha se tornado parte da minha família. Nossas bebedeiras de faculdade evoluíram para uma rivalidade amistosa no mundo dos negócios.

"Isso e o talento." Desviei os olhos da tela para abrir um sorriso presunçoso antes de voltar ao trabalho — não que tivesse feito alguma coisa produtiva desde o amanhecer.

A resposta que ele ia dar foi interrompida por uma batida na porta, seguida de uma voz irritada: "Xander Phillipe Sutton!".

Era Sloan.

Henry foi abrir a porta.

"Ele ainda não levantou?", Sloan perguntou. Ela passou direto por ele na direção da cozinha, sua testa franzida. O cabelo preto estava caído até o meio das costas, ligeiramente cacheado nas pontas. O vestido amarelo brilhava contra sua pele. Era um pouco curto demais para a temperatura lá de fora.

"Eu trouxe *scones*." Ela colocou uma caixa na bancada diante de mim, e seu tom de voz de repente se alegrou. "Pensei que iam precisar, depois do tanto que beberam ontem à noite."

"Por que você acha que ele está aqui?", perguntou Henry. "Vocês não iam ficar no Ritz?" Ele olhou para o celular e se distraiu.

Ela deu de ombros. "Ele me mandou uma mensagem ontem à noite; disse que estava aqui."

"O que ele fez dessa vez?", perguntei num tom amigável.

"Ah, nada." Seus olhos castanhos brilhavam de malícia. "Achei que ele estaria de ressaca, então não podia perder a chance de torturá-lo um pouquinho. Além disso, a gente marcou um brunch com a Cici."

"Por que você e o Xander não casam logo de uma vez?" Henry soltou um suspiro de irritação ao olhar para a tela do celular, e o guardou de volta no bolso.

Eu engasguei com o bolinho.

Cuida da minha garota pra mim. Essa frase continuava ecoando nos meus ouvidos. *Minha garota.* Tentei nem cogitar a ideia de Sloan e Xander estarem juntos, apesar de saber muito bem que era uma possibilidade real. Às vezes, parecia até inevitável.

Isso não deveria me incomodar.

E não me incomodava.

Os dois viviam ridicularizando essa ideia. Durante anos, se esquivaram das perguntas sobre a relação deles. Garantiam que qualquer coisa além de uma amizade seria absurdo. Mas eu duvidada disso. Como não querer algo a mais com Sloan?

Ela era linda, bem-humorada e do contra.

Tinha mais facetas que o diamante Hope. E era tão impecável e rara quanto.

Só um maluco não se apaixonaria por ela.

Hipoteticamente.

Ela caiu na risada ao ouvir a sugestão. "Assim a família sai do meu pé pelo menos uma vez", Henry resmungou.

Sloan deu um tapa na nuca dele. "Se você parasse de aparecer nos jornais, não ia precisar se preocupar em limpar sua barra o tempo todo."

Henry costumava aliviar o estresse de formas nada saudáveis. Bebendo em excesso e saindo com um monte de mulheres principalmente. Isso seria problemático por si só, mas, como ele fazia parte de uma família tão conhecida, o problema se multiplicava.

Ele revirou os olhos. "É fácil falar quando ninguém fica enchendo seu saco."

"Pesada é a cabeça que sustenta a coroa." Ela não escondeu o ressentimento na voz. Sloan pegou um *scone* da caixa e sentou na bancada da cozinha. Seu vestido subiu um pouco, revelando mais da coxa. Minha mente se voltou para a imagem das suas pernas compridas envolvendo a minha cintura.

"Quê?", Henry perguntou, irritado.

"É *Henrique VI*", respondi, mantendo os olhos fixos na tela à minha frente. Um silêncio se instalou, e quando o encarei ele continuava confuso. "É Shakespeare, cara."

Henry revirou os olhos. "Você não respondeu à minha pergunta."

Isso não deveria me incomodar — e não incomodava, mas eu também não queria ficar pensando nisso.

Alguém, por favor, muda de assunto.

Como uma resposta à minha súplica silenciosa, a voz de Xander ecoou do corredor. "Foi uma pergunta ridícula." Ele apareceu com um sorriso, tirando o cabelo da frente dos olhos.

"Já está trabalhando?", perguntou para mim. "Hoje é domingo. Tira uma horinha de descanso; ninguém vai achar que você é menos perfeito por causa disso, prometo." Ele passou por mim e apertou meu ombro antes de parar diante de Sloan na bancada da cozinha.

Por uma fração de segundo, Sloan levantou a cabeça e nossos olhos se encontraram. Ela quebrou o contato visual imediatamente, se voltando para o meu irmão.

"Ainda está brava comigo por eu ter ido embora?", Xander perguntou, fazendo cara de inocente. Meu irmão era capaz de escapar até de uma sentença de morte na base do charme e da lábia. "Eu ouvi você me chamando pelo nome completo."

"Se enxerga." Sloan revirou os olhos, pôs o *scone* de lado, apoiou as mãos no balcão e se inclinou para a frente. "Na verdade, eu me diverti bastante sem você." Ela ergueu os olhos, que atraíram os meus de novo, e me abriu um sorriso.

"Sei." Xander ficou ligeiramente boquiaberto, nos encarando com ceticismo.

"Vocês perceberam que essa é a primeira vez em dois anos que estamos todos juntos, só nós?", Sloan perguntou, descendo da bancada. "Eu sinto falta disso. Nós juntos."

Ninguém se deu ao trabalho de responder. Era algo que todos estavam pensando, mas ela foi a única que teve a coragem de tocar no assunto. Diante do silêncio, sua expressão se apagou. Eu detestei ver o olhar magoado que ela tentava esconder. Ainda mais por ser o principal responsável por isso.

"É melhor a gente ir", ela disse depois de um longo silêncio. Xander a seguiu para o hall de entrada. "Você vai estar aqui no Dia de Ação de Graças?" Ela se virou já na porta, metade do corpo para fora. "Não veio nos últimos dois."

Se a intenção foi fazer com que eu me sentisse ainda pior, ela conseguiu.

Confirmei com a cabeça, e seu rosto se iluminou. Ela me deu um sorriso antes de fechar a porta. O apartamento pareceu vazio depois da sua saída, mas talvez assim eu conseguisse trabalhar um pouco. Me concentrei no notebook.

Aceitar o convite para passar o Dia de Ação de Graças com os Amari era como se inscrever num acampamento de férias. Haveria jogos, atividades e algum tipo de esporte. Em todos a participação era obrigatória. O tempo que eu poderia usar para pôr o trabalho em dia seria ocupado por uma partida ultracompetitiva de adivinhação.

Henry sentou ao meu lado e girou a xícara de café nas mãos antes de falar. "Você algum dia vai me contar o que aconteceu?"

Soltei um suspiro pesado e fechei o notebook. "Eu estava trabalhando."

"Por dois anos seguidos, sem parar? Em toda parte do mundo?"

"Henry, você entende melhor que ninguém o que significa ser uma empresa global", ironizei. Ele era o herdeiro da maior companhia farmacêutica do mundo. Em algum momento, teria que fazer o mesmo.

"Mesmo pulando de cidade em cidade, você não tinha nem uma semana livre para voltar para cá?"

"O que você quer dizer com isso?"

"Não foi só o trabalho. Está na cara." Ele revirou os olhos.

"E você acha que foi o quê?"

"Sei lá." Ele levantou e contornou a bancada da cozinha. Seu tom de voz subiu uma oitava. "Eu nem te conheço mais. Só sei o que você está fazendo quando leio um relatório da comissão reguladora. Se não fosse isso, nem ia saber se você estava vivo."

"Eu visitei."

Em minha defesa, eu precisava mesmo voltar ao trabalho depois dessas visitas. Poderia ter ficado mais tempo, mas uma expansão global era como um vício. Enfrentava um desafio diferente a cada dia; era empolgante. Quando parava, minha mente começava a divagar. Era melhor me manter em movimento.

"Três vezes." Manter a calma não era exatamente uma especialidade de Henry. O pavio curto dos Amari era algo impossível de ignorar.

"Desculpa." Ficamos calados por mais alguns momentos. O silêncio era mais confortável e tentador, mas Henry merecia uma explicação. "Tá, a Sutton Industries se expandiu bem mais rápido do que o esperado. Mas eu não devia ter me afastado."

Ele assentiu. "E por que voltou, então?"

Henry tinha esse hábito irritante de sempre fazer as perguntas certas. Eu nem precisava ficar tanto tempo fora. A expansão da empresa já estava consolidada fazia meses. Eu estava enrolando. Só teria que voltar depois do Ano-Novo, e então só precisaria cuidar da transição de todas as operações para a sede nos Estados Unidos, o que levaria alguns meses, no máximo.

Quando o convite para o evento de ex-alunos apareceu na minha mesa, eu me decidi num estalar de dedos. Nunca tomei uma decisão assim tão impulsiva antes. O convite deveria ser um motivo para me manter afastado, mas acabou me atraindo de volta. O nome dela estava lá.

"Não preciso mais viajar tanto. A maioria das filiais internacionais já está andando com as próprias pernas." Na verdade, só resolvi ficar porque me senti um merda ao ver a cara que Xander fez quando conversamos no dia anterior. Poderia enrolar mais alguns dias.

"Eu bem que estou precisando de um amigo aqui", Henry falou, tão baixo que eu quase não o ouvi.

"Você está bem?" Ele parecia diferente, mais agitado que o normal. Percebi que havia mais fios brancos no seu cabelo preto. Tínhamos a mesma idade, trinta e quatro anos, um pouco cedo demais para ficar grisalho. Ele estava estressado. Tinha alguma coisa acontecendo, além do que eu já sabia.

"Sei lá." Ele sentou de novo. "O meu pai e o meu avô estão pegando pesado; o método deles para me preparar para assumir a empresa provavelmente é proibido pela Convenção de Genebra."

"É por isso que você está sendo um cuzão com sua irmã?", perguntei. Nas últimas vinte e quatro horas, ouvi mais alfinetadas entre os dois sobre o futuro da empresa do que seria capaz de contar.

"Ela está fazendo birra porque não vai ser a CEO."

"Se formar em direito e virar sócia de uma empresa de advocacia em vez de ser sua subordinada não é exatamente fazer birra", falei, num tom de voz ameno. A competitividade entre os dois não era exatamente nova, mas aquele nível de hostilidade, sim. "No mínimo, é um belo de um foda-se."

Henry franziu a testa, quase como se o pensamento não tivesse passado pela sua cabeça. Como se a percepção de que ele a tratava como uma herdeira mimada, e não como uma mulher inteligente e capaz, só tivesse surgido naquele momento. Ele soltou um suspiro carregado, com uma expressão de culpa, enquanto passava a mão no cabelo. "Tá."

"Não é possível que isso seja novidade para você. Ela se formou faz três anos."

Ele respirou fundo e bufou. "Quer ir jogar tênis ou alguma coisa assim?"

Senti uma pontada de culpa. Era nossa tradição. Depois da formatura, usávamos nosso tempo juntos como uma válvula de escape para toda essa agressividade e competitividade entre nós — num jogo de tênis, ou rounds de boxe, talvez uma partida de xadrez, qualquer coisa para continuarmos próximos. Nossa amizade tinha quase duas décadas, e essa tradição semanal quase nunca era quebrada — isso se alguma vez tivesse sido. Não respondi. Apenas me levantei e tomei o caminho da porta.

O trabalho teria que esperar.

5

MARCUS

"Cairia sua mão se você pendurasse um quadro aqui?", Henry perguntou da porta.

Depois da festa na universidade, eu estava de volta ao meu antigo escritório em Manhattan pela primeira vez desde que fui embora. Sorri pela intrusão. Costumávamos interromper o trabalho um do outro o tempo todo.

"Talvez."

"Bom, acho que é por isso que não tem nada aqui", ele acrescentou antes de entrar e sentar.

Meu escritório não era decorado com fotografias nem objetos pessoais. Até pensei em pendurar uma foto da família uma vez, anos atrás. Mas isso me trouxe lembranças demais, e a última coisa de que eu precisava era pensar no passado. Assim era mais fácil.

"É um escritório, não um TGI Fridays." Não tirei os olhos da tela do computador, fechando depressa qualquer coisa que ele pudesse ver.

Ele hesitou. "Um o quê?"

"Olha aí o seu lado playboy aparecendo de novo", falei. Henry e Sloan, do Upper East Side, não tiveram uma infância comum. Eu não era exatamente um homem do povo hoje em dia, mas fui uma criança como qualquer outra. Henry, por sua vez, ia no jatinho particular da família para o internato na Suíça onde estudou.

Ele olhou ao redor, com uma expressão distante. "Faz dois anos que não venho aqui."

Senti todo o peso da culpa. Nunca foi minha ideia passar tanto tempo longe. Sabia que isso afetava Henry, mas dizia para mim mesmo que ele estava ocupado com a própria empresa. E Xander tinha Sloan. Ela era a única que não parecia chateada comigo, só chateada por eu ter magoado Xander. Eu nunca fui importante o suficiente para ela para deixá-la magoada.

Senti um aperto no peito, que preferi ignorar.

Depois de um silêncio prolongado, eu bufei e decidi aliviar um pouco o clima. "Quando é você que está no comando, precisa trabalhar nos dias de semana, sabia?"

"Eu estou aqui a trabalho. Vim estudar a concorrência." Ele abriu um sorrisinho e juntou as mãos.

Eu ri. "Interessante isso, você achar que está à altura para ser meu concorrente."

A expressão de Henry se tornou curiosa quando notou um objeto na minha mesa. Ele se inclinou para a frente, estendeu o braço e pegou um diário com capa marrom-escuro de couro. Folheou as páginas quase todas em branco. "Você ainda tem essa coisa?", perguntou, aos risos.

Henry era perspicaz quando se tratava de detalhes. Seu único ponto cego era Sloan. Quando o assunto era a irmã mais nova, ele ignorava o óbvio e só via o que queria.

Peguei o diário de volta com mais violência do que esperava. Não tinha quase nada ali, nem alguma coisa que precisasse ser escondida. Eram só anotações aleatórias feitas ao longo dos anos.

"Por que você carrega isso se nunca usa?" Ele inocentemente levantou as mãos e voltou a sentar.

Um silêncio constrangedor se instalou por um momento.

"Acabamos de fechar a aquisição da Ellory", Henry contou. A Sutton Industries fingiu estar interessada, mas a ideia desde o começo era que a aquisição fosse feita pela Amari Global. Isso significava que a dona da Ellory conseguiu um assento no conselho de administração da Amari Global, o que era muito mais importante.

"A primeira vez é inesquecível", caçoei.

"Você sabe alguma coisa sobre Marie Ellory?"

"Só o mesmo que você." Ele tinha noção de que, mesmo se soubesse, eu não poderia revelar. Éramos concorrentes, e compartilhar algo do tipo seria totalmente inapropriado. Por outro lado, quebrávamos regras assim o tempo todo. "Por quê?"

"Eles ganharam um lugar no conselho. Um novo assento. Como parte do acordo de aquisição." Henry suspirou audivelmente. "Acho que não tem problema. Só me pareceu estranho."

O distanciamento trazia a vantagem de não precisar mentir para ele. As mentiras por omissão eram mais fáceis, principalmente com um oceano de distância entre nós. "Não é uma coisa inédita em acordos de aquisição. Rishi aprovou?"

"Sim, meu avô aceitou numa boa." Ele ainda parecia preocupado. Fiquei um tanto impressionado. Ele deveria ter desconfiado. Era suspeito.

"Você está preocupado com o quê?", arrisquei.

O lugar no conselho tecnicamente era de Ellory, mas ela era só uma testa de ferro, o que Henry não sabia, mas pelo jeito parecia estar descobrindo sozinho. Seus instintos eram afiadíssimos. Mas ter passado a vida toda não confiando neles era sua fraqueza.

"Sinceramente, não sei. Meu avô não aprovaria uma acionista com direito a voto se não sentisse segurança nisso. Parece que eu estou sempre deixando passar alguma coisa." Ele parecia derrotado.

"Com certeza foi pelo bem da companhia", eu o tranquilizei depois de alguns segundos de tensão. Dei uma olhada pela janela para o dia cinzento e feio lá fora. "Vamos almoçar?"

"Você vai me contar por que foi embora?"

Ele não deixaria esse assunto de lado. "Você sabe por quê."

"Você pode contar durante o almoço." Ele sorriu e ficou de pé.

6

SLOAN

A semana depois da festa foi infernal. Precisávamos finalizar vários acordos antes do recesso. Com as festas de fim de ano se aproximando, a pressão só crescia.

"Você está com o arquivo da Hightower Energy?" Penelope entrou na minha sala sem tirar os olhos do papel que estava lendo. Seu sotaque anglo-singapurense preencheu o espaço.

Penelope Astor era uma sócia júnior da firma. Tínhamos nos conhecido na nossa primeira semana no trabalho como associadas, no primeiro ano da faculdade de direito, e nos tornamos uma dupla dinâmica no trabalho.

"Um assistente jurídico está revisando o esboço do contrato de fusão." Eu estava sentada à mesa, ocupada com a análise de outra fusão. Dois bancos privados de tamanho considerável, mas com muitas questões a serem respondidas à comissão reguladora, estavam tentando uma fusão. Era um campo minado jurídico. "A fusão do W. Burton é uma mistura em partes iguais de desorganização e possível lavagem de dinheiro."

"Van Der Baun está aqui, e quer ver o arquivo." Ela enfim levantou os olhos, fazendo minha preocupação em possivelmente ajudar e facilitar a atuação de mercenários desaparecer por um instante. "O da Hightower Energy." Ela ajeitou o cabelo preto e liso e a saia lápis.

Lars van Der Baun era o sócio-diretor do escritório de Londres, o líder da equipe de fusões e aquisições. Nossa firma trabalhava majoritariamente em transações de F&A em nível global, e nossos advogados ficavam encarregados de fazer acontecer grandes negócios no mundo todo.

A adrenalina invadiu as minhas veias. Ele foi o sócio que pediu especificamente por mim para fazer parte da expansão do departamento de F&A em Londres. Fiquei à frente de quase metade dos grandes negócios fechados nos últimos três anos. Sabia que era capaz de dar conta do recado. Só precisava ter certeza de que o tempo e o esforço investidos valeriam a pena.

Eu queria ser sócia da firma e, então, sócia diretora.

Não muito tempo depois do aviso de Penelope, Reese Atkinson, o sócio-diretor do escritório nos Estados Unidos, e Lars van Der Braun bateram no batente da porta aberta. "Espero não estar interrompendo." Reese olhou para nós, e eu balancei a cabeça.

"De forma nenhuma." Fiz um gesto para entrarem. Eles não sentaram, ficando ali de pé, urubuzando. Era uma tática de intimidação. Continuariam sua ronda pelo restante das salas e provavelmente fariam alguns associados chorarem.

"Você já conhece Amari e Astor, nossas sócias juniores mais promissoras", Reese falou com grande orgulho. Conseguir seu respeito tinha sido uma tarefa hercúlea, mas, com isso feito, ele logo se tornou um mentor para mim.

"Sim, uma grande dupla." O sotaque alemão de Lars era surpreendentemente simpático. Mas seu comportamento era o oposto. Ele era um homem alto de meia-idade, com os cabelos grisalhos cortados curtos, que parecia estar sempre de cara fechada. "A srta. Astor já deu sua resposta e vai trabalhar em Londres, mas ainda estamos aguardando a decisão da srta. Amari."

Eu não sabia se ele estava irritado, sendo grosso ou tentando ser simpático.

"Não vai demorar muito, eu garanto."

"Ótimo. Resolva as questões da fusão do Burton com a comissão reguladora americana antes de ir. Você pode cuidar do lado britânico quando estiver lá", Reese me lembrou, não que precisasse. Se eu tivesse êxito, seria a sócia sênior mais jovem da história centenária da firma.

Nada mau para uma preterida.

"Muito bem, eu espero ver as duas em Londres." Lars fez um gesto para Reese, e eles saíram da sala.

Quando a porta foi fechada, Penelope se virou para mim com uma expressão confusa no rosto. "Pensei que você já tivesse aceitado."

"Eu vou aceitar." Meu objetivo era ser sócia sênior, e aquele era o passo mais lógico a dar para isso. "Decidi contar para a minha família no Dia de Ação de Graças. É sempre a melhor época para uma briga, então por que não dar uma razão para isso?"

"Ah, um Dia de Ação de Graças americano." Penelope muitas vezes tinha uma visão idealizada dos feriados nos Estados Unidos, como se experienciar cada um deles de uma forma autenticamente "americana" fosse um sonho seu. Nascida em Singapura na riquíssima família Chen-Astor, onde passou a maior parte da infância. Fez o ensino médio e a faculdade na Grã-Bretanha. Nunca passou um Dia de Ação de Graças de verdade nos Estados Unidos.

Não que a minha família fosse autenticamente americana também.

Minha mãe era inglesa, então esse feriado não fazia o menor sentido para ela. Era o meu pai, nascido e criado em Manhattan, que fazia questão de celebrar à moda americana. Mas na maioria das vezes tudo terminava em gritaria.

"Você pode passar o feriado com a gente", ofereci.

"Que divertido. Mal posso esperar", ela aceitou de bom grado.

"Esperar pelo quê?" A voz de Xander atraiu nossa atenção para a porta, onde ele estava encostado no batente. Era hora do almoço na sexta-feira, e ele estava com o notebook enfiado debaixo do braço.

"Eu vou passar o feriado de Ação de Graças com os Amari", Penelope respondeu, toda animada, como se estivesse contando os minutos. "Por que você quase nunca está trabalhando? O pessoal do mercado financeiro é sempre assim tão suspeito?"

"Não tem nada de suspeito, na verdade." Ele entrou na sala, sentou ao lado dela e pôs os pés sobre a minha mesa. "Acontece que eu sou bom na maioria das coisas que faço." Ele deu uma piscadinha.

Ela riu.

"Aliás, olha só quem fala, uma Chen-Astor", ele continuou.

Os Chen-Astor eram os Kennedy de Singapura, uma família de políticos com uma fortuna que era até difícil de calcular. Mas, assim como os Kennedy, eram bem numerosos, e sua riqueza estava bem distribuída entre seus membros.

Xander e Penelope trocavam alfinetadas o tempo todo, e eu não sabia se era porque se gostavam, se odiavam ou sentiam tesão um pelo outro. Para mim era a primeira opção, porque Xander não era de perder tempo quando o assunto era fechar negócio.

Ela revirou os olhos. "Eu adoraria continuar nosso debate, mas preciso trabalhar."

"É sempre um prazer, Astor", ele zombou.

"É assim que as pessoas veem as nossas interações?" Eu me virei para Xander, fazendo uma careta para o que tinha acabado de testemunhar.

"Não", ele fingiu ânsia de vômito, "eu jamais flertaria com você."

Revirei os olhos e ignorei a ofensa. "Que tal me dizer por que apareceu aqui cinco horas antes do combinado?"

"Achei que podia te convencer a sair mais cedo do trabalho."

Consegui trabalhar por mais uma hora, e Xander trabalhou um pouco também. Então decidi sair mais cedo mesmo. Guardei o notebook na bolsa, para trabalhar no fim de semana e compensar o tempo perdido. Íamos comer alguma coisa e provavelmente ver um filme, a não ser que algum dos nossos amigos nos convidasse para sair.

"Não sei se vou conseguir chegar na hora no Dia de Ação de Graças. Vou tentar terminar a fusão da Hightower antes de ir", avisei enquanto saíamos do escritório.

"Eu vou mais cedo, então te encontro lá. Posso levar a Astor", Xander se ofereceu. Todos nós morávamos e trabalhávamos em Manhattan, mas o feriado sempre acontecia na casa de campo da família, no norte do estado de Nova York. "Você pode ir com Marcus. Ele também vai um pouco mais tarde. Assim você obriga ele a ir esse ano."

"Ah, é mesmo?"

Xander assentiu.

Eu me esforcei ao máximo para não pensar nele essa semana, mas as lembranças do evento ressurgiam na minha mente toda hora. Foi divertido — pelo menos para mim. Não conseguia me lembrar de uma ocasião em que tínhamos passado tanto tempo a sós.

Mas eu precisava lembrar a mim mesma que ele só dançou comigo e me ouviu tagarelar a noite toda sobre trabalho porque queria ser um bom substituto para Xander. Nada mais que isso.

"Vou mandar uma mensagem para ele", falei.

Eu: Fomos escalados para ir juntos para o Dia de Ação de Graças
Eu: Seu risco de fuga foi considerado alto
Marcus: Uma tornozeleira com localizador seria mais fácil, você não acha?

Demorei até demais pensando no que responder. Então lembrei que era apaixonada pelo carro de Marcus. Sua McLaren Artura preta era um carro que eu gostaria de ter um pretexto para comprar. A maioria das pessoas como Marcus e Henry tinha motorista particular para continuar trabalhando mesmo em trânsito. Poder dirigir era uma ocasião rara. E, se a ocasião era especial, isso exigia uma máquina à altura.

Eu: Uma tornozeleira não seria tão divertida
Eu: Além disso, preciso passar um tempo com o Artura

A sensação de ouvir aquele motor ronronando e provocando uma leve vibração na cabine enquanto fazia as curvas em alta velocidade era paradisíaca. O fato de eu ter visto uma série de dez filmes sobre corridas de rua ilegais realmente mexeu com minha cabeça de adolescente cheia de hormônios, moldando meu gosto para certas coisas.

Marcus: Eu dirijo

7

SLOAN

Xander e eu acabamos saindo.

Encontramos uns amigos num lounge elegante em Chelsea. Ao chegarmos, fomos direto para onde eles estavam, em uma mesa cheia de bebidas, depois de claramente terem começado sem nós.

"Sloan!" Os homens imediatamente se levantaram para me receber, e me senti como uma deusa entre eles. Nossa turma não era nada discreta.

"Você precisa sair mais com a gente", Tristan falou, me dando um abraço. Ele e Xander começaram juntos no primeiro emprego depois de se formarem na faculdade. Se fosse possível destilar a essência de um golden retriever e injetar num ser humano, o resultado seria Tristan Alders: bonito, com olhos castanhos enormes, cabelo loiro escuro, gentil e de uma fidelidade a toda prova.

Passei os olhos pelo grupo. Eram os mesmos de sempre — Tristan Alders, Jackson Prince e Rohan Malhotra —, mas então meus olhos pousaram em Henry. "Eu até viria mais vezes, se vocês parassem de convidar o meu irmão", retruquei.

"Por mim tudo bem, pode acreditar, mas seu marido fez questão." Ele apontou para Xander, ainda me abraçando pela cintura. Geralmente flertávamos por esporte, para matar o tédio na maioria das vezes. Tudo acabava assim que algum de nós encontrava algo mais interessante — ou alguém.

"Oi, Sloan." Henry revirou os olhos.

"Por que ele está aqui?" Eu me virei para Xander, que conversava com Rohan, ocupado demais para me responder.

Eu me voltei para Henry. Nos últimos dois anos, nas poucas ocasiões em que se juntou a mim e a Xander numa noitada, ele sempre deu um jeito de arruinar a minha diversão. "Você não deveria estar num jantar romântico com Marcus, agora que ele finalmente voltou?", perguntei a Henry.

"Ele não faz meu tipo", a voz de Marcus respondeu atrás de mim. Meu sorriso morreu na mesma hora, e ouvi Xander abafar uma risada. Senti Tristan me soltar, enquanto ele se afastava para o lado oposto da mesa. Não sei que tipo de olhar Marcus lançou para ele, mas não deve ter sido nada amigável. Eu me virei e o peguei rindo da minha cara.

Ele respondeu à pergunta que eu não tinha feito. "Cheguei aqui agora mesmo, logo depois de vocês dois."

O grupo tinha ocupado algumas mesas altas no fundo do bar, além de uns sofás. Estávamos afastados o suficiente para conversar, mas também conseguiríamos dançar, se quiséssemos.

Henry soltou um suspiro de irritação. "Você não pode passar um dia sem dar chilique por causa..."

"Chilique?", retruquei. Era ele que estava desmoronando por causa da pressão de assumir o controle da empresa, e ainda assim eu é que estava sendo repreendida. "Não sei, Henry. Que tal você passar um dia sem aparecer na capa de um tabloide?"

"Você também não se sairia nada bem se estivesse sendo seguida por eles o tempo todo."

"Bom, mas não estou, então vê se arruma outra coisa para..."

"Porque *ninguém* está interessado no que você faz." Ele recuou depois de dizer isso. Alguns dias, eu ia longe demais. Em outros, era ele. Assim como todo o resto, nossos temperamentos eram parecidos.

Xander se apressou em vir até nós para intervir. "Acho que faria bem lembrar que estamos em público."

O tom sério na voz de Xander jogou água na fervura.

"Relaxa, Sloan. Eu vou deixar você em paz", Henry resmungou, permitindo que Xander o afastasse de mim para ir beber mais uma rodada na outra mesa.

Eu me virei para Marcus, que parecia perplexo e então fez uma careta. "A coisa está feia assim, é?"

"Pois é."

Eu me acomodei diante de uma mesa alta perto dos sofás, ainda incomodada. Essa cena andava se repetindo bastante ultimamente, e eu não tinha o menor orgulho disso. Depois de uma pausa, ele olhou para o meu vestido, se detendo nas minhas pernas. "Você parece..."

Ele estava me checando? Tive que me segurar para não rir da ideia.

"Deslumbrante?", brinquei. Só depois de dizer isso, é que percebi quão idiota soou.

"Com frio." Um meio-sorriso surgiu na sua boca. "Está vestindo um guardanapo de mesa."

Meu vestido era deliberadamente curto mesmo. Eu tinha pernas compridas e não fazia sentido escondê-las. E a cor de ouro rosa das lantejoulas complementavam muito bem a minha pele morena.

"Mas um bem brilhante." Coloquei a minha bebida ao lado da sua. "Não esperava te encontrar aqui."

"Isso eu percebi." Ele me encarou intensamente, como se estivesse tentando resolver um quebra-cabeça. Era inquietante. "Não quis interromper o que estava rolando entre você e Tristan."

Marcus conhecia Rohan, Tristan e Jackson fazia anos e sabia muito bem que não estava rolando nada entre nós.

Soltei um risinho de deboche. Por que ele se importaria? "Nós somos amigos", eu o lembrei.

"Não é o que parecia", ele respondeu sem emoção na voz.

Marcus já havia acompanhado nossas noitadas várias vezes, e devia saber que não era nada daquilo. Às vezes, Cici também vinha. Nós seis saíamos como uma matilha de tempos em tempos. Aprontávamos das nossas, e tínhamos histórias para um livro inteiro, mas não eram coisas que compartilhávamos com mais ninguém. Era um acordo tácito nosso. A gente se virava.

"E parecia o quê?" Cruzei os braços, irritada.

"Que ele está tentando levar você para a cama." Seu tom de voz era frio, quase de censura. Esse era um limite que eu não havia ultrapassado com nenhum deles. E fiquei ligeiramente ofendida com a insinuação.

Tínhamos uma dinâmica interessante. Claro que eu achava meus amigos atraentes, porque eram mesmo. Mas, com o tempo, eles passaram a exercer sobre mim o mesmo apelo que Xander — ou seja, nenhum. E, o mais importante, eu e Xander sabíamos que podíamos contar com eles. Os três o ajudaram num de seus piores momentos. Coisas que Marcus nem sabia que tinham acontecido, a pedido do próprio Xander. O pedestal em que ele colocou o irmão mais velho era alto demais, e a ideia de ser uma decepção para Marcus lhe era insuportável.

"E daí se estiver? Isso por acaso significa que ele vai conseguir?", retruquei. Tristan não estava tentando me levar para a cama, disso eu sabia. Mas aquela insinuação me irritou. "Além disso, se eu quiser ir para a cama com alguém, eu vou."

"Ah, é?", ele falou em tom de zombaria.

Aquilo foi a gota d'água. Ele podia não ver, mas eu era uma mulher atraente. "Sei que você fez seu juramento quando entrou para a guarda real do Henry, mas você ainda é um homem." Meu tom de voz foi de desafio, e eu olhei para o meu corpo antes de voltar a encará-lo. "E eu estou usando um guardanapo de mesa."

A surpresa transpareceu em seu rosto geralmente indecifrável. Mas, o que quer que estivesse pensando, Marcus conseguiu esconder bem. Eu não fazia ideia do motivo daquela conversa que não fosse me irritar.

E não entendia muito bem por que estava tentando discutir com ele, mas até que estava gostando.

Depois de alguns instantes, *aquele* sorriso surgiu no seu rosto. "E um bem brilhante", acrescentou.

"Vamos deixar pra lá?", pedi, mas com um tom de voz mais relaxado e brincalhão.

Ele assentiu.

Conversar com Marcus era como ser sugada para outro mundo. Ele era um homem culto, viajado, que sabia discutir sobre uma enormidade de assuntos. Não havia muita coisa que não o interessasse. E ele falava comigo de igual para igual — o que era um grande reconhecimento para mim, considerando a dimensão de suas realizações. Estava adorando cada segundo.

Estávamos no meio de um papo animado sobre o Banco Mundial quando vi a mesma loira passar diante de nós, mais uma vez.

Talvez a palavra mais apropriada fosse desfilar, na verdade.

Estava usando um vestido rosa justo e saltos altíssimos; o cabelo loiro era impecavelmente liso, e caía até os ombros. Ela era bonita. E não fazia questão de esconder suas intenções, considerando quantas vezes tinha passado por nós.

Não consegui evitar a risada.

Era um descaramento total, considerando que eu estava bem ali ao lado dele. Não sei o que me irritava mais — todo mundo achar que Xander e eu éramos um casal ou ninguém cogitar que Marcus e eu poderíamos ser. Ele era mais velho, claro, mas não tanto assim.

Ele levantou uma sobrancelha.

"Atrás de você, à esquerda." Apontei com o queixo na direção da nossa plateia. "Você ganhou uma admiradora."

Ele se virou, a avistou e se voltou de novo para mim, dando de ombros.

"Qual é." Revirei os olhos. "Não vem me dizer que você não reparou."

Marcus permaneceu em silêncio, dando mais uma breve olhada naquela direção antes de se virar para mim de novo. "Qual o seu conselho, doutora Amari?" Sua boca se curvou.

Senti um frio na barriga.

Ele estava só me provocando. Me incitando, talvez? Uma coisa que eu sabia muito bem era que Marcus Sutton não tinha nenhum problema em partir para a ação, nos negócios e fora deles. Vi isso em primeira mão por um bom tempo, acompanhando suas escapadas com Henry.

"Dar um conselho para Marcus Sutton? Não, obrigada."

Ele franziu o nariz de forma condescendente. Eu quase nunca via esse lado seu. Apareceram uns vislumbres na festa da universidade, o que me abalou durante dias. "É, provavelmente não preciso de ajuda."

"Vou te deixar em paz, então. Você tem sua admiradora." Afastei a irritação que sentia e olhei para a mesa onde estavam Tristan e o restante dos nossos amigos. "Eu tenho os meus."

Ele me segurou de leve pelo cotovelo assim que me virei. "Se me deixar aqui sozinho, o que vai me forçar a educadamente negar a conversa com ela, eu juro que vou arruinar a sua noite."

"Você não ousaria." Não sei por que falei isso. Ele e Henry alegremente faziam questão de estragar qualquer mínima diversão que eu fosse ter numa noitada. Marcus era irritantemente bom nisso.

"Está me desafiando?" Ele passou o braço sobre os meus ombros num gesto brincalhão. A proximidade do contato mandou ondas de choque para o meu peito. "Henry não é o único que consegue espantar um cara que chegue perto de você. Se eu me lembro bem, sou ótimo nisso."

"A ideia de conversar com uma mulher bonita é *tão* insuportável assim para você?"

"Eu já estou conversando com uma." Ele deu um gole em sua bebida. "E sei que com ela o papo é sempre bom."

8

MARCUS

Minha vontade era de matar Xander.

Porra, por que ele deixou Sloan sair com aquele vestido?

Suas pernas compridas estavam completamente à mostra. E o vestido ainda subiu quando Rohan dançou com ela. Era justo o bastante para não subir tudo, mas mostrava o suficiente de suas coxas para chamar a atenção de quase todos os homens do bar.

Me fez me arrepender de ter vindo. Foi Henry que me convenceu e, por uma mistura de culpa e nostalgia, acabei me deixando levar.

Conversei com ela por um tempo, mas então uma música mais animada começou a tocar, e praticamente possuiu seu corpo.

Depois da dança, ele falou alguma coisa que a fez rir. Isso não deveria me fazer ranger os dentes desse jeito. Eles eram amigos. Todos ali. Eu precisava ficar me lembrando disso o tempo todo, torcendo para que fosse o suficiente para aplacar a raiva cega que me dominava toda vez que ela não estava do meu lado.

Eu nunca tinha ficado incomodado desse jeito. Mas agora minha mente estava obcecada em monitorar cada pessoa que dirigisse o olhar para ela. Era quase impossível focar o que Henry estava falando.

Ela desencadeava um sentimento estranho dentro de mim, e isso precisava parar.

Sloan se alternou entre sentar com Henry e comigo e dançar por alguns minutos. Felizmente, quando estava sentada entre nós, ninguém daria em cima dela. Ela bem que podia ficar sentada.

Ainda se movimentando ao ritmo da música, ela veio sentar ao meu lado quando Henry levantou. "Vai ficar aí de cara fechada a noite toda?"

"Não estou de cara fechada. Só estou pensando."

Ela deu risada. "Duvido muito que alguma coisa que Henry tenha dito exija uma reflexão tão profunda."

"Me lembra de nunca pisar no seu calo."

Ela revirou os olhos.

"Por que não está dançando?", perguntou, dando outro bom gole em sua bebida. Ela estava mais desinibida, flertando mais. Isso me incomodou até ela vir sentar comigo, então achei maravilhoso. "Eu sei que você sabe como."

Henry estava a apenas alguns passos de distância. E, assim como Xander sabia todo o passado de Sloan, Henry era testemunha do meu. Conhecia meu histórico, e não me deixaria nem chegar perto da sua irmã se soubesse de metade das coisas que passavam pela minha cabeça naquele momento. Se eu pusesse as mãos nela, teríamos um problema. Fazer o papel de substituto de Xander num evento de gala era uma coisa. Dançar com ela num bar era outra.

"Por que não sentar para conversar? Eu sei que *você* sabe como."

Seu olhar se fixou no meu por um instante. "Dançar parece uma insanidade para quem não consegue ouvir a música." Ela olhou para baixo e ficou brincando com o canudo da bebida.

Meu coração falhou. Era uma citação ligeiramente modificada de Nietzche.

Sloan fazia isso, às vezes. Ela lia de tudo: clássicos, ficção, biografias, fantasia, o que fosse. Tinha um fascínio bizarro por histórias de revoluções. Fazia anos que inseria referências obscuras nas conversas. Acho que ninguém nunca reparou. Era um joguinho pretensioso dela, só que ninguém mais jogava.

Eu sempre percebia, mesmo se tivesse que pesquisar discretamente a respeito. E quase nunca comentava nada.

"Filósofos alemães é um assunto meio pesado para uma noitada num bar." Concentrei minha energia em controlar minha pulsação disparada. Ela sorriu. Eu tinha vencido essa rodada.

Ela deu mais um gole na bebida. Eu me distraí com algo que parecia estar acontecendo atrás dela. Vi Xander fechar a cara enquanto conversava com Tristan. Instantes depois, meu irmão veio até nós. Tristan voltou a se juntar ao restante do grupo.

“Estamos indo”, ele falou num tom atipicamente sério e baixo, como se estivesse tentando conter sua preocupação. Na maior parte do tempo, era difícil levá-lo. Mas aquele seu olhar era algo que eu não tinha visto muitas vezes.

Sloan se virou, provavelmente para argumentar, mas em vez disso apenas concordou. Bastou uma olhada em Xander para que sua expressão mudasse em um piscar de olhos. Foi o suficiente para ela aceitar sem questionar, o que não era pouco para alguém como Sloan.

“Tá.” Seu tom de voz era suave. Quase assustado. Não o da mulher obstinada que eu conhecia. “Vamos embora.”

Não entendi nada. Em geral, eu logo captava mensagens enigmáticas ou cifradas, mas nesse grupo eram impossíveis de entender. Senti um vazio do meu lado quando ela se afastou e foi se acomodar sob a asa do meu irmão.

Em instantes, Rohan, Tristan e Jackson os cercaram. Xander se virou por um instante e me lançou um olhar rápido, fazendo um gesto de cabeça para que eu os acompanhasse.

Estavam todos muito sérios, bem diferente do comportamento habitual. Eu os acompanhei, me perguntando a razão da atitude do meu irmão. Vi Sloan percorrer o salão com os olhos enquanto eles saíam, e ela só parou ao ver alguma coisa.

Acabei ficando para trás enquanto procurava Henry para avisá-lo da nossa saída. Quando os alcancei, só peguei o fim da conversa.

“Ela tem razão.” Rohan concordou com o que Sloan tinha dito, fosse o que fosse. “Se ele quiser arrumar confusão, pode tentar...”

“Não.” Xander não se deixou convencer, e olhou para Sloan.

Ele? Meu instinto protetor entrou em ação imediatamente. Era Julian, o ex dela. Eu o avistei pela visão periférica, mas só me dei conta de quem era quando estava saindo. Por que a presença dele causaria esse tipo de reação?

“Eu não quero ir embora”, ela disse. Não consegui ouvir o restante, mas li seus lábios: “A gente não fez nada de errado”.

O olhar de Xander era de relutância. Ele estava preocupado. “Sim, mas vale a pena?” Eu mesmo quase não o ouvi, mas, com isso, ela cedeu.

Havia muita coisa que eu gostaria de saber.

“O que foi isso?”, finalmente encontrei minha voz para perguntar.

Eles estavam reunidos na calçada, com a jaqueta de Xander sobre os ombros de Sloan, e todos trocaram olhares. O grupo chegou a um acordo tácito, do qual eu não fazia parte.

“Nada”, responderam quase em uníssono, com uma naturalidade que pareceu forçada.

“Vamos para a casa do Xander”, ela falou alguns momentos depois. “Cici vai encontrar a gente lá.”

“Não até alguém me explicar o que aconteceu”, exigiu Henry, enfim saindo. Tinha vindo atrás de mim quando finalmente consegui encontrá-lo.

“Nada.” Mais uma vez, um uníssono robótico. O grupinho fechado não queria que Henry ou eu soubéssemos o verdadeiro motivo. Era de uma lealdade irritante. Mas eu deveria agradecer. Era a confirmação de que cuidavam do Xander na minha ausência.

“Você pode ir ou não, Henry.” Sloan revirou os olhos, inquieta. Estava escondendo alguma coisa e sua agitação era a forma como demonstrava isso. “Não faz a menor diferença.”

“Você está bem?” Olhei diretamente para Sloan; o desejo de protegê-la era mais forte do que tudo.

Ela assentiu e sorriu.

Dei minha noite por encerrada.

Sloan tinha seu cavaleiro de armadura, que também fazia o papel de príncipe encantado quando necessário, e uma guarda real inteira para protegê-la. Estava em boas mãos.

Se eu repetisse o tempo todo para mim mesmo que isso não me incomodava, em algum momento ia passar a acreditar.

9

MARCUS

A casa de Sloan na Park Avenue exalava *old money*. Era uma belíssima estrutura de pedra, com um hall de entrada grandioso, do tipo que se vê em revistas de arquitetura.

"Já vou!", eu a ouvi dizer à distância depois de bater na porta. Um *claque-claque* começou a soar cada vez mais perto. Ao contrário do restante da família, Sloan se recusava a ter empregados domésticos. Estava obstinada em contrariar todas as expectativas criadas para ela.

Às vezes, Sloan era uma contradição ambulante, um quebra-cabeça que eu não conseguia resolver. Mas, porra, estava disposto a dedicar todo o meu tempo tentando.

Uma herdeira riquíssima que correu atrás para se tornar advogada, em vez de viver como uma socialite com uma herança bilionária à sua espera. Era independente até demais, mas fazia de tudo para manter nosso pequeno grupo unido. Inflexível num momento, incrivelmente maleável no outro.

Só depois que Sloan começou a faculdade de direito passei a entender o quanto ela leva a sério seu desejo de se afirmar pelos próprios méritos. Eu respeitava isso. E achava absurdamente sexy.

Ela escancarou a porta, e a brisa fria de outono empurrou seu cabelo para trás e levantou a barra de seu vestido. Seu olhar de cílios escuros se ergueu para encontrar o meu, e ela sorriu, com a expressão suave e acolhedora. Avisei a mim mesmo para não dizer nenhuma grosseria que pudesse afastá-la de mim. Agora que eu estava de volta, uma amizade genuína era meu objetivo.

"Deixa eu só pegar algumas coisas." Enrolou no dedo uma mecha de cabelo, enquanto o restante caía até o meio das costas por cima do vestido bordô de mangas compridas. Ele era justo até a cintura, onde se alargava e terminava logo acima dos joelhos, me proporcionando um vislumbre de suas pernas.

Aquelas pernas. Aquelas longas pernas que consumiam boa parte dos meus pensamentos, principalmente depois daquela saída à noite.

"Vamos chegar atrasados", falei num tom amigável.

"Já estamos atrasados." Sloan se virou rapidamente. O vestido rodopiou, subindo um pouco de novo. Um par de botas até o joelho era o responsável pelo *claque-claque* pelo piso de madeira. "Entra. Vai levar só cinco minutinhos."

Eu já tinha entrado em sua casa dezenas de vezes. Não parecia ter mudado, mas por algum motivo transmitia uma sensação diferente dessa vez. Seria porque eu não conseguia tirar os olhos do corpo dela?

Talvez.

A imagem mental de suas pernas nuas ao redor da minha cintura enquanto transávamos na ilha da cozinha era nova.

"Você não vai sentir frio?", perguntei, ainda a encarando, com um tom de censura.

"Tenho uma troca de roupa." Ela parou diante da ilha de mármore da cozinha e pôs algumas coisas numa sacola de pano, ignorando o julgamento na minha voz.

Eu me recostei na bancada, e um exemplar da *Odisseia* chamou a minha atenção. O amor de Sloan pela leitura era um interesse nosso em comum. Distraidamente, folheei as páginas enquanto a esperava, e me dei conta de que o livro estava em grego.

Henry falava quatro línguas e, para não ficar para trás, Sloan era fluente em cinco. Mas pelo que eu lembrava o grego não era uma delas. "Você consegue ler grego?"

Ela olhou por cima do ombro, e um sorriso iluminou seu rosto. "Não, uma colega na empresa está me ajudando a traduzir, página por página." Ela deixou a sacola na ilha e veio até mim, chegando perto a ponto de eu sentir seu perfume inebriante.

"É a primeira tradução publicada do grego antigo para o moderno feita por uma acadêmica." O entusiasmo era evidente em sua voz. Seus dedos roçaram minha pele quando ela estendeu a mão para pegar o exemplar, deixando fagulhas no toque. Ela o abriu para mostrar as traduções que havia feito até então e, dando um passo mais para perto, continuou. "Acontece que algumas traduções estavam um pouco imprecisas. Isso muda nossa forma de encarar Ulisses e muitas das aventuras que ele viveu."

Vê-la falar de um assunto que amava era cativante; eu não conseguia tirar os olhos dela.

"Pensei em você quando chegou", Sloan disse. "Existe uma versão em inglês da tradução dela, mas ler assim é como resolver um quebra-cabeça."

"Ah, é?" Meu amor pela leitura foi herdado da minha mãe, que tinha uma predileção especial pela literatura francesa. Ainda no ensino fundamental, eu já tinha lido todos os clássicos.

Ela riu e assentiu.

"Henry e Xander nunca dão bola para histórias que não são contadas em uma tela." Sloan fechou o livro e seus olhos castanhos luminosos me observaram. Eu não disse nada. Minha mente tinha o péssimo hábito de travar quando ela estava muito perto. Simplesmente absorvi a luz que vinha dos seus olhos.

"É melhor a gente ir", ela falou baixo, balançando a cabeça e desviando o olhar. Quando fez menção de pegar a sacola, me antecipei e a peguei para ela.

Fiz um gesto na direção da porta, ignorando o efeito que aquela breve interação tinha provocado no meu peito. Ela pegou o casaco, e nós saímos da casa.

Na saída, vi as lombadas de vários livros familiares na estante da sala de jantar e abri um sorriso.

Estávamos a caminho do carro quando ela deteve o passo abruptamente.

"Quer que eu deixe vocês a sós?", perguntei enquanto ela admirava a beleza do Artura. Sloan gostava de carros velozes.

"Eu amo este carro." Seus olhos castanhos continuavam fixos enquanto ela seguia para a porta do passageiro. Deixei as coisas que ela estava levando no porta-malas dianteiro. "Mas este carro, em Spa-Francorchamps, é o meu sonho."

Sloan não queria as mesmas coisas que a maioria das herdeiras. Queria ser advogada e, pelo visto, correr numa pista de Fórmula 1.

"Era sério o que eu disse antes." Abri a porta do lado do passageiro para ela. "Eu dirijo."

"Eu não pedi nada." Ela se acomodou no assento e me olhou com cara de inocente, estendendo as mãos sobre o painel. "Mas é melhor você tratá-lo como ele merece."

A viagem foi silenciosa. Depois de sairmos do perímetro da cidade, não havia muito movimento nas estradas vicinais. Estava tudo bem agradável, até eu perceber que o silêncio faria minha mente vagar para caminhos proibidos.

Tentei me concentrar na estrada. "E esses lugares que você e Xander falam aleatoriamente um para o outro?", comecei, e me arrependi na mesma hora.

Não faça perguntas cujas respostas você não vai querer saber.

"Hum?" Sloan levantou a cabeça. Eu havia interrompido seus pensamentos. Ela sorriu e olhou para mim. "Ah, isso. Significa que estamos devendo um favor um para o outro. E a referência é o lugar onde aconteceu", ela explicou com naturalidade, como se não fosse uma dúvida que me atormentava fazia anos. "Eu devia uma para Xander por causa de certo incidente em Barcelona."

Soltei um suspiro baixo de alívio. Henry e eu nos perguntávamos o que aquele código poderia significar. Depois de tanto tempo de amizade, eles desenvolveram uma linguagem própria. As localidades citadas do nada eram especialmente incômodas para mim. Enfim entendi por quê.

"Fico surpresa que você nunca tenha descoberto; está sempre à procura de um quebra-cabeça para resolver." Ela observou meu rosto e arregalou os olhos. "O que vocês achavam que era?"

Não respondi. Ela abriu um sorriso de orelha a orelha e suas bochechas ficaram vermelhas.

"Ai, meu Deus." Ela levou a mão à boca. "Vocês achavam que fosse alguma coisa sexual? E que a gente gritaria isso um para o outro na frente de todo mundo?" Ela soltou um risinho de divertimento ao pensar na ideia.

Não achei graça nenhuma.

E continuei sem responder, porque não sabia como.

"O que você e meu irmão fazem ou deixam de fazer não é problema meu."

A resposta saiu mais áspera do que eu pretendia. Era para ter sido de brincadeira, mas o tom serviu como um lembrete, que pelo jeito eu estava precisando.

Meus olhos se voltaram para ela por um instante. Sloan parecia atônita. Ela abriu a boca para dar uma resposta que, com certeza, seria afiadíssima. Em vez disso, cerrou os lábios e se recostou no assento.

10

SLOAN

Entrar na casa de campo da minha família era como voltar aos melhores anos da minha infância. Era uma linda propriedade em estilo renascentista francês, aninhada em meio às colinas no norte do estado de Nova York. Nossa Versalhes pessoal.

Minha época favorita ali era no outono, quando meu avô dava nossas festas anuais para o Diwali. A casa ficava mais linda, com as árvores ao redor adornadas com folhas coloridas, formando um contraste perfeito com o gramado impecável.

O ar frio de outono era uma mudança bem-vinda em relação ao clima carregado do carro. Uma parte de mim desejou que eu tivesse ido mais cedo com Xander e Penelope.

Marcus era difícil de decifrar. Num momento era agradável e simpático, mas logo em seguida voltava a ser frio e distante. Eu não conseguia entendê-lo ultimamente. Uma parte de mim se perguntava se o Marcus que eu conheci estava desaparecendo. Era como se ele estivesse se fechando de novo, como quando seus pais morreram.

Nunca havia sido afetuoso e sociável como Xander. Marcus tinha seus momentos em que era maravilhoso, e no restante do tempo era um pouco... sério demais.

Entramos e encontramos toda a família na sala principal. Xander e Penelope tinham chegado de Manhattan mais cedo naquele dia, mais ou menos uma hora antes de Henry. Meu amigo já estava bem à vontade, sentado no sofá com os pés sobre a mesinha de centro. Xander sempre foi, e continuava sendo, a única pessoa que podia fazer isso. Minha mãe tinha um fraco por ele.

Ela estava no sofá, e meu pai em lugar nenhum — algo que acontecia com frequência nos últimos dois anos. A pressão para assumir os negócios quando meu avô decidisse se aposentar pesava sobre ele, começando a prejudicar seus relacionamentos.

Àquela altura, todo mundo já presumia que Henry assumiria tudo quando meu avô se afastasse.

Marcus sentou ao lado de Xander no sofá, deixando só um lugar para mim — bem ao lado dele. Eu me recostei no braço do sofá, colocando o máximo possível de espaço entre meu corpo e o seu. Antes ele estava de casaco, então eu não tinha notado o suéter azul-marinho de gola careca que ele vestia.

Tentei não reparar nos ombros largos e nos braços musculosos dele, o que me levou a imaginar o que mais escondia nas partes que não estavam à mostra.

"Falei pra sua família que nunca tinha participado de uma celebração de Ação de Graças americana", Penelope disse, interrompendo meus pensamentos proibidos para menores. Estava sentada numa poltrona de pelúcia, com Henry no chão ao seu lado. "Qual é a programação?"

"Jogos, comilança e brigas." Henry contou nos dedos. "O trio infalível. Por falar em brigas, o Taboo entrou para a lista dos jogos proibidos."

"Por que não podemos jogar Taboo?"

Xander abriu um sorriso largo, inclinou a cabeça e se virou de Penelope para mim. "Sloan?"

Revirei os olhos. "Alguém *pode* ter se machucado no ano passado."

Henry deu risada. "Sloan jogou o timer no Xander por ter errado *Casablanca*."

"Nem encostou nele." Em minha defesa, ele não estava se esforçando, nem levando o jogo a sério.

"Passou voando por mim e acertou em cheio um baleiro do século XVIII." Xander sorriu ainda mais ao recordar a história. Penelope arregalou os olhos. Para quem nunca passou um Dia de Ação de Graças à americana, nossa família talvez não fosse um bom começo. Era sempre uma discrepância em relação a algo que Norman Rockwell teria retratado.

"Como disse naquele dia, eu agi no calor do momento", me defendi. Um momento de mau humor terrível depois de um dia terrível com a minha família que me automediquei com uma taça de vinho. Só que a taça acabou virando uma garrafa.

"Minha sugestão é dobrar a aposta." Xander se inclinou para a frente, passando as mãos no cabelo. "Vamos jogar futebol americano no gramado outra vez. Assim Sloan pode pôr para fora toda a sua agressividade." Ele e Henry caíram na risada, e Marcus os imitou.

"Eles podem falar", retruquei, me virando para Marcus, "mas você está em liberdade condicional depois de ter faltado nos dois últimos anos."

Ele sorriu. *Aquele* sorriso. A tensão entre nós no carro foi esquecida, substituída por uma familiaridade reconfortante.

Felizmente, a conversa rumou para as lembranças de outros Dias de Ação de Graças, em que relatamos para Penelope um histórico completo da disfuncionalidade da família Amari. Ela pareceu achar tudo lindo. Estar naquela sala, com nós todos juntos de novo, me proporcionou uma calma que eu tinha até esquecido que existia.

O jantar era sempre muito formal. Minha mãe, como uma boa aristocrata inglesa, não aceitaria que fosse de outra forma. Ela foi relaxando um pouco com o tempo, mas lugares designados e trajes formais ainda eram obrigatórios. Isso significava que precisávamos trocar de roupa antes de jantar. Quando ela se casou com meu pai, foi meio que um escândalo. Ele era um novo-rico, o que era escandaloso por si só. Somando a isso o fato de ele ser um americano filho de imigrantes indianos, nossos Dias de Ação de Graças ficam parecendo quase brincadeira de criança.

Mas o amor prevaleceu. Cresci ouvindo sobre como eles se apaixonaram na época de faculdade. A barra estava lá em cima.

"Sloan, quando você vai para Londres?", Xander perguntou bem no meio da conversa, sabendo que eu ainda não tinha contado para a minha família. Era assim que ele gostava de me obrigar a ser sincera.

"Londres?", Henry perguntou, levantando os olhos do prato.

"Não sabia que você tinha aceitado!", Penelope disse do seu lugar.

"Londres", repetiu Henry.

Minha mãe entrou na conversa. "Você não vai sentir falta de casa?"

"Muito, mas a ausência estimula o coração." Xander sorriu. Eu joguei um pãozinho nele e gesticulei com a boca um *vai se foder*.

"Tenha modos, Sloan", minha mãe interveio. A conversa degringolou da mesma forma que acontecia todos os anos. Cada um tinha algo a dizer, e ninguém escutava.

"Acho uma ideia maravilhosa." Meu avô interrompeu o falatório por um momento. "Marcus pode ficar de olho em você enquanto estiver lá."

Mais discussões irromperam. Exatamente como esperado, o jantar desandou.

Escondi o rosto nas mãos e assim fiquei pelo que pareceram horas. Na verdade, provavelmente foi só um minuto. Todo mundo tinha uma opinião para dar a respeito. A ideia de passar seis meses fora se tornava mais agradável a cada minuto.

"Eu não preciso de babá", esbravejei em meio à cacofonia de vozes que discutiam. "Eu vou, vocês querendo ou não, e isso vai me ajudar a virar sócia da firma, e eu não preciso da supervisão de ninguém." Minha voz foi se erguendo até eu estar aos berros. Então, empurrei a cadeira. Com as mãos tremendo de raiva, levantei e saí andando para longe daqueles rostos em choque.

Fiquei andando, furiosa, de um lado para outro no pátio que dava para os fundos da propriedade.

Xander logo viria me procurar. Não era a primeira vez que eu vinha para cá depois de um jantar tenso. Na maioria dos anos, depois do que quer que tenha acontecido para me fazer vir para o pátio, ele aparecia e me deixava desabafar um pouco. No fim, mudava de assunto, e nós ríamos, bebíamos vinho e voltávamos para dentro.

Detive o passo quando ouvi o clique da porta se abrindo e se fechando. Quando me virei, dei de cara com Marcus vindo na minha direção, segurando uma manta e um copo de uísque na outra.

"Hoje vai ser uma noite de jogos daquelas." Sua voz saiu carregada de sarcasmo ao me entregar a manta. Eu estava congelando; meu vestido era para eventos em locais fechados, e o tecido extra vinha a calhar. Mas isso não ajudava no meu argumento de que não precisava de ninguém para cuidar de mim.

Marcus não fez comentários sobre eu ter aceitado a manta, me deixando manter minha ilusão de orgulho ainda intacta.

"Achei melhor vir dar uma olhada em você para tentar evitar ferimentos causados por agressões esse ano." Ele passou direto e foi até o gradil, apoiando os braços ali e mantendo o olhar voltado para a frente e não para mim. Me senti grata por isso, porque ainda estava um pouco envergonhada da minha explosão. O céu do pôr do sol de outono estava inflamado por tons de vermelho e laranja, lançando sombras sobre sua blusa onde os músculos dos braços e das costas criavam um relevo tentador.

"Estou bem."

Ele assentiu. "Londres?"

"Pois é. Eu ia contar mesmo para todo mundo hoje. Só não queria fazer isso aos berros." Cruzei os braços, mantendo o cobertor bem apertado no corpo. "Viajo mais ou menos uma semana depois do Ano-Novo."

"Parece uma ótima oportunidade." Seu tom era monótono, entediado. "Virar sócia da empresa."

"Pois é. Você passou todo esse tempo em Londres?"

"Viajei para todo lugar, mas a sede global fica lá, então era onde ficava entre uma viagem e outra."

Ele já tinha viajado a trabalho antes. Por que não nos visitava com mais frequência? Tinha visto Henry e Xander umas três ou quatro vezes, no máximo, durante esse período. E eu, nenhuma. Ele não sentiu saudade de nós? *De mim?*

"Eu não quis dizer que você seria um incômodo nem nada. Não conheço ninguém lá além da Penelope, então um rosto conhecido faria bem." De repente voltei a ficar nervosa, passando a andar de um lado para outro de novo. Meus dedos repuxaram um fio solto na manta. "Só estou cansada de ser tratada como criança."

Ele não respondeu. Deu um gole no uísque, olhando para o pôr do sol.

Depois de alguns minutos de silêncio, se virou para mim, apoiando as costas no gradil. Seu olhar estava mais suave, o que só fez com que eu me sentisse ainda pior pelo escândalo que dei. "Só pra você saber, todo mundo consegue enxergar que você é supercompetente."

Ele foi andando até a porta.

"Você não precisa provar nada para ninguém", ele falou, gesticulando para que entrássemos. "A não ser que consegue passar uma noite de jogos sem machucar ninguém, talvez."

Eu sorri, curtindo a sensação de saber que era *esse* Marcus que eu conhecia. O motivo para isso era o amor que ele sentia por Henry e Xander, mas o resultado era o mesmo. Ao passar por ele, peguei o copo da sua mão.

"Isso vai ajudar." Dei um gole e fui para a sala para uma animada noite de jogos.

11

MARCUS

O fim de semana de Ação de Graças na casa dos Amari quase sempre tem briga. No dia anterior, foi Sloan. Hoje foi Xander. É raro as discussões chegarem às vias de fato, mas às vezes acontece. O que de fato aconteceu.

Tudo começou com uma inocente partida de futebol americano. Era uma tradição da família desde que me lembro. Xander lançou um passe para Henry, que a sempre competitiva Sloan interceptou, e então correu para marcar um touchdown. Ela fez uma dancinha fofa de comemoração e pulou em cima de mim para me abraçar — nós estávamos no mesmo time, afinal.

Por algum motivo, isso deixou Xander muito puto. Se alguém fez alguma falta, nunca vamos saber. A única certeza foi o que aconteceu a seguir.

Xander veio correndo na minha direção e, com um empurrão, deu início à coisa toda. Assim que a briga começou, Sloan mandou todo mundo para dentro almoçar. Eu e ele fomos deixados lá fora até resolver qualquer que fosse o problema.

A essa altura, já era um procedimento testado e aprovado. Foram poucos os anos em que ninguém brigou e nada foi quebrado.

Xander conseguiu acertar alguns bons socos, algo que nunca tinha feito, e eu me segurei para não revidar. Depois de um tempo, sua raiva se dissipou. Nós sentamos no chão, nos sentindo idiotas, sujos e com as roupas cheias de lama e terra.

"O que é que foi isso?", enfim perguntei, depois de alguns minutos de silêncio. Eu tinha quase certeza de que já sabia.

"Fiquei com vontade de te bater", ele falou simplesmente. Estava sentado no chão com as pernas dobradas e os cotovelos apoiados nos joelhos.

"Tá. O que mais?"

"Você fica dois anos fora, nós nunca conversamos, e aí quando volta a única pessoa com quem não passa nenhum tempo sou eu?", ele diz, com os olhos voltados para o chão. Eu ainda estava abismado com o fato de ele ter me dado um soco. Xander nunca foi do tipo que recorria à violência. Sua forma de resolver tudo era sempre na base da conversa.

"O problema não é você ter passado esse tempo fora", ele continuou, bufando. "Por que nas últimas semanas você tem passado mais tempo com Henry e Sloan do que comigo?"

Ele estava com ciúme *por causa* de Sloan, não *dela*. Isso não parecia fazer sentido. Mas era como ele se sentia.

"Desculpa." Nós sempre tivemos uma boa relação; os dois anos anteriores estragaram isso.

"É só isso que você vai me dizer?"

Ficamos em silêncio por mais alguns minutos.

"Xander", comecei, mas me interrompi. Tinha passado a vida toda cuidando dele e, no intervalo de dois anos, destruí tudo o que fiz de bom. "Eu não deveria ter me afastado de você. Me desculpa. Não vai acontecer de novo."

Ele respirou fundo e me encarou. Um sorriso apreensivo apareceu. "Acho que fodi seu olho." Xander ficou de pé e espanou o pó da calça. Não aceitou minhas desculpas, mas já era o bastante.

"Pois é." Ele ofereceu a mão para me ajudar a levantar. Eu não estava conseguindo abrir totalmente o olho direito.

"Desculpa aí, irmão."

Quando entramos, Sloan estava saindo da sala de jantar, e deteve o passo. Arregalou os olhos ao nos ver, depois soltou o ar e veio às pressas até nós.

"Xander! O que foi que você fez?" Ela correu até o meu lado e deu um tapa na nuca dele.

"Foi sem querer."

Sloan o enxotou para a sala de jantar, sem a menor disposição para ouvir suas explicações ou causar um alvoroço, e o mandou se comportar.

Então me pegou pela mão e me levou para a cozinha, onde encheu uma tigela com água e alcançou o kit de primeiros socorros.

"Fica paradinho." Ela ficou na ponta dos pés para avaliar o estrago. "Não está tão ruim", falou enquanto abria o kit.

Sloan pegou o pano embebido em água morna e limpou a terra dos machucados ao redor do meu olho. Eu poderia muito bem cuidar de mim mesmo, mas estava gostando daquela atenção. A atenção dela. Me encolhi ao sentir o ardor de um antisséptico na pele.

"Desculpa." Ela fez uma careta. "Você vai ficar com dor de cabeça. Pedi para Xander e Pen pegarem um remédio para isso."

"Obrigado."

Ela sorriu. "Acho que você vai ter que bater no Henry ou em mim no ano que vem para equilibrar as coisas."

"Vai ter que ser no Henry. Não quero ter o mesmo destino que o baleiro." Tentei me concentrar na dor, e não no fato de ela estar apoiando a mão no meu peito para se equilibrar.

Assim tão de perto, eu sentia o cheiro cítrico do seu perfume e o de lavanda do cabelo. Seu hálito quente roçava meu pescoço. A maciez morna de seus dedos fazia meu corpo vibrar como um fio desencapado. Foi quando percebi que estava correndo os dedos pela bainha de sua camiseta. Resisti à tentação de tocar a pele macia por baixo.

Eu poderia desfrutar disso e continuar sendo seu amigo. Olhar e não encostar. Era tão difícil assim?

Mas era só uma coisa temporária, até esses sentimentos passarem. E em algum momento isso ia acontecer. A distância não tinha dado conta. Mas o tempo faria acontecer.

Apesar de ter saído na porrada com meu irmão, a situação até que terminou bem. Sloan estava concentrada apenas em mim. Com todo mundo na sala de jantar, ficamos a sós no silêncio da cozinha.

"Com sorte vai estar melhor na segunda." Ela deu um passo atrás, me tirando do transe em que tinha me colocado. "Mas um pouco de corretivo deve resolver se você tiver alguma coisa muito importante antes disso."

"Está me dizendo para usar maquiagem?" Eu dei risada até suas palavras me atingirem completamente, e então me dei conta. A fúria fez minha pulsação se acelerar. Como ela saberia fazer isso? "Como você saberia esconder machucados tão bem?"

Sloan se deteve, baixou os olhos e disfarçou sua expressão preocupada com meio segundo de atraso, que eu peguei. E eu não ia acreditar na mentira que estava prestes a me dizer.

Ela permaneceu em silêncio.

"Sloan." Levantei seu queixo para que ela me olhasse. Pela primeira vez em um bom tempo, eu estava tendo dificuldade para controlar uma emoção. A raiva estava se espalhando por mim. O bar. Quando viram o ex dela, todos saíram imediatamente. Eu precisava saber o que tinha acontecido. "Não mente para mim."

"As mulheres sabem usar maquiagem, ora. Se não gostou, a culpa é do patriarcado." Sua atitude estava tranquila, e a voz contida. Ela sabia mentir bem.

"Sloan."

"Xander estava lá." Não era exatamente uma explicação, mas ela sabia que citar o nome dele aplacaria boa parte das minhas preocupações. E eu achando que conseguiria arrancar alguma informação de uma advogada. "Já está tudo resolvido. Eu estou bem."

Tentei ignorar o ciúme cáustico que borbulhava no meu peito. Sloan não precisava de ninguém para tomar conta dela, mas, se precisasse, seria Xander, não eu. "Quem?"

"É por isso que eu não conto nada para vocês dois." Ela se afastou de mim, foi até o armário e pegou uma garrafa de vinho, que colocou sobre a mesa antes de ir pegar as taças. "Vocês sempre exageram."

Vocês dois. Eu detestava isso, que ela visse Henry e eu como a mesma coisa. Irmãos mais velhos. Para ela, a ideia de que eu pudesse vê-la de outra maneira não era sequer levada em conta. "O que tem de exagero nisso?"

"Você não sabe *literalmente* nada e já está aí todo nervosinho." Ela pôs as taças na mesa. "E se eu e Xander entramos numa briga com música e dança, tipo *West Side Story*? Você nem sabe."

Acabei rindo. Droga, queria continuar com raiva. "Eu preciso de um nom..."

"Não precisa de nada. Assunto encerrado." Sua voz perdeu o tom de irritação, abrindo espaço para uma risadinha.

"Sloan."

"Ficar repetindo meu nome um monte de vezes não vai mudar nada. Eu não vou contar essa história para você." Ela me encarou e apontou para uma cadeira. "Senta aí."

Eu sentei e desisti, pelo menos por enquanto.

"E não conta pro Henry." Ela serviu o vinho com um olhar de ameaça, esperando minha concordância.

"Desde que você me conte o que aconteceu em algum momento."

"Tá." Ela me entregou uma taça e deu um gole na sua. "Isso vai ajudar com a dor, pelo menos até Xander e Pen voltarem."

Um silêncio caiu sobre a cozinha. Eu me sentia nauseado. Estava difícil conter os sentimentos que borbulhavam dentro de mim sempre que eu a via, pensava nela ou ouvia seu nome.

Essa angústia devia estar bem aparente no meu rosto.

"Fazer terapia doeria menos, sabe", ela comentou enquanto me entregava uma compressa de gelo. Seu humor já estava mais leve, o que aliviou a pontada no meu peito.

"Pois é, mas esse método é mais rápido."

"Está tudo resolvido, então?", Sloan perguntou com um leve suspiro, girando a taça pela base e observando o vinho se movimentar lentamente.

Sorri com sua preocupação. "Ah, sim. Fica tranquila. Ele não vai mais sair dando socos por aí. A não ser que volte a perder pra gente no futebol americano."

Ela sorriu. "Então você vai ficar? Só estou perguntando para fins estritos de soco, claro." O peso da conversa se dissipou, e seu riso se espalhou pelo cômodo.

"Para fins estritos de soco? Nós só ganhamos por minha causa." Era uma saída fácil apelar para sua competitividade. Eu ainda queria mais de sua atenção.

"Por sua causa uma ova", ela esbravejou num gracejo.

"Você pegou aquela por sorte..."

"Sorte?!"

"Xander não conseguiria arremessar nem se a vida dele dependesse disso." Ele tinha jogado futebol a vida inteira. Um esporte que tinha como premissa não usar as mãos.

"Vendo a sua cara, eu diria que o arremesso dele é capaz de fazer estrago." Ela riu da própria piada. "O touchdown foi meu. A porrada que você levou na cabeça te fez esquecer isso?"

"E todos os outros touchdown?", lembrei. Ela ficou em silêncio. "Você precisa de mim para ganhar, doutora."

"Tudo bem." Seu sorriso se tornou mais presunçoso. "A gente tenta de novo ano que vem, em times diferentes."

"Você vai implorar para trocar de time", avisei.

Um brilho surgiu nos seus olhos. "Primeira da classe. A melhor da empresa. Instintos afiadíssimos", ela listou, como se eu precisasse ser lembrado de tudo sobre ela que fazia meu sangue ferver. Ela se recostou e cruzou os braços. "Sloan Saanvi Amari não implora nada para homem nenhum."

Nossos olhares se encontraram, e o mundo parou por um momento. O ar entre nós estalava de eletricidade; minha garganta ficou seca. "Mil desculpas", murmurei, ignorando o calor que se espalhava por todas as fibras do meu corpo.

Ela riu de novo, dispersando a tensão. "Onde é que esse cara estava? Senti falta dele." Ela deu mais um gole de vinho.

Ouvir que ela sentiu minha falta me tirou o fôlego. A porta se abriu e se fechou em seguida.

"Voltamos." As vozes de Penelope e Xander ressoaram pela cozinha vazia.

Eu não a teria mais só para mim.

"Aqui", Sloan chamou. Ela só desviou os olhos dos meus quando eles chegaram.

No fim daquele longo dia, eu me vi sentado em uma poltrona de couro diante da mesa do escritório de Rishi Amari. Uma estante de livros ocupava toda a parede atrás dele, cheia de volumes em diferentes idiomas.

Estar ali sempre me dava a sensação de ser um aluno mandado para a diretoria. Em nossos anos mais rebeldes, Henry e eu muitas vezes íamos parar lá por causa das besteiras que fazíamos. O patriarca dos Amari era o responsável pelo enorme sucesso e patrimônio da família. E pelo meu também. Foi Rishi quem identificou meus talentos e me ajudou a encontrar oportunidades para me destacar.

Eu devia tudo o que tinha a ele.

"Um belo hematoma." Ele deu um gole no vinho e franziu a testa; as rugas em sua pele marrom estavam mais pronunciadas ultimamente. Os olhos castanhos-escuros praticamente se fechavam quando ele dava suas risadas joviais. "Xander deve ter ficado bem bravo."

"Eu mereci." Soltei uma risadinha e me ajeitei na poltrona. "Sloan disse que não está tão ruim."

"Minha neta tem um grande coração e uma propensão a mentir para agradar as pessoas." Ele deu outra de suas gargalhadas graves e escandalosas. "É por isso que é uma boa advogada."

Sorri com a menção a Sloan. Apesar de ter sido eu que a mencionei. Eu não conseguia tirá-la da cabeça.

"Como estão as coisas no trabalho?" Eu sabia a que ele estava se referindo. Na Sutton Industries ia tudo bem, mas não era isso que ele estava perguntando.

"Nenhum passo em falso ainda." Nossa conversa deveria ser sucinta. Era difícil avaliar o quanto Henry já sabia do que estava acontecendo. Para que tudo corresse bem, decidimos ser discretos. "Quando você acha que vai ser convocada uma reunião de acionistas?"

"A próxima é só no meio do ano que vem, conforme programado. O conselho não tem poder para convocar uma reunião de emergência, pelo menos enquanto eu for o CEO." Ele sorriu.

Eu me ajeitei na poltrona e soltei o ar com força. "Tem certeza?"

"Sim", ele me garantiu, assentindo. "E obrigado. Sei que não estou pedindo pouca coisa, mas você é a única pessoa em quem confio para isso. Henry e Sloan não podem saber."

Eu sabia como funcionava a negação plausível.

Dei de ombros. Mentir para Henry era uma coisa, mas isso incluía todo mundo. Parecia um veneno.

"Você foi embora por isso?", ele questionou, a pergunta de um bilhão de dólares. "Fiquei surpreso com seu afastamento por tanto tempo."

Eu consegui trabalhar melhor estando longe, já que tinha menos distrações. Mas realmente pareceu que a minha vida foi interrompida enquanto estive fora. Só que, enquanto a minha história estava pausada, a de todo mundo seguiu adiante, me deixando para trás.

Dei de ombros de novo. Ficamos em um silêncio confortável antes que ele começasse a me interrogar sobre assuntos não relacionados a trabalho, o tipo de coisa que se espera de um mentor que se tornou um amigo. Para surpresa de ninguém, minhas respostas não foram nem um pouco satisfatórias. Não havia a menor chance de um relacionamento sério para mim, fosse num futuro próximo ou distante. A decepção em seu rosto era visível.

"Ah, e Marcus..." Ele me deteve quando eu já estava quase saindo. "Fique de olho na Sloan por mim. Vocês vão estar em Londres mais ou menos na mesma época. Eu me sentiria melhor sabendo que ela tem com quem contar."

"Ainda estou trabalhando no último favor que você me pediu", lembrei num tom leve.

"Esse é o último, prometo."

12

SLOAN

Passei o resto da noite com Xander. Marcus e Henry ficaram vendo o jogo de futebol americano na tevê, e Penelope foi dormir cedo.

Fiquei quase uma hora tentando entender o que de fato tinha acontecido durante a partida à tarde. Pelo que pude apurar, Xander estava irritado com Marcus por não passar nenhum tempo com ele, o que me deixou com o coração apertado.

Ele sempre pôs Marcus num pedestal. E ainda fazia isso. Os pais deles morreram quando Xander estava no último ano de graduação na Upenn. Depois disso, ficaram só os dois. Podiam contar conosco, claro, mas em termos de família mesmo eram apenas eles.

"Deve ser mais fácil para ele ficar com a gente", eu disse para Xander. "Nós não somos irmãos dele. E não temos as mesmas expectativas." E também não o lembrávamos de tudo o que ele perdeu.

"Qual exatamente é a *sua* expectativa?" Ele estava irritado. Apesar de não haver nada romântico entre Xander e eu, ele ficava bem possessivo quando eu estava próxima de outras pessoas. Era daí que vinha sua animosidade em relação a Penelope.

"Acho que a melhor pergunta aqui é: qual é a *sua*?"

Excelente esquiva, doutora.

O jeito como Marcus me chamava de *doutora* me provocava coisas que eu não sabia descrever. Arrepio na pele, frio na barriga, tudo isso junto.

"Sei lá...", ele começou. Estava bem para baixo desde o incidente. "Queria que as coisas voltassem a ser como eram, quando a gente sabia o que estava acontecendo na vida uns dos outros porque estava sempre junto."

Senti um aperto no peito ao pensar que Marcus logo iria embora de novo. "Vai comigo para Londres, Xan." Eu sabia que isso não resolveria o problema, mas tornaria os meses seguintes mais fáceis para nós dois. "Podemos morar juntos. Vai ser como na época da faculdade."

"Sua solução para a minha incapacidade de me desprender de um passado idealizado é fingir que eu não preciso fazer isso?" Ele deu risada. Era a segunda vez que recusava. Sei que em parte eu estava sendo egoísta de pedir, porque, se meu melhor amigo morasse comigo, nunca me sentiria sozinha. "Você é uma péssima terapeuta."

"Bom, é isso o que acontece quando você procura uma advogada, não uma psicóloga", respondi com um tom leve e retomei a conversa. "Dá um tempo para ele. Você estando com raiva ou não, ele ainda é seu irmão, e está se esforçando."

"Talvez."

"Com certeza", corrigi. "Se não estivesse, você estaria com o olho roxo também."

A manhã de sábado do fim de semana de Ação de Graças era quando todo mundo se preparava para retomar a rotina, arrumando as malas sem pressa. A gente sempre acabava indo embora mais tarde do que o planejado, por causa de um jogo, uma conversa, uma discussão.

"Sloan." Minha mãe esticou a cabeça para fora da cozinha quando passei pelo corredor; eu carregava a bolsa com as minhas roupas já arrumada. Ela não falou mais nada. Voltou para a cozinha e sentou à mesa.

Eu segui sua ordem tácita e sentei ao seu lado. A mesa ficava diante de uma janela voltada para os fundos da propriedade. A luz do sol entrava e preenchia a cozinha de manhã.

"Essa viagem a Londres", ela começou, segurando a caneca de café com força. "Tem certeza de que é mesmo necessária? Você já tem um ótimo cargo na empresa."

Não se irrita com ela.

Eu já estava acostumada à perplexidade da minha família e de alguns de nossos amigos próximos pelas aspirações profissionais. Mas as preocupações da minha mãe não tinham nada a ver com a minha carreira, e sim com seus estranhos familiares.

Os pais que a renegaram e a família que a deserdou viviam em Londres. Minha mãe sempre teve medo de que eu ou Henry entrássemos em contato com eles em algum momento e enfrentássemos a mesma rejeição que ela sofreu.

"Eu não tenho a menor intenção de falar com *eles*", garanti.

A parte que mais me doía era que eu tinha me esforçado muito para ser alguém que eles pudessem amar. Fiz questão de terminar os estudos, de ser apresentada à sociedade num baile de debutante, um costume totalmente arcaico — tudo isso para talvez encontrar um lugar no mundo deles. Mas essa menininha ingênua tinha aprendido anos antes que, por mais que tentasse se comportar como um deles, continuaria sendo ignorada.

Eu só queria ter me dado conta disso mais cedo na vida, assim teria o mesmo amor-próprio que tenho hoje. Isso teria me poupado de muitas decepções.

Ela suspirou; a preocupação amenizada. "Eles não merecem conhecer você."

Minha mãe não disse mais nada. Eu levantei e a abracei. Quando éramos crianças, meus pais sempre se mantiveram a uma certa distância de mim e Henry; isso só mudou de verdade quando éramos bem mais velhos. Passei muito tempo com raiva deles, mas a irritação por causa das expectativas deles sobre mim foi enfraquecendo com o tempo. Era melhor relevar essa parte, em nome de uma convivência pacífica.

Marcus me levou de volta para casa. Eu ia esperar Xander e assim evitar mais uma viagem meio esquisita, mas quando saí da cozinha Marcus já estava com minha bolsa na mão. Ele apontou para o carro, abriu *aquele* sorriso, e não foi preciso dizer nada.

Eu adorava aquele trajeto. A cidade se misturando às montanhas; em um piscar de olhos, você já estava em outro lugar.

"Você teve sorte de ter crescido aqui", comentei. As cores ricas do outono se misturavam em um borrão enquanto passávamos em alta velocidade. As palavras saíram da minha boca antes de eu me dar conta com quem eu estava. Eu me encolhi. Xander e eu adorávamos lembrar das viagens que nossas famílias faziam juntas durante os recessos de outono na faculdade.

Como Henry e Marcus eram melhores amigos, nossas famílias se encontravam o tempo todo nos eventos relacionados à universidade. Quando Xander e eu entramos na Upenn, já era uma tradição familiar. Os verões sempre incluíam uma semana na casa dos meus pais em East Hampton, e os outonos eram a época das trilhas nas montanhas e da colheita de abóbora nos arredores da casa dos Sutton.

Marcus não disse nada. Ele nunca tocava nesse assunto.

"Desculpa", falei depois que o silêncio se tornou incômodo.

Houve ainda mais um pouco de silêncio antes que ele enfim pusesse fim à minha angústia. "Não, tudo bem, sou eu que falo deles menos do que deveria."

Xander teve a reação esperada ao falecimento dos pais. Ficou transtornado. Marcus foi do choque ao torpor, ficando assim por um bom tempo. Ao longo dos anos, foi se abrindo de novo.

"Você foi incrível, você sabe, né?" Mais uma vez, as palavras saíram da minha boca sem que antes eu refletisse sobre como ele iria se sentir.

Marcus e Henry tinham acabado de começar a trabalhar na Amari Global quando aconteceu. Depois disso, Marcus passou meses se alternando entre Manhattan e Filadélfia, para poder ficar de olho em Xander. Ele pegava o carro e ia todo fim de semana. Sem falta.

A cobertura na Filadélfia ainda era dele, como um lembrete para continuar cuidando do irmão. "Durante todo aquele tempo, se alternando entre um lugar e outro. Você era o porto seguro dele. Ainda é", acrescentei.

Marcus não respondeu, mas uma expressão carregada surgiu em seu rosto. Ele não acreditava em mim.

"Eu adorava a casa de vocês", continuei. Uma parte de mim implorava para eu calar a boca. Mas talvez ele precisasse de um empurrãozinho para se abrir.

Aquela casa era como um lar para mim. A mãe deles adorava jardinagem. Na primavera, o quintal ficava inteiro cheirando a peônias, o perfume entrando na casa com a brisa. Era como um conto de fadas. Me recostei no assento e escutei o rugido suave do motor.

"Xander e eu falávamos que era uma casa de campo." Essa lembrança me fez sorrir.

Marcus deu um pequeno sorriso triste. "A gente ia bastante lá."

"Eu adorava. Xander sempre acabava encrencado por causa de você e do Henry." Eu sempre escapava, porque o pai deles me adorava, e geralmente era excluída do que os três aprontavam.

"A coisa ficava feia pro nosso lado quando a gente te deixava de fora das coisas." O tom de voz dele se amenizou. Os garotos eram bem cruéis, sobretudo quando Xander era convencido a me abandonar. "Mas principalmente Xander."

"Vocês eram terríveis."

Ele quase deixou escapar uma risada. "Você sobreviveu."

Essas visitas só eram divertidas para mim quando eu conseguia ter a companhia de Xander. "Eu tinha dezesseis anos, e estava longe dos meus amigos. Ele era tudo o que eu tinha, e mesmo assim vocês queriam tirá-lo de mim."

Alguma coisa no que eu disse o deixou pensativo. A ternura se foi, e seu rosto se fechou de novo.

Tudo ficou quieto por um bom tempo depois disso.

"Pois é, mas olha como você é durona hoje." Sua voz quebrou a tensão cada vez maior. "De nada."

Eu sorri e passei o restante da viagem tentando convencer Marcus a visitar sua antiga casa com Xander algum dia. Ele foi surpreendentemente receptivo à ideia.

13

MARCUS

Depois do feriado de Ação de Graças, descobri quantos problemas poderiam se acumular enquanto eu apanhava do meu irmão mais novo, entre outras atividades do fim de semana prolongado.

Eu precisava me concentrar no trabalho, mas tinha um leve hematoma no olho como lembrete de que ainda precisava resolver certos assuntos.

“Seu olho está quase normal de novo”, Henry comentou enquanto sentava ao meu lado no bar do Augustus, um clube exclusivo em Manhattan do qual os Amari eram sócios havia duas gerações. Meu irmão e eu ganhamos acesso alguns anos atrás.

O bartender serviu nossos drinques. “Chamei Xander, mas ele não quis vir”, contei. Ele tinha dito que estava ocupado com o trabalho, mas todo mundo sabia que isso era mentira. Ele era muito bom em termos de desafios mentais, e seu trabalho não exigia muito de seu tempo nem de sua atenção.

“Ele ainda está com raiva.”

Dei um gole no uísque e me deliciei com o ardor suave. “Você não?”

Ele deu de ombros. “Sei lá, talvez. Acho que não tenho nem tempo para gastar sentindo raiva de você.”

“As coisas não vão bem?”, perguntei. O avô de Henry sempre foi mais generoso comigo do que com ele, sobretudo por causa do nível de exigência absurdamente alto que ele impunha ao neto.

Henry deu de ombros e passou a mão no queixo. “Como diabos você conseguiu?”

Pareceu ao mesmo tempo uma pergunta e uma acusação. A Sutton

Industries tinha se expandido exponencialmente durante os anos anteriores; foi um grande feito. Mas com base no trabalho incessante e na aceitação de tudo o que eu perderia com isso.

"Talento?" Era para ser uma piada, mas ele não achou graça, e eu não sabia ao certo como responder à pergunta. Eu tive ajuda. A mesma que a dele, mas às vezes seu pai e seu avô o torturavam justamente negando-lhe isso. Acho que pensavam que isso o fortaleceria, quando na verdade só o fazia se ressentir deles. "E uma facilidade para burlar as regras."

Ele deu de ombros. "Pois é. Mas o meu avô ainda gostaria de você mesmo se desse uma bola fora, sabia?"

Senti o sorriso sumir do meu rosto. Fui acertado num ponto fraco, e Henry sabia disso. Nunca me senti à vontade com os Amari da mesma forma que Xander; parecia que sempre tinha alguma coisa para provar. Talvez isso tenha surgido porque eu e Henry estávamos sempre competindo, ou porque eu me sentia em dívida por ter recebido deles minha primeira oportunidade de verdade. De qualquer forma, uma parte de mim sentia que eu precisava ser perfeito para provar que valera o investimento.

Eu tentava proteger Xander disso, me certificar de que ele soubesse que seu sucesso era por mérito próprio. Dizia a mim mesmo que esse era o motivo do meu irmão se sentir tão em casa entre os Amari, enquanto eu parecia só um convidado. A alternativa, mais dolorosa — de que ele era uma pessoa que as pessoas conseguiam amar, enquanto eu só era desejável enquanto realizasse alguma coisa, não sendo mais necessário quando deixasse de ser útil —, era algo em que eu tentava não pensar muito.

Henry se ajeitou desconfortavelmente no assento durante o longo silêncio. "Desculpa, não quis insinuar nada com isso."

"Não esquenta. Mas nós estamos aqui só para você me irritar?"

Eu esperava que a bebida fosse amenizar uma parte da animosidade que a minha ausência havia provocado. Deixei de lado a irritação e fiquei me perguntando quantas alfinetadas como essa eu precisaria suportar antes que ele considerasse que estávamos quites.

"Não, isso é só um benefício adicional." Ele sorriu. "Na verdade, eu queria falar com você sobre esse lance da Sloan."

Minha mente começou a girar. Mas lembrei a mim mesmo que, tecnicamente, não existia lance nenhum com Sloan. Nunca tinha existido.

"Quê?"

"Acho que ela está aprontando alguma."

"Como assim?" Na verdade, eu sabia do que ele estava falando. Henry tinha sido exposto na imprensa durante o verão inteiro, e estava atribuindo a ela sua má posição diante do conselho da empresa. A ideia de que sua irmã estivesse fazendo alguma coisa para prejudicá-lo era ridícula. Se ele acreditava nisso, era porque estava mais do que perdido.

Ele me lançou um olhar.

Apertei a ponte do nariz. "Que tal avaliar de quem é a culpa aqui? Sloan não jogou você na cama com todas as dançarinas da cidade."

"Nem *todas*", ele zombou. "Você anda controlando com quem eu vou para a cama?"

"Você não faz muita questão de manter em segredo."

"E você tem moral para me dar sermão sobre *isso*?" Henry começou a girar o copo na mão. "Se me lembro bem, você ficava com uma mulher diferente a cada fim de semana. Pelo menos eu sei o nome delas."

"Eu não estou nos holofotes", lembrei.

As regras eram diferentes para mim. Eu não fazia parte de uma das famílias mais ricas de Nova York. Não fui criado na alta sociedade, era um novo-rico, e isso tinha suas vantagens. Ninguém dava a menor bola para o que eu fazia antes de começar a aparecer no *Financial Times*. E, mesmo assim, como eu andava com Henry, quem atraía o olhar da imprensa era ele.

"Pois é." Ele voltou a se ajeitar no banco. "Ela pareceu gostar da surra que eu levei da imprensa esses tempos."

"Duvido muito", retruquei. "É só analisar os fatos. Ela está indo para outro continente para correr atrás de uma carreira que não tem nada a ver com os negócios da família. Se quisesse o seu lugar, estaria fazendo um trabalho de merda para conseguir. E nós dois sabemos o quanto ela é perfeccionista, não faria um trabalho de merda nem que a vida dela dependesse disso."

"Então o que está acontecendo? Por que ela me odeia?" Seu tom de voz era baixo, como se ele estivesse falando consigo mesmo.

"Você menosprezou sua irmã, disse que ela estava fazendo birra e dando chilique. E essa foi bem na cara dela, na frente dos seus melhores amigos." Isso sem falar no comentário de que ninguém se interessava pelo que ela fazia. Até eu senti vontade de dar um soco na cara dele por causa dessa.

Claramente frustrado, ele passou a mão no cabelo. "Puta merda. Você tem razão."

"Como sempre."

"Ah, e me faz um favor, fica de olho nela quando estiver em Londres, tá?" Ele parecia realmente preocupado. Antes de começarem sua disputa feroz para mostrar quem merecia mais a posição de CEO, os dois eram bem próximos. E ele sempre foi um irmão protetor. "Ela sempre escolhe os piores caras; você teria detestado o último."

Nisso ele tinha razão. "Era tão ruim assim?"

Que diferença faz para você o que Henry acha do ex dela?

"Péssimo." Henry revirou os olhos. Ele terminou a bebida e fez um gesto pedindo mais uma. "Isso sem contar o merda do meu CFO, que achou que seria uma boa ideia vir me perguntar se ela estava com alguém depois que os dois se conheceram num evento qualquer."

"Preston Scott?" Eu cerrei os maxilares. Nós trabalhamos juntos antes de eu sair da Amari Global. Nunca gostei dele. Era um clone de todos os outros cavalheiros da alta sociedade que Sloan parecia atrair.

Também era um pouco mais velho que Henry e eu. Trabalhava para o irmão dela. Porra, como alguém poderia achar que isso era de bom tom?

"É." Henry pegou o copo reabastecido e deu um gole.

"Demite esse cara."

Henry deu risada. Não sei por quê; estava falando sério. Agora só conseguia pensar em Preston dando em cima dela toda vez que ela fosse à sede da empresa.

"Pelo menos ele teve a decência de perguntar antes de dar em cima dela", Henry comentou.

"Acho que sim."

A princípio fiquei um pouco irritado com o fato de que Sloan e eu estaríamos em Londres na mesma época. Estar a sós com ela era uma tentação que eu deveria evitar. Mas também uma boa oportunidade de a manter longe de caras como Preston por mais alguns meses.

E talvez fosse o suficiente para que, o que eu sentia por ela, fosse o que fosse, finalmente passasse.

14

SLOAN

A batida na porta no fim da tarde de sábado me causou estranhamento. Eu não estava esperando por ninguém.

Fiquei parada na cozinha, pensando na lista de pessoas que poderiam me visitar. Em geral, se meus pais ou meu avô quisessem me ver, eu ia até eles. Xander tinha a chave e nunca batia na porta.

"Sloan? É o Henry", ouvi depois de mais uma batida.

Henry? Meu coração disparou. Devia ter acontecido alguma coisa. Larguei a colher de pau, apaguei o fogão e corri para a porta.

Henry nunca me visitava. A não ser que alguma coisa acontecesse.

"Está tudo bem?", quase berrei de ansiedade ao abrir. Meus olhos frenéticos encontraram os do meu irmão, que estava calmo e contido, com uma garrafa de vinho na mão. Seu sorriso era o de um imbecil psicótico que gritava "fogo" numa sala de cinema.

"Está, sim, eu só vim dar um oi." Passando por mim, ele se convidou a entrar na minha casa.

Perplexa, fiquei parada no mesmo lugar.

Com a mente a mil tentei entender aquela intrusão repentina. "Você está chapado?"

Fechei a porta e o segui para dentro da *minha* casa.

Ele deu risada, indo do hall da entrada para a cozinha, que dava para a sala de estar, e ao colocar o vinho sobre o balcão sentou à bancada da ilha. "O cheiro está bom. O que você está cozinhando, Saan..."

"Nada", interrompi antes que ele usasse meu nome do meio, o que só fazia quando queria ser nostálgico.

"Como é que você está?" Ele levantou e começou a fuçar os armários em busca de um saca-rolhas e taças de vinho. "Está saindo com alguém?"

Henry encontrou duas taças, e eu peguei o saca-rolhas na gaveta. Se íamos fazer isso, eu ia precisar de vinho.

"Não. E você?" Um silêncio se instalou. Eu sentei ao lado dele, cruzando os braços. Henry soltou um suspiro resignado e enfim cedeu. Passou a mão no cabelo preto e curto, agitado.

"Estava conversando com Marcus."

Eu me ajeitei melhor no assento ao ouvir o nome. Sentia vontade de ver Marcus mais vezes. Henry pôde cultivar um relacionamento melhor com Xander durante sua ausência. Eu queria fazer o mesmo com Marcus.

Tá, provavelmente queria mais que isso, mas sabia que não adiantava encher a cabeça de fantasias bobas. Marcus tinha ainda mais medo de compromisso que o Xander, o que já era bastante coisa.

"Eu não fui um bom irmão nos últimos anos, né?" Marcus tinha feito Henry entender isso? Estava na cara, apesar de Xander ter passado meses no ouvido dele falando a mesma coisa.

"Não muito." Servi duas taças de vinho e fui até o fogão para pegar o que tinha preparado. *Dhal* e arroz; estava precisando de uma comida de conforto. "Também não fui muito legal", admiti.

Nos três anos anteriores, Henry passou de um cara bem bacana a alguém que eu mal reconhecia. Estava totalmente consumido pela ideia de corresponder às expectativas do nosso pai, então começou a afastar as pessoas. É bem provável que a ausência de Marcus tenha agravado o problema.

E eu também não ajudei. Durante anos fiquei furiosa por ele ter sido apontado para herdar os negócios da família sem que sequer fosse cogitado que houvesse alguém mais qualificado.

Quando aceitei o fato, tentei seguir em frente e trilhar meu próprio caminho. Sabia que meu sobrenome abria portas, mas sentia orgulho de mim mesma por cada realização minha. Não ligava quando algumas pessoas da família eram indiferentes. Mas, quando Henry me diminuía, me causava uma raiva que eu expressava das piores maneiras possíveis.

"Me conta mais sobre Londres." A expressão em seu rosto era sincera. Ele estava tentando fazer as pazes, e para isso eu precisava de todas as minhas forças para engolir o sapo e deixá-lo se aproximar.

Eu conversei com Henry. Pela primeira vez em muito tempo, foi como voltar a falar com meu irmão mais velho, e não com um babaca de terno fazendo cosplay de CEO. Ver um orgulho genuíno em seus olhos quando contei sobre a chance de me tornar sócia da firma me proporcionou um sentimento de aceitação que pensei que jamais teria. Sua opinião era mais importante para mim do que eu queria admitir.

Ele falou sobre suas preocupações a respeito do cargo e alguns problemas que estava enfrentando quando começou a assumir mais responsabilidades na Amari Global. No passado, era uma coisa que ele conversava com Marcus. Fazia sentido, já que os dois tinham basicamente a mesma função, embora em empresas diferentes. Apesar de isso nunca incomodar Xander, que claramente não tinha nenhum interesse no setor farmacêutico, eu sempre me senti um pouco traída.

"Acho que ele vai passar diretamente para mim", Henry falou depois de alguns instantes de silêncio, suas palavras carregadas de ansiedade.

Nosso pai nunca quis ser CEO, e a possibilidade estava acabando com ele. Isso ficava evidente por suas ausências e pelo ar perdido da nossa mãe ultimamente. O homem com quem ela casou tinha desaparecido e dado lugar a alguém pressionado a presidir uma empresa mesmo sem ser talhado para isso.

"O vô não pretende se aposentar tão cedo." Ele não comentou com ninguém sobre aposentadoria; Henry teria tempo para se preparar.

"Eu precisaria de ajuda quando isso acontecer." Ele concentrou o olhar na base da taça de vinho. Henry quase nunca me pedia ajuda. Nesses momentos, eu me lembrava de como era na nossa infância. Meu irmão era meu confidente, meu melhor amigo antes de conhecer Xander. Fomos próximos por muito tempo, até que ficou claro que ele assumiria a empresa.

Eu já tinha ouvido antes essa proposta de virar executiva, que cheguei a considerar. Mas minha carreira estava decolando, então sentia que seria um passo atrás, mesmo que fosse para ser a segunda na cadeia de comando.

Queria ser a primeira. E, na empresa de advocacia, tinha essa chance.

"Acho que Marcus seria um melhor conselheiro do que eu." Não era exatamente uma resposta. E, na prática, não era uma opção. A Sutton Industries era um grande conglomerado a essa altura. Só a questão dos conflitos de interesse bastaria para acender o sinal vermelho nos órgãos reguladores.

O papo fluiu do trabalho para a vida pessoal, embora nenhum de nós quisesse muitos detalhes sobre a vida romântica um do outro. As manchetes já bastavam. Henry tratava as mulheres como lenços descartáveis, então tentei não fazer perguntas específicas. E, com exceção de algumas aventuras que Xander jurou nunca mencionar, minha vida amorosa não era nem um pouco interessante. Eu trabalhava muito; tinha alguns casinhos aqui e ali.

Ano passado, meu irmão ficou preocupado quando Julian e eu terminamos. Como só o tinha visto poucas vezes e não foi com a cara dele, pensei que Henry nem daria importância para isso, mas provavelmente ouviu alguma coisa do Xander, porque voltou a perguntar.

"Tem certeza de que você está bem, depois de tudo o que aconteceu?"

Julian Waldorf tinha sido um erro que eu adoraria esquecer. No começo era fácil conversar com ele e ele era um cara aparentemente perfeito — me idolatrava e fazia de tudo para conquistar a simpatia de Xander. Os seis primeiros meses foram como um sonho. Pensei que tivesse conhecido alguém que realmente me entendia e gostava de mim do meu jeito.

Mas a verdade era que ele era um garotinho assustado sem opinião própria que se agarrava às da família como se sua vida dependesse disso. Eu nunca esqueceria do jantar em que fui obrigada a aturar os Waldorf, quando passei a noite inteira ouvindo ofensas mal disfarçadas à minha "origem" e comentários sobre a minha família ser "tão nova" nos círculos beneficentes que eles frequentavam.

Não era preciso ser nenhum gênio para entender o que eles viam de errado comigo: pele escura demais, dinheiro sem tradição.

"Foi há quase um ano, estou bem." Balancei a cabeça e soltei um leve suspiro. O que eu mais sentia era vergonha por ter me deixado levar por ele, e só queria esquecer que aquilo tinha acontecido.

Ele assentiu, mesmo ciente de que eu não tinha contado a história toda. "Você sabia que uma investigação federal congelou os bens da família dele?" Henry deu risada. "Não se falava de outra coisa no clube um tempo atrás."

"Que pena." Sorri. Era bonitinho quando Henry bancava o irmão protetor, mas bem desnecessário; eu sabia me cuidar. E Julian sabia disso por experiência própria.

15

MARCUS

Era estranho estar sentado nos degraus da varanda da frente da nossa casa da infância pela primeira vez depois de tanto tempo. Parecia fazer uma eternidade que tínhamos morado ali; uma parte de mim chegava até a duvidar disso. O ar frio do outono tinha cheiro de folhas em decomposição e fumaça.

Eu adorava essa casa. Era o único lugar que foi um lar de verdade para mim. Depois que nossos pais morreram, contratei um zelador e fingi que esse lugar não existia mais.

"Marcus?", Xander chamou atrás de mim. "Você não quer entrar?"

Afastei dos pensamentos as lembranças. Xander saiu correndo de dentro da casa. Quando chegamos, ele tinha saído correndo em disparada pra dentro. Eu só consegui ir até os degraus da frente. A fachada ampla de tijolos que abrigou minha infância era intimidadora para mim.

Eu assenti e fiquei de pé.

A casa me pareceu menor quando entrei. Os móveis maiores ainda estavam lá, assim como as fotos penduradas nas paredes.

A lembrança daquela noite tendia a aparecer sem estímulo. A noite em que eles morreram. Henry e eu estávamos num jantar de negócios. Ao sairmos do restaurante, paramos para decidir em qual lugar beber quando ele recebeu o telefonema de Sloan. Henry estava pálido quando desligou e me olhou para dar a notícia.

Sloan e Xander estavam poucos quilômetros atrás deles, e logo alcançaram o carro. Foi Sloan quem chamou a ambulância e impediu que Xander visse os corpos destroçados.

"Até que enfim." Xander revirou os olhos quando me viu entrar. "Viu, não aconteceu nada", ele brincou, indo para outro cômodo.

Não sei o que Sloan e Xander faziam quando vinham aqui, mas o lugar parecia o mesmo de sempre. O estado de espírito de Xander era difícil de identificar. Às vezes, ficava empolgado e falava sobre suas lembranças da casa. Às vezes, ficava quieto.

Parei diante da estante de livros que ocupava uma parede inteira do escritório, o lugar preferido da minha mãe. A lombada de todos os livros estava gasta depois de tantas leituras. Seus diários estavam intercalados entre os volumes, todos com a mesma capa azul-marinho e uma flor de lis dourada no dorso.

"Por que você nunca voltou aqui?" Depois de um longo silêncio, Xander apareceu do andar de cima. Eu saí do escritório e comecei a vagar pelo corredor.

Alguns anos depois da morte deles, quando nos recuperamos — o que quer que isso signifique —, Xander me pedia de vez em quando para fazer uma visita com ele. Eu sempre arrumava uma desculpa para não vir. No fim, ele parou de pedir, e Sloan veio no meu lugar.

"Nunca vi motivo." Era a verdade. Nós já tínhamos sofrido o suficiente. "Era melhor ficar longe."

Henry tentou me fazer lidar com isso também. Tocava no assunto no início de cada outono e nas festas de fim de ano. Toda vez que eu estava mais ou menos na região, sugeria uma visita.

Xander apertou os lábios, parecendo magoado. "Isso vale para mim também?"

"Depois da próxima viagem, eu volto para ficar", garanti. "E pega leve comigo. Estou tentando."

Xander pareceu inquieto por um tempo, olhando para o chão. "Você ficou ressentido comigo por causa da forma como eu reagi?"

Só o fato de ele precisar perguntar foi como um soco no estômago. Xander era meu irmão mais novo; eu estava lá para protegê-lo, e fiz o meu melhor na época. Depois que nossos pais morreram, era meu papel garantir que ele tivesse tudo o que precisava para ser feliz. "Não. Claro que não, você estava de luto."

"Pois é. Estava." Ele não levantou os olhos, e se ajeitou desconfortavelmente. "E, por causa disso, você nunca pôde ter o seu."

Tentei lidar com a situação de forma estoica. Tinha vinte e cinco anos, e fui aprendendo na base da tentativa e erro. Precisava aprender como administrar um espólio e concretizar os desejos expressos em testamento.

Um adulto na teoria, mas não na prática. Não sabia como fazer nada daquilo, mas alguém precisava assumir a responsabilidade. Xander ficou fora de si por meses. Ia da depressão a um surto num piscar de olhos. Era preciso tocar o barco, para que a morte deles não fosse também o nosso fim. Tentei poupar Xander de lidar com qualquer coisa que não fosse superar a perda. Ele nunca foi muito bom com mudanças.

Depois que as necessidades imediatas foram atendidas e Xander estava mais ou menos estável, eu mergulhei de cabeça no trabalho. Era mais fácil assim. Uma coisa que eu podia controlar.

"Eu estou bem." Provavelmente era verdade.

A dor da morte dos meus pais pertencia ao passado. Nós seguimos em frente, e as coisas se equilibraram. Isso até uns dois anos atrás. Os sentimentos estranhos que me tomavam quando Sloan estava por perto começaram a bagunçar tudo, a despertar emoções que eu preferia manter enterradas. Isso eu ainda precisava resolver.

Voltar ali não foi tão ruim quanto eu pensava. Na verdade, foi até bom.

"Então por que você foi embora?"

Esfreguei o queixo com a mão. "Não teve nada a ver com isso."

"Então o que foi?" A irritação ficou nítida na voz dele. "E nem tenta dizer que foi por causa do trabalho."

Mas *foi*. Em grande parte. O que mais eu estaria fazendo esse tempo todo?

Não respondi.

"Tudo bem. Em algum momento, alguém vai arrancar isso de você. Seja eu, Henry ou Sloan." Ele me deu um empurrão e foi para o quintal. Gostando ou não, eu estava definitivamente de volta.

Quando enfim cheguei em casa, olhei para o celular e sorri ao ver o nome que apareceu na tela.

Sloan: Não sei o que você fez, mas obrigada por dar um jeito no meu irmão

Sloan: Fico te devendo uma

Henry provavelmente seguiu meu conselho. O fato de eu ter ajudado a deixá-la feliz me agradou mais do que devia. Eu também não imaginava que uma simples mensagem de texto fosse melhorar tanto meu humor.

Nós poderíamos ser amigos. Manter distância não era uma solução viável, já que estava de volta à cidade. Além disso, eu gostava de sua companhia. Construí a Sutton Industries do zero; era capaz de manter uma amizade com Sloan.

Eu: Lobotomias têm uma eficácia surpreendente

Eu: Fui com Xander na casa dos meus pais hoje... pode considerar que estamos quites

Poucos minutos depois, recebi uma chamada de Sloan. Ela nunca me ligava.

"Vocês estão bem?", ela perguntou sem nem dizer alô quando atendi. "Xander sempre fica meio para baixo quando voltamos de lá."

"Sim, estamos bem. Acabei de deixá-lo em casa." Por que ela ligou para mim, e não para ele? "Você falou com Xander?"

"Não, só queria saber. Eu geralmente dou um tempinho para ele depois dessas visitas." Deu para ouvir um suspiro de alívio do outro lado da linha. Ela era a razão de Xander ter superado sua pior fase. "E você, está bem?"

Ela ligou por se preocupar com Xander, não comigo. Eu não podia esquecer disso. "Estou, sim, Sloan. Não sei se já te agradeci por..."

"Não precisa me agradecer. Ele é meu melhor amigo. Se quiser fazer alguma coisa por *mim*, é só não ir embora de novo. Foi bem difícil para ele."

"Eu não vou."

"Obrigada por conversar com Henry."

"Não precisa me agradecer. Ele é meu melhor amigo", provoquei, e ela riu. Um calor agradável e familiar tomou conta do meu peito. E a pontada que sempre vinha depois.

Quando parei de negar meus sentimentos, passei um bom tempo me questionando por que eles existiam.

Por que ela não saía da minha cabeça?

Por que eu vivia pensando nela? Por que a ideia de a ter por perto me parecia melhor do que a um oceano de distância? Ainda mais considerando que, ao estar longe, eu teoricamente não precisava sentir *tudo* com tanta intensidade?

Sloan e eu jogamos conversa fora por alguns minutos até ela precisar desligar. Enfiei o celular de volta no bolso.

De início, pensei que nossos interesses em comum eram o que nos aproximava. Ou o fato de ela sempre cuidar das pessoas que amava. Ao longo dos anos, Sloan se tornou a pessoa dedicada a nos ajudar a superar nossas dores. Era ela que, de forma sutil ou nem tanto, nos fazia lidar com as coisas que não queríamos.

Percebi algo hoje. Queria que ela fosse feliz, e queria ser o responsável por isso. Queria aliviar suas dores e deixá-la fazer o mesmo comigo.

Não era na minha cabeça que ela estava o tempo todo.

Era no meu coração.

Puta merda.

16

SLOAN

"Não acredito que você está aqui", Cici sussurrou para mim enquanto tomava sua terceira mimosa. A sociedade ditava que todas nós fôssemos donas de casa felizes e ligeiramente embriagadas, e Cici levava essa segunda parte bem a sério. "Eu mesma quase não vim, e não tenho nada melhor para fazer."

"Pois é, mas é a última vez que cometo esse erro." Dei risada enquanto tentava ler o documento na tela do meu celular, encoberto por uma pilha de guardanapos.

Não acredito que tive que tirar um dia de folga para isso.

Entrando na segunda hora de reunião do comitê de planejamento para um brunch da Manhattan Society Junior League, verifiquei de novo no meu aparelho se a documentação da fusão do Burton tinha saído. Estávamos em contato com a comissão reguladora para checar se a aquisição resistiria ao escrutínio governamental. Penelope foi passar a semana em Washington para ajudar a apressar essa parte. Eu também deveria estar lá. Mas minha presença era necessária aqui, onde minha tarefa era ser bonita e comportada.

Eu parecia a Barbie socialite, vestindo um terninho Chanel de tweed que pinicava minha pele. O colar de pérolas irritava meu pescoço, os brincos eram pesados demais e eu detestava tudo isso. Minha bolsa era grande o bastante para caber uma troca de roupa, caso eu ficasse envergonhada demais dessa roupa ridícula.

A Junior League selecionou o local e repassou os detalhes sobre o baile de debutante desse ano. Como membro do comitê, minha presença era obrigatória. Minha mãe generosamente havia me cedido seu assento em uma das muitas tentativas de fazer com que eu me sentisse mais incluída.

Mas eu não a culpava. Eu tinha passado anos da minha vida tentando ser incluída em coisas assim, numa provação ridícula de ser a neta que os pais dela gostariam de ter. Quando minha mãe identificou esse desejo, assumiu como sua tarefa me ajudar de todas as formas. Anos depois do meu baile de debutante, me dei conta de que não estava nem aí para o que eles pensavam de mim.

Mas a rejeição ainda doía.

"Pelo menos o bolo está gostoso", comentei enquanto levantava ao final da reunião, dessa vez sem nem ao menos disfarçar que segurava o celular.

"E a champanhe é de primeira", Cici complementou com uma risadinha.

Cici, uma mulher maravilhosa por seus próprios méritos, vinha de uma longa linhagem de herdeiros, que remontava à família Livingston, da aristocracia europeia. O tipo de gente com dinheiro e tradição suficiente para zombar da fortuna dos Rockefeller. Mas Cici era uma pessoa respeitosa, com um coração enorme.

Nós entregamos o papel com nossos votos e saímos do salão. "Estou indo lá para o centro; quer carona?"

Ela fez que não com a cabeça. "Que tal umas bebidinhas depois? Tenho um compromisso à tarde."

"Pode ser", concordei, chamando um táxi. Mais um pecado mortal. Eu deveria ter um carro com motorista particular à disposição.

Como tinha algumas horas livres antes de reencontrá-la, decidi visitar meu avô. Eu quase nunca ia à sede da Amari Global, pelo mesmo motivo que odiava os eventos da Junior League.

Ninguém gostava do lembrete de que não era a primeira opção.

Nós não éramos tão próximos quanto fui da minha falecida avó, mas só o veria de novo quando voltasse de Londres. Eu sentia que *tinha que* visitá-lo. Minha relação com ele podia ser definida por esse sentimento, aliás. Eu sempre queria ver minha avó, e sempre senti que tinha a *obrigação* de visitar meu avô.

"Você está bonita." Ele sorriu de trás da mesa. "Como está a busca pela posição de sócia?"

"Cada vez mais próxima", respondi.

"Eu não esperaria nada menos." Sua agenda era disputada; só tínhamos meia hora para conversar, mas pouco assunto para pôr em dia. Meu avô sempre ficava contente em me ver, mas sua atenção era inteiramente consumida pela empresa. Falamos sobre o trabalho que eu tinha a fazer em Londres enquanto estivesse lá.

Depois de uma rápida conversa, levantei para ir embora, mas parei antes de chegar à porta.

"Estão precisando de alguma coisa? Eu posso dar uma ajuda, se Henry precisar."

Eles claramente estavam apreensivos com a nomeação de Henry, embora eu não soubesse o motivo. Meu avô e meu pai muitas vezes nos subestimavam — ou isso, ou esperavam demais de Henry e de mim. De qualquer forma, sempre faziam parecer que precisávamos provar alguma coisa. Eu finalmente tinha reconhecido que minha competitividade nada saudável com Henry não ajudava ninguém. E que nosso nível era bastante similar.

Eu poderia ser útil. Queria ajudar.

Ele abriu a boca e se inclinou na cadeira como se fosse dizer alguma coisa, mas então hesitou. "Não, nada."

O que me irritou. Parecia que não confiava em mim para coisas importantes. Eu ainda não tinha me provado e um ressentimento mal contido estava prestes a transbordar.

Não adiantava alimentar as rusgas do passado. Já havia acontecido discussões demais sobre isso. Engoli minha irritação.

Abri o melhor sorriso que consegui e assenti.

Peguei o elevador privativo e desci no saguão. Em meio à irritação, esqueci de trocar essa roupa ridícula.

"Sloan?", a voz de Henry me chamou. Distraída com o celular, nem percebi que tinha passado por ele e por Marcus. "O que você está fazendo aqui?"

Eles deviam estar chegando de um almoço ou algo assim. Foi bom vê-los juntos. Henry parecia mais feliz, já Marcus...

Foco.

"Evento da Junior League. E depois vim ver o avô." Me voltei para Henry, mas sentia os olhos de Marcus sobre mim. Ele foi feito para usar ternos. O de hoje era azul-marinho, e ele segurava um copo de café para viagem, o que fazia seu bíceps se flexionar contra o tecido. Fiquei me perguntando como seria a sensação de passar as mãos naqueles braços. Ou de ser erguida por eles.

Henry olhou para a minha roupa e abriu um sorriso de pena.

"Você está bonita." A voz de Marcus era gentil, mas seu tom era de quem estava segurando o riso.

Era uma humilhação horrorosa. Mesmo que ele estivesse brincando, não foi o que pareceu.

"Ah, que ótimo encontrar vocês", retruquei, gélida.

Quando me virei, fui segurada pelo cotovelo. Era Henry. "Está ficando tarde. Winston te leva", ele disse, apontando com a cabeça para seu motorista.

"Vai demorar o dobro do tempo. Eu vou a pé." Me desvencilhei da sua mão e a afastei com a minha. O sol já tinha se posto e, ao que parecia, eu não podia andar na rua sozinha depois de escurecer.

"Por que você é tão teimosa?"

"Não é teimosia. Ir de carro levaria uma hora", retruquei.

"Eu te acompanho", Marcus falou, interrompendo os dois herdeiros da empresa se bicando no meio do saguão. "Sua empresa não é longe do meu escritório."

Brigar no lobby da sede da companhia pegava muito mal para nós, e Marcus sabia disso. Estava sempre um passo à frente.

Henry suspirou. "Obrigado." Ele se virou, bufou longamente e tomou o caminho de seu escritório.

"Tá", esbravejei com Marcus. Se eu ia andar pelas ruas de Nova York com ele, não queria estar vestida assim. "Mas preciso tirar essa coisa primeiro."

Sem esperar por uma resposta, fui para o banheiro do saguão.

17

MARCUS

Sloan foi se trocar. Fiquei me sentindo ainda mais babaca por ter tirado sarro de sua roupa. Minha tentativa de brincadeira acabou virando uma ofensa. Não era a melhor forma de estabelecer com ela uma amizade que não dependesse de suas relações com Henry e com Xander.

Ou então você está tentando afastá-la.

Isso teria sido mais fácil, mas, em termos logísticos, era quase impossível, agora que eu tinha voltado de vez.

Estávamos a um quarteirão do prédio, e ela nem tinha olhado na minha cara ainda. "Eu não quis dizer nada com aquilo."

"Quando riu da minha roupa?", cortou Sloan. "Não é preciso fazer aulas de etiqueta para saber que rir da cara dos outros é grosseria."

"É que você estava diferente", insisti. O que não ajudou. Por que eu estava tão nervoso? Nada me deixava apreensivo assim. Mas as palavras continuavam saindo da minha boca, e eu não conseguia detê-las. "Mas estava bem."

Bem? Caralho. Usa outra palavra.

Mas eu não podia dizer que ela ficaria completamente deslumbrante com qualquer roupa que usasse.

Ela não falou nada por um tempo, mas então me lançou um olhar. "Eu sei que estava ridícula. Ninguém fica bem com aquele casaco horrendo."

Foi quando percebi que ela estava de vestido, e provavelmente morrendo de frio. Tirei o paletó e coloquei sobre seus ombros antes que ela tivesse a chance de protestar. "Desculpa."

Caminhamos em silêncio por mais alguns quarteirões. Gostei de vê-la com meu paletó e a forma como envolvia seu corpo esguio me fez imaginar como ela ficaria usando uma camiseta minha. Isso me provocou um sentimento de possessividade que nunca havia experimentado antes. Eu não tinha o menor direito de me sentir assim.

Ela parou na esquina e se virou para mim. "Eu não vou para a empresa."

"Aonde você vai?"

"Combinei de sair para beber alguma coisa." Ela começou a torcer os dedos.

Repassei os vinte minutos anteriores na mente. Ela havia se trocado e talvez não tenha sido por causa do meu comentário. Se queria ficar mais sexy, com certeza conseguiu com aquele vestido. O que isso significava logo me ocorreu, e a inveja borbulhante me atingiu logo em seguida, cobrindo minha pele num suor frio.

Tentei engolir a irritação. "Tem um encontro?", perguntei sem rodeios. *Você não tem o direito de se incomodar com isso.*

"Por quê? Vai fofocar com o Henry?", ela ironizou.

"E vale a fofoca? Está com vergonha dele?" Ela me lançou o mesmo olhar de quando comentei sobre a sua roupa. Amenizei o tom. "Não vou contar nada. Palavra de escoteiro."

"Você foi escoteiro?" Um meio-sorriso apareceu em sua bochecha.

"Não." Longe disso. Tinha passado a manhã concluindo a aquisição hostil de uma empresa de biotecnologia. Depois de meses drenando seu capital, nós convencemos o conselho de administração a votar pela venda. Os investidores de risco eram criaturas volúveis, principalmente quando seus ganhos iam para o ralo. A moralidade estava no olho do espectador — ou, nesse caso, do acionista. "Mas pega bem falar isso."

Ela dá risada. O calor e a suavidade desse som me envolveram em meio ao ar gelado. Eu queria ouvi-lo o tempo todo.

Sloan não respondeu à minha primeira pergunta. Continuamos andando num silêncio constrangido.

"Visitou sua sala vazia?", perguntei. Ela mencionou ter ido ver o avô, mas eu precisava de alguma coisa para quebrar a tensão.

Ela tinha uma sala à sua espera no andar dos executivos da sede da Amari Global, caso quisesse trabalhar na empresa. Apesar de seus desentendimentos com Henry, nunca me pareceu algo que ela quisesse de verdade.

"Ah, isso", ela começou. Detestei perceber o quanto sua ida à sede da empresa me incomodou. Não conseguia tirar da cabeça a ideia de Preston Scott dando em cima dela. "Não, eu gosto de lembrar que Henry está a uma cagada de sofrer um golpe de estado."

Eu dei risada, apesar de não querer. Ela estava brincando, só podia estar. Não era possível que ainda estivesse tentando conquistar o controle da empresa.

Ela sorriu e se virou para mim com um brilho malicioso no olhar. "Por que você acha que estou brincando?"

Não dava para saber se era sério. Senti um aperto no peito diante da possibilidade de não ser brincadeira.

Não respondi.

Ela revirou os olhos. "É brincadeira. Nossa, relaxa."

Sloan fez um gesto na direção da rua onde viraria, e eu a segui a um passo de distância. Vê-la com meu paletó fez piorar a percepção do fato de eu a estar acompanhando para um encontro com outra pessoa.

Não demoramos muito para chegar ao bar em questão.

Ela se virou para mim de novo. "Não se preocupa, eu não vou ficar até muito tarde." Um sorriso maroto apareceu em seu rosto. "Cici leva bem a sério a regra dos três encontros."

Cici. Cici Cummings. Uma mulher.

O alívio tomou conta de mim. Respirei fundo, e o aperto no peito finalmente relaxou. Sloan parecia triunfante, e o sorriso malicioso se tornou mais amigável.

Ela se virou para a porta e acenou quando viu Cici lá dentro à espera. "Obrigada", ela disse, me entregando meu paletó de volta.

"Me dá o seu blazer", falei com uma voz agradável. Ela inclinou a cabeça com uma expressão de divertimento, abriu a bolsa e me entregou.

"Você não estava ridícula." Eu o coloquei sobre seus ombros. Ela parecia mesmo estar com frio. "Estava simpática."

Era um péssimo elogio, mas o que eu estava pensando de verdade era impróprio para dizer em público.

Ela me recompensou com uma risadinha, claramente cética. "Obrigada pela companhia." Sloan sorriu e me deu um abraço para se despedir.

Segurei o abraço por um momento a mais, sentindo o cheiro de lavanda do seu cabelo. Precisei me forçar a soltá-la. Era fácil mantê-la nos meus braços, quase como se eu tivesse sido feito pra isso.

E eu não era.

"É para isso que servem os amigos." Fiquei observando enquanto ela entrava, depois voltei para o escritório. O ciúme nada bem-vindo serviu para desenterrar uma memória que eu vinha tentando encontrar.

O momento em que tudo mudou.

Foi alguns anos antes. Xander deu uma festa para comemorar a compra de sua casa em Southampton, tecnicamente para inaugurá-la.

Sloan estava lá, claro. Cheguei mais cedo e passei a maior parte do tempo com ela. Enquanto o pessoal do buffet arrumava tudo, nós perambulamos pela nova e palaciana residência de Xander. Ela estava linda, obviamente. E passar a maior parte da manhã na piscina com ela só confirmou isso.

As horas se passaram como segundos. Perdemos a noção do tempo, conversando a manhã e a tarde todas, embora eu não tenha percebido. Ela concorria à posição de sócia júnior na época, a mais jovem da firma, e estava empolgada com isso, com razão. Fiquei encantado. Mas só na hora da festa foi que percebi.

A maior parte dos convidados ficou na área da piscina, se espalhando também pela praia. Eu me lembro de ter procurado por ela em um momento e visto Xander a girar como se estivesse dançando um tango e a entregar para seu namorado na época, hoje seu ex.

Os dez segundos seguintes se passaram como em câmera lenta. Ele cochichou algo em seu ouvido. Ela jogou a cabeça para trás e riu, então se inclinou e o puxou para um beijo. Eu recuei e perdi o chão. Foi ali que entendi tudo.

O som de sua risada e o aperto terrível no meu peito permaneceram comigo o restante da noite. Decidi que precisava trabalhar e fui embora mais cedo.

Esse sentimento só cresceu nos meses seguintes. Eu queria passar mais tempo com ela, mas em vez disso me distanciei. Entendia os limites que precisava respeitar.

Minhas emoções por ela trouxeram à tona todo o resto que estava enterrado. Era coisa demais para lidar, e a rápida expansão da Sutton Industries era a desculpa perfeita para me afastar ainda mais.

As revelações dos últimos dias não mudaram nada, só deixaram a situação ainda mais clara. Muita gente ignorava tudo isso. Havia livros inteiros com histórias desse tipo, a maioria trágica, mas isso era só detalhe. Era um quebra-cabeça que eu precisaria resolver.

Quando conseguisse fazer isso, tudo voltaria ao normal.

18

SLOAN

Eu invadi a casa de Xander.

Tecnicamente não, porque eu tinha a chave. Era cedo, e eu não esperava que ele estivesse acordado. Precisava roubar uma coisa. Estava na cozinha quando fui pega.

"Cadê minha foto?", ele perguntou. Tinha saído do quarto e estava parado no corredor.

Xander tinha memória fotográfica, o que era ao mesmo tempo uma bênção e uma maldição. Não que ele precisasse de uma para reparar o que eu tinha pegado. A maioria das pessoas que o conheciam via apenas um banqueiro de investimentos bonitão, mas sob a superfície havia toques de brilhantismo.

"Hum?" Eu tinha sido flagrada. Ele sabia que eu estava lá, e eu sabia que o espaço vazio da parede do corredor onde ficava a foto emoldurada de nós quatro não passaria despercebido. Só tinha torcido para estar a caminho da empresa quando isso acontecesse.

Xander entrou na cozinha, pegou uma caneca de café e se virou para mim. O cabelo loiro escuro estava bem penteado, e ele vestia um terno cinza impecável. Seus olhos verdes se estreitaram antes de baixarem para a foto nos meus braços.

Levantou uma sobrancelha.

"Pode considerar um confisco." Não havia motivo para esconder minha intenção: a essa altura ele já sabia. "Vai estar na sede da Sutton Industries, se quiser de volta."

Ele revirou os olhos e resmungou.

Xander era uma das pessoas mais compreensivas que eu já tinha conhecido. Com o tempo, perdoaria as ausências de Marcus, mas eu tinha um interesse velado de que isso ocorresse o quanto antes. Minha mudança para Londres aconteceria em algumas semanas, e precisava me certificar de que ele ficaria bem antes disso. A raiva guardada se materializava de forma destrutiva para ele, como no raro episódio de violência no feriado de Ação de Graças.

"Você não precisa resolver tudo, sabe." Seu olhar era suave, mas o tom de voz mostrava irritação.

Eu o ignorei. "Mais alguma reclamação?"

Ele inclinou a cabeça e olhou ao redor, checando o que mais eu tinha bagunçado. "Para de mexer nos ímãs da geladeira", ele acrescentou. Eu havia movido apenas um, que estava a poucos centímetros da posição original. Xander gostava de ter tudo em ordem em casa, de um jeito ligeiramente compulsivo.

Ele me entregou um café e fez um gesto para que eu sentasse. "O que foi?" perguntei, colocando a foto ao lado da minha bolsa Birkin.

"A gente vai ignorar que você e Marcus estarão em Londres na mesma época?"

Ele parecia um tanto desinteressado, mas também como se soubesse de alguma coisa. Mas não era possível; esse era o único segredo que eu nunca tinha revelado. Deixar escapar essa informação seria perigoso e mudaria as coisas para todos os quatro. Era complicado demais.

Além disso, não estava acontecendo nada. A não ser que sonhos proibidos para menores contassem.

"Isso faz diferença?", perguntei. Marcus nunca tinha ido me ver nas poucas vezes em que veio nos anos anteriores. Estar na mesma cidade só significava que talvez fôssemos nos ver. Era possível que Henry e meu avô pedissem para ele ficar de olho em mim, mas, fora isso, provavelmente mal nos falaríamos antes de voltarmos para Manhattan. Ou então só quando Xander me fizesse uma visita. "A gente provavelmente nem vai se ver."

Precisei ignorar a pontada de decepção. Podíamos não ser mais tão próximos, mas ele era uma das poucas pessoas que me conheciam de verdade. Mesmo assim, não era suficiente para ele querer me ver.

"É, talvez." Xander contornou o balcão e veio sentar ao meu lado. "Mas o obrigue a voltar dessa vez, tá?"

Eu dei risada, apertei seu ombro e levantei.

A foto ficaria no escritório de Marcus, e Xander poderia ir buscar quando quisesse. Assim, eu teria a certeza de que eles se falariam de novo. Era uma forma de forçá-los a passar um tempo juntos, já que os dois eram teimosos demais para tomar a iniciativa para isso.

Esse era o único motivo. Não era porque eu queria vê-lo e precisava de um pretexto.

MARCUS

Verifiquei meus e-mails para saber se tínhamos conseguido forçar a venda de uma empresa alemã de nanotecnologia, o que estava demorando mais do que o normal. Estar de volta a Nova York me tornava mais disperso. Fui arrancado dos meus pensamentos por uma voz familiar do lado de fora do escritório.

"Ele tem um tempinho?"

Meu humor melhorou na mesma hora.

A porta se abriu. Sloan entrou, e eu levantei para fechar a porta atrás dela. Seu cabelo voou e roçou em mim com o deslocamento de ar.

"Não sabia que Carter trabalhava para você. Nós estudamos juntos no ensino médio", ela comentou casualmente. Seus braços seguravam uma moldura grande. A foto, porém, estava comprimida junto ao seu corpo.

"Quem?", perguntei, de repente irritado. Ela devia ter visto alguém que conhecia.

Ao longo das semanas anteriores, me deparei com várias verdades inconvenientes que havia esquecido. Uma delas era que Sloan era um ímã para babacas da alta sociedade. Todos os homens do clube Augustus entre vinte e cinco e quarenta anos achavam de bom tom perguntar para mim ou para Henry se Sloan estava solteira.

Era enlouquecedor, e esganar cada um deles até a morte não era uma opção viável. Eu teria que aprender a lidar com isso.

Ela riu quando se virou para mim. "Ninguém importante."

"Você parece bem." Me encolhi ao dizer isso. Na verdade, Sloan era uma força da natureza que ameaçava destruir o pouco que restava da minha resistência. Dizer que ela parecia *bem* era mais apropriado.

"Minha nossa, você e essa palavra." Ela revirou os olhos e sentou diante da minha mesa.

"Como foi o encontro?", perguntei.

"Cici mandou um oi."

Quando passei para sentar do outro lado, ela me entregou a moldura. "Você roubou isso."

Me segurei para não sorrir enquanto sentava. Era uma foto de nós quatro na formatura dela na faculdade de direito.

"Peguei emprestado", ela corrigiu. Seu sorriso iluminou a sala. "Ele pode vir buscar quando estiver pronto."

Todos nós tínhamos uma cópia da foto dez por quinze que a mãe de Sloan tirou. Ela provavelmente achou que a minha estava perdida. Sloan ampliou e emoldurou a dela e a de Xander. A que eu segurava era a dele.

"Foi por isso que você veio? Para trazer o resgate?" Tentei ignorar a decepção. Por que mais ela viria, se não fosse para falar de alguma coisa relacionada a Xander?

As coisas estavam melhorando com meu irmão mais novo. Eu não esperava ser perdoado pela minha ausência da noite para o dia. Mas ele precisava de um empurrãozinho, e isso geralmente ficava a cargo de Sloan, que sempre fazia coisas desse tipo, se esforçando ao máximo para manter unido o nosso pequeno grupo. Com certeza era para o bem de Xander; ninguém era bom em lidar com grandes mudanças, mas com ele era ainda pior.

Ela balançou a cabeça. "Bom, não foi o *único* motivo para eu vir."

"Ah, não?" Uma empolgação nada familiar tomou conta de mim.

"Para o meu complô funcionar, preciso levar uma cabeça numa bandeja para o conselho de administração." Um sorriso malicioso surgiu em seu rosto. "E acho que a sua serve."

"Quanta generosidade sua."

"Nenhuma rainha consegue executar um complô sem que seus generais estejam satisfeitos. E os meus são os membros do conselho. Entregar de bandeja nosso maior concorrente é a melhor maneira de ganhar o favorecimento deles."

"Você está bem confiante", provoquei, me recostando na cadeira. Tentei não imaginar de que maneira ela poderia me convencer a abrir mão da minha empresa. "Você precisaria ou ser muito convincente, ou me tirar à força."

"Eu sou muito persuasiva."

Engoli em seco. Se ela quisesse me persuadir, porra, eu jamais resistiria. "Ah, é?"

"Além disso, por que seria *você* que eu teria que convencer?" Ela levantou e olhou ao redor da sala com um sorriso diabólico.

"Quem mais seria, doutora?"

"Xander." Ela foi até a estante de livros e passou os olhos nas lombadas. "Se eu tivesse que adivinhar, diria que ele é dono de no mínimo a mesma porcentagem da empresa que você. Mesmo não sabendo disso."

Ela estava certa. Quando fundei a Sutton Industries, coloquei no nome de Xander quase metade da minha parte da empresa.

"O que te faz pensar isso?"

Sloan lançou um olhar por cima do ombro. "Eu te conheço."

"Isso é verdade", concordei calmamente, apesar de o meu coração ter disparado. Eu não sabia o que estava acontecendo ali, mas Sloan mostrar exatamente como me derrubaria era a coisa mais sexy que já tinha me acontecido.

"Humrum", ela continuou, com o olhar fixo nos livros. "Comprar a parte de Xander. Encontrar alguns pontos fracos no conselho e de outros acionistas necessários. Talvez recorrer a ameaças ou subornos. Sabe como é, o de sempre."

"Você já planejou tudo." Eu não teria feito melhor.

Sloan soltou um suspiro de contentamento e voltou a sentar, com um sorriso vitorioso no rosto. "Tudo hipoteticamente, claro."

"Claro." Juntei as mãos sobre a mesa e me debrucei. "É um excelente plano para derrubar Henry. Mas tem um problema." Fiz uma pausa, e ela se inclinou para a frente. "Você acabou de contar tudo para o melhor amigo dele."

Ela fingiu um suspiro de decepção. "Um erro clássico dos supervilões."

"Você é a vilã?"

"Qualquer um que desafiar os planos do meu avô é o vilão." Ela deu de ombros. "Então ao que parece eu sou."

Não conseguimos tirar os olhos um do outro por longos e carregados segundos. Ela desviou o olhar primeiro, examinando minha sala.

"Por que você não...", começou. Seus olhos se voltaram para o chão. Seu tom perdeu a malícia do falso complô.

"Sloan?", perguntei depois de alguns segundos de silêncio.

"Você foi visitar Henry e Xander", ela murmurou, juntando as mãos e entrelaçando os dedos com força no colo. Voltou a me encarar. "Por que não eu?"

Era doloroso desejá-la e ter que esperar o sentimento ir embora. Mas magoá-la fazia com que todas as terminações nervosas do meu corpo ardessem. Sloan só ficava vulnerável assim com Xander, e às vezes com Henry. Nunca comigo.

"Quando eu via os dois ficava com saudade de casa. Mas se eu te visse seria obrigado a ficar, e eu tinha um trabalho a fazer." Houve um momento, uma fração de segundo, em que a confissão me fez sentir que finalmente podia respirar de novo. Ela pareceu segurar a respiração, enquanto seus olhos se arregalavam. *Puta merda*. "Você é a cola que mantém nosso grupinho unido."

E era verdade. Havia muito mais além disso, porém essa parte não era mentira. Era o mais próximo da verdade que eu poderia dar a ela.

Seus olhos ficaram marejados por um momento, e ela piscou algumas vezes. Então seu rosto se iluminou, e uma risada esfriou minha culpa escaldante. "Sou obrigada a ouvir 'você parece bem' quando queria ouvir 'você é a cola que nos mantém unidos'."

"Desculpa."

Ela assentiu. "Não faz mais isso." Ela deu essa ordem com uma voz baixa e suave. Meu celular vibrou sobre a mesa, e ela teve um leve sobressalto. Respirando fundo, sorriu e levantou. "Preciso voltar para a empresa."

Quando estava a meio caminho da porta, ela deteve o passo. "Marcus." Meu nome sendo dito daquela forma ficou ecoando na minha mente. "Xander e eu vamos jantar juntos hoje. Se eu convidar Henry, você também vai?"

Eu assenti, e ela sorriu de novo.

19

SLOAN

As semanas seguintes se passaram em um piscar de olhos. Quando me dei conta, já era Natal.

Era um dos poucos feriados que não passávamos com os Sutton antes que os pais deles morressem. Depois disso, fazíamos uma visita no dia de Natal, o que acabou virando uma espécie de celebração só nossa. Meus pais se acostumaram com isso, e não contavam com nossa presença nesse dia.

Com Marcus fora nos dois anos anteriores, Henry deu uma murchada e decidiu trabalhar no feriado, então Xander e eu fizemos uma coisa só nossa. Estávamos planejando fazer o mesmo esse ano, mas, em uma tentativa de restaurar alguma semelhança de normalidade, pensei que Henry aceitaria ir se eu o convidasse, e Marcus também, com certeza. Ele estava sendo bastante solícito, na tentativa de ajudar a cicatrizar as feridas que sua ausência tinha provocado.

A decoração da minha casa era mínima; eu só tinha uma árvore num canto com algumas luzes e enfeites, uma guirlanda na porta e algumas meias penduradas no aparador da lareira. Eu não era muito boa com decorações.

Henry chegou mais ou menos uma hora antes de Marcus, e a cada poucos minutos perguntava como podia ajudar, apesar de Xander e eu estarmos sentados no sofá bebendo, claramente não fazendo nada.

“Ele está precisando de um transplante de rim?”, Xander murmurou quando Henry foi ao banheiro depois de passar dez minutos me dizendo o quanto estava orgulhoso de mim.

Antes que eu pudesse responder, ouvimos a porta se abrir e fechar e a fechadura ser trancada. Xander e eu nos viramos e Marcus estava entrando com uma caixa conhecida de confeitaria amarrada com barbante.

Levantei e corri até ele para ver se era meu doce preferido: *jalebi*, de um lugar perto do escritório dele. Antes de ir embora, Marcus às vezes me trazia alguns. E nas festas de fim de ano virou obrigatório.

"Eu lembrei", ele falou, como se estivesse lendo a minha mente. Meu coração disparou.

"O que você fez com o Henry?" Xander olhou para o irmão enquanto eu pegava o pacote de suas mãos e o recompensava com um breve abraço antes de abrir a caixa de *jalebi* na ilha da cozinha. "Ele está puxando o saco da Sloan o dia todo."

"Eu posso ter exagerado no corretivo." Seu sorriso malicioso me fez desviar o olhar. Eu precisava segurar minha onda. Ele pegou meu lugar no sofá ao lado de Xander. Entreguei uma taça de vinho para ele e fui sentar do outro lado dos irmãos Sutton, segurando meu *jalebi*. "Mas a intenção foi boa."

"É melhor do que aquele drama todo do último ano." Xander deu risada quando Henry voltou para a sala.

"Mas não tem drama que me faça perder para você no Fifa." Henry sentou na poltrona do outro lado da sala.

"Foi pura sorte. O Xbox está lá em cima, se você quiser tirar a prova", Xander retrucou, se referindo a um dos quartos de hóspedes, que ele dizia ser seu.

"Desde quando vocês jogam Fifa?" Marcus parecia ligeiramente incomodado com o fato de Henry e Xander terem criado uma amizade em sua ausência. Era estranho, mas bom. Às vezes eles saíam para beber juntos depois do trabalho.

"Desde que você resolveu sumir por dois anos. Descobri que seu irmão era mais divertido que você."

Xander e Henry se entreolharam e apostaram corrida até lá em cima.

Assim, Marcus e eu ficamos sozinhos no sofá. "Se serve de consolo, seu irmão é *mesmo* mais divertido que você", provoquei, chegando mais perto. Alguma coisa no jeito que ele me olhou me atraiu e me deixou nervosa ao mesmo tempo. "Mas você trouxe *jalebi*, então não vou te deixar aqui sozinho."

"Quanta gentileza a sua." O olhar de Marcus se tornou mais suave, e alguns instantes se passaram. "O que os seus namorados acham de Xander passar tanto tempo aqui?"

Estranhei, surpresa. Nós nunca discutíamos relacionamentos um do outro. Tudo o que sabia a seu respeito era através de Henry ou Xander. Não que ele tivesse tido algum. A lista de Marcus era de conquistas, não de namoradas.

"Ninguém perguntaria isso se Xander fosse mulher", lembrei.

"É verdade", ele cedeu. "Então, eles não ligam?"

Tirei os pés do chão e dobrei as pernas para ficar de frente para ele. "Eles não amavam", admiti depois de uma longa pausa, me ajeitando um pouco. A verdade era que a maioria detestava e se sentia ameaçada por Xander. Acho que eu poderia até ter dado uma folga para eles, mas nunca considerei ser minha responsabilidade melhorar a autoestima deles. "Mas Xander é parte do pacote. Não vou fingir que ele não é uma pessoa importantíssima para mim. Se eles não puderem aceitar isso, não é problema meu."

Ele sorriu de leve. "Azar o deles."

Se ele queria saber da minha vida pessoal, eu também tinha o direito de perguntar.

"Você estava com alguém enquanto se escondia da sua vida real?", questionei. "Opa, desculpa, eu quis dizer trabalhando."

"O que é isso, a brincadeira das vinte perguntas? Eu não sou louco de jogar com você", ele brincou.

"Eu respondi a sua."

Ele hesitou. "Eu não tive nada sério com ninguém."

"O que isso quer dizer?" Mas eu sabia, não era nenhuma freira. Só que uma parte de mim queria que ele dissesse. Talvez assim eu seria tirada do delírio que acometia meus pensamentos.

"Eu até explicaria, mas isso pode causar questionamentos morais." Ele falou com uma voz baixa, seus olhos cravados em mim. Seu tom grave provocou um arrepio pelo meu corpo. Eu me sentia febril; arrepios num momento, suando frio no seguinte.

Estávamos perigosamente próximos do flerte. Eu não sabia muito bem o que era aquilo, mas jamais reclamaria.

"Parece que você esqueceu que eu e Xander víamos o que você e Henry... aprontavam." Dei uma risadinha e ignorei a pontada de ciúmes que essa lembrança provocou.

Ele fez uma careta.

Minha intenção não foi julgar ninguém. Os anos anteriores a suas viagens tinham sido tranquilos, ou pelo menos eu não o vi com uma mulher diferente a cada fim de semana, como no passado. O trabalho passou a ocupar mais seu tempo.

Ele fez uma pausa antes de responder à minha primeira pergunta. "Nada além de uns poucos encontros. E, antes que você me pergunte o motivo, era porque eu precisava trabalhar. Não tinha tempo para relacionamentos."

Assenti, pensando a respeito. Provavelmente foi um período bem solitário. Fiquei meio triste por ele. E um pouco irritada. Por que não veio me ver se estava sozinho?

Foi só nesse momento que senti seu polegar acariciando meu pulso. Eram movimentos repetitivos, gestos lentos que espalhavam uma eletricidade pela minha pele. Nossos braços estavam apoiados no encosto do sofá, se tocando levemente. Ele parecia nem notar o que estava fazendo.

Um impulso de coragem percorreu meu corpo, e meu coração disparou. "Por que você me trouxe *jalebi*?"

"Você vai desperdiçar uma pergunta com isso?"

Confirmei com a cabeça.

"Você gosta, e antes que gaste outra pergunta... é para isso que servem os amigos." Sua expressão era pensativa.

"Você pegou fila para comprar." Imaginar Marcus esperando na fila por qualquer coisa era absurdo. Ele e Xander não tinham sido criados no mundo da elite como Henry e eu, mas se adaptaram muito bem assim que entraram. Considerando o quanto Marcus era bem-sucedido, e que ele tinha uma equipe à disposição para cuidar dessas tarefas mundanas, fiquei contente em saber que ele fez isso pessoalmente.

"Eu sei ser legal", ele lembrou num tom leve.

"Ah, sim." Eu me inclinei para a frente, tomando cuidado para não mexer o braço. O calor de seu toque era viciante; eu não queria deixar de senti-lo. "O mundo vê você de um jeito bem diferente de nós. Não esqueça disso."

O mundo o via como um bilionário solitário. O jovem prodígio cuja ascensão meteórica foi documentada em jornais de finanças e faculdades de administração do país inteiro. Seu comportamento frio e calculista era exaltado.

Mas eu sabia quem era Marcus. *De verdade.*

Conhecia o homem atencioso, quase até demais, que existia por trás dessa fachada. E a vulnerabilidade que escondia. Os vislumbres que eu tive me deixaram com vontade de mais. Só precisava provar que ele tinha que derrubar as barreiras que ergueu para o mundo.

Não precisava delas com a gente. Não *comigo.*

Passei a vida inteira desejando ser vista como realmente sou, e me machucava ele não querer o mesmo, sendo uma coisa tão rara.

Marcus assentiu. O ar ficou carregado de novo.

"Bem, obrigada", murmurei, sem saber o que dizer. Ele estava me tocando, e isso me enlouquecia. Mas ele poderia nem saber o que estava fazendo.

Quando Marcus estava prestes a dizer alguma coisa, foi interrompido por uma gritaria no andar de cima. Henry e Xander estavam berrando para a tela da tevê.

Nem me dei o trabalho de virar a cabeça na direção do grito. Sabia o que era, e a essa altura já estava acostumada. "Acho que Xander roubou seu melhor amigo."

Ele olhou na direção da escada e depois de novo para mim, abrindo um sorriso que me deu um frio na barriga. "Então acho que é justo eu roubar a dele."

Seu polegar continuava traçando lentamente o mesmo padrão no meu pulso.

20

MARCUS

Xander e Henry terem me deixado sozinhos com Sloan na sala uma hora atrás foi o melhor presente de Natal que eu poderia querer. Eu me pegava pensando nela o tempo todo. Ela era um hábito que eu não conseguia abandonar.

"Eu vi isso." Sloan percebeu quando espiei e ignorei uma ligação no celular. Deveria ter atendido. Era de um membro do conselho de administração. Geralmente, eu interromperia qualquer coisa para isso. "Você ignorou uma ligação de trabalho?"

Eu também não parecia capaz de me conter nos testes do que seria apropriado entre amigos. Disse a mim mesmo que o limite seria quando ela determinasse. Mas ela ainda não tinha recuado.

"É Natal, né?", falei, dando de ombros.

"Se você tirar um dia de folga, como nós, meros mortais, vamos reconhecer sua superioridade?", ela provocou.

"Eu posso providenciar uns lembretes."

Seus olhos faiscaram quando ela riu. Esse som fazia a perda de um voto no conselho parecer um pequeno inconveniente, em vez do grande estorvo que seria na prática.

"Então... você vai continuar vivendo sempre sozinho?", ela me perguntou, abaixando a cabeça. Suas pálpebras se ergueram, e ela olhou pra minha expressão confusa. De onde diabos isso tinha saído? "Antes você disse que não tinha relacionamentos sérios por causa do trabalho. E você não vai parar de trabalhar tão cedo."

"É..."

"Então, pela sua lógica, vai passar a vida toda sozinho."

Dei de ombros de novo. Não tinha importância. "Parece inevitável mesmo."

"Você poderia dar um jeito de ter tempo livre."

"Por que eu faria isso?"

Meu futuro não tinha nada programado — pelo menos não no âmbito pessoal. De que adianta planejar uma coisa que você pode perder a qualquer momento? A Sutton Industries estava sob meu controle; era o futuro que eu planejava.

"Você não se sente sozinho?" Sua preocupação parecia genuína.

"Eu estou bem."

"Isso é só uma sensação."

"A minha *sensação* é que estou sendo interrogado."

"Ah, que ótimo." Ela sorriu. "Fiquei com receio de estar sendo sutil."

"Pensei que você não advogasse nos tribunais."

"Isso não significa que eu não seja boa nisso." Ela se recostou no sofá com um sorriso arrogante e, porra, lindo demais.

Era preciso mudar de assunto. Ela me pegou desprevenido. Eu acabaria falando alguma coisa que não deveria.

"Você vira sócia da firma, e depois?", perguntei.

Ela cruzou os braços. "Eu ainda não terminei minhas perguntas."

"Estou mudando os termos da negociação, uma coisa em que *eu* sou bom."

"Sócia diretora", ela respondeu bufando, cedendo a derrota.

"É isso que você quer?" Às vezes eu me perguntava se Sloan era motivada de fato por suas expectativas ou por ouvir que eram expectativas irreais. Ela adorava um desafio.

"Na empresa, eu posso ser a primeira. Posso ser ouvida. Tenho uma chance real de fazer as coisas acontecerem", ela continuou, olhando para baixo. Algumas mechas de cabelos pretos e grossos caíram para a frente. "Eu sei que é uma motivação infantil."

"Não é infantil." Sem pensar no que estava fazendo, levei uma mecha de seu cabelo atrás da orelha. Foi tão bom, tão íntimo. Seus olhos castanhos luminosos encontraram os meus, e alguma coisa aconteceu entre nós. Como se um circuito elétrico tivesse finalmente sido montado e acionado. Por um momento, ficamos paralisados.

Ela soltou o ar e se inclinou ligeiramente para trás, como se estivesse despertando de um sonho, e uma vermelhidão se espalhou por suas bochechas. Percebi que tinha acabado de ultrapassar um limite.

Precisava aprender a me adaptar melhor.

Eu não conseguiria ficar longe dela, isso estava claro. Teria que encontrar os limites do aceitável e navegar dentro deles. Assim poderia me segurar e não me deixar atrair por uma fantasia.

Poderia ignorar o jeito encantador como ela preenchia o silêncio com uma piadinha. Não levar em conta que sua risada tornava o ar mais leve. Fingir que meus sentimentos não existiam. Fiz isso durante anos, e a prática levava à perfeição.

Instantes depois, ouvi o som de uma porta se abrindo. Sloan se inclinou para a frente e soltou um resmungo de frustração. Sua cabeça se apoiou no meu peito brevemente. Meu corpo se acendeu com o contato leve, o que me lembrou de começar a pôr alguma distância entre nós, pelo menos de modo físico. Ela recuou com a mesma velocidade com que se aproximou.

"Eles estão na adega." Seu tom era de desinteresse, como se fosse algo corriqueiro. Ela se levantou. "Acho melhor ir atrás deles antes que acabem quebrando alguma coisa."

A noite voltou ao seu rumo normal depois disso. Acho que ninguém comeu nada além de sobremesas. E todos nós bebemos demais.

As coisas começaram a ficar mais parecidas com o que eram antes de eu ir embora.

Eu estava torcendo por isso desde o evento na universidade.

Mas por que me doía tanto?

21

SLOAN

Fazer as malas para uma estadia de seis meses estava se mostrando mais complicado do que eu achava.

Faltavam duas semanas para minha ida a Londres. Eu iria no jatinho particular da Sutton com Marcus, um desdobramento interessante de nosso Natal. Continuei repassando aquele dia sem parar na minha mente, tentando entender o que tinha acontecido.

Marcus estava diferente. Mais ousado. Não fazia sentido. Houve momentos em que pareceu que estávamos flertando. Eu não me incomodava, mas as implicações disso eram enlouquecedoras. Ele estava só tentando me agradar? Isso significaria que sabia do meu crush por ele, e estava tentando ser legal comigo. Era humilhante se fosse verdade, principalmente porque estava começando a parecer muito mais que um simples crush.

"Preciso ir à festa de Ano-Novo da Hightower", mencionei para Xander enquanto tentava me concentrar no que estava fazendo. Olhei para um vestido preto brilhante que não tinha comprimento para cobrir minhas coxas e joguei de lado. Xander reavaliou minha escolha, vetou e pôs o vestido na mala. "Quer ir?"

Ele sentou na cama perto das malas abertas enquanto eu separava as coisas que levaria e que deixaria.

"Eu tenho compromisso." Ele levantou, foi até o meu armário e pegou mais alguns vestidos parecidos.

"Você pode levar quem quiser. Eu vou com Ashton Carmichael", falei. Era o amigo de um sócio sênior da firma; já tínhamos nos visto em algumas ocasiões depois do trabalho. Um cara bacana, e a companhia perfeita para uma festa que na prática eu era obrigada a ir.

"Quem?" Ele voltou a sentar diante da mala aberta, de repente interessado. Xander andava particularmente interessado na minha vida amorosa nos últimos tempos.

"É o amigo de um sócio", digo sem interesse. Não tinha nada de relevante para falar sobre ele. "A conversa é boa, mas não tem nenhuma química ali."

A verdade era que não havia química em lugar nenhum. A não ser que Marcus estivesse por perto, quando o meu corpo entrava em ebulição nos lugares mais inconvenientes. Era o tipo de coisa que eu normalmente conversaria com Xander, se não fosse uma questão tão complicada.

"Então por que perder tempo?" Ele deu risada e voltou sua atenção para a pilha de livros ao lado das roupas. Minha recusa em comprar um e-reader tornava impossível levar uma bagagem leve. "Se não é para rolar nada mesmo, com certeza Rohan ou Tristan iriam com você. Pelo menos assim você teria uma companhia decente para dançar."

Por mais agradável que fosse a ideia de ser a amiga patética incapaz de conseguir companhia para uma festa, nem cogitei a hipótese. Além disso, provavelmente eles já tinham coisas melhores a fazer na noite de Ano-Novo.

"Ah, esqueci de falar. Lembra do Jay Sachi?", perguntei. Xander levantou a cabeça, esquecendo dos livros. "Ele está em Londres. E me escreveu, me chamando para a gente se ver e colocar a conversa em dia."

Esse contato estranhíssimo chegou no dia do Natal. Eu estava distraída, caso contrário teria respondido na hora, embora ainda não tivesse feito isso. As mensagens esperavam uma resposta.

Jay Sachi: Ouvi dizer que você vai estar aqui na cidade em breve
Jay Sachi: Vamos nos ver quando você chegar

"Como ele sabe que você vai estar em Londres?" Os olhos de Xander se acenderam, intrigados. Ele foi até minha mala.

"Nem imagino. Acho que alguém contou para ele."

Xander bufou uma risada. "Com certeza não Henry, já que Jay te quer desde o dia em que vocês se conheceram."

Jay era um banqueiro de investimentos gatíssimo que tinha se formado no mesmo ano de Xander. Nos conhecíamos das festas da época da faculdade e depois nos víamos em eventos de nossos círculos em comum. Era uma daquelas pessoas com um charme extraordinário, como Xander. Tinha transado com quase todas as mulheres da turma. Apesar do histórico, era difícil encontrar alguém que tivesse algo de negativo a dizer a seu respeito.

Ser uma das poucas garotas que não caíram na lábia dele era um feito para mim.

Xander viu outro vestido que eu tinha deixado de lado e pegou para olhar. Xander o jogou na mala mesmo eu tendo decidido não o levar. "É sério, Sloan, estou falando como amigo. Você está querendo entrar pra um convento nos próximos seis meses?"

Decidi então reavaliar tudo o que Xander tinha acrescentado à mala. A maioria das adições era de vestidos curtos. Ele estava tentando montar um guarda-roupa para eventos sociais, mas eu estava viajando a trabalho. "Por que você está tão interessado em me fazer transar?"

"Só tem roupas de trabalho aqui", Xander argumentou. "Não vai rolar nem um date? Só estou dizendo que você anda muito travada, e que sair com alguém como o Jay é certeza absoluta de que vai rolar sexo."

Decidi nem pensar nessa imagem. "Algum motivo para você estar tão interessado em com quem eu saio ultimamente?"

"Sei lá. Você está diferente, só isso."

"Diferente como?"

"Não sei!" Xander soltou uma risadinha exasperada. "Você está saindo com alguém?"

"Não", falei com convicção.

Ele levantou uma sobrancelha. "Por que *essa* cara?" Seu dedo fez um círculo no ar diante de mim.

Eu cruzei os braços. "É a única que eu tenho."

"Você sabe do que eu estou falando. É essa cara de 'estou transando com alguém com quem não deveria'."

Revirei os olhos e voltei para o closet. Eu era péssima em esconder coisas do Xander, e ele era como um cão farejador de aeroporto tentando descobrir meus segredos.

"Ai, meu Deus, é mais um porra de um Grimaldi, né?" Ele levantou e me seguiu até o closet. Pode ou não ter acontecido de Xander ter que me impedir de cometer um erro colossal com um membro da família real de Mônaco.

"Quem é? Fala logo." Ele continuou insistindo, abaixando a cabeça e tentando me olhar nos olhos. Xander sabia que meu rosto entregava tudo, e continuaria me interrogando até estar bem perto de descobrir. "Lembra de quando você pôs fogo em mim no verão passado?"

Ao trocar a culpa por segredos, ele recorreu a uma das estratégias da minha mãe.

Eu me virei. Quantas vezes eu ia ter que me desculpar com isso? "Você ficou bem, e eu apaguei o fogo na hora."

Eu tinha incendiado Xander. Acidentalmente.

Quem poderia imaginar que lança confete era explosivo?

Eu não.

E foi ele que estava perto demais da vela.

Resolvi partir para o ataque. "Quais são esses planos para o Ano-Novo, aliás?"

Ele hesitou, caindo na própria armadilha.

"Paris", Xander resmungou, soltando um suspiro pesado. De repente, ele ficou sério. Mais um favor sendo cobrado. "Não fala nada."

Concordei e mudei de assunto. Mas guardei na mente as evidências de que já dispunha, para quando precisasse saber mais.

Eu: Oi. É, eu vou passar um tempo em Londres. Como você sabia?

Jay Sachi: Tenho as minhas fontes. Até mais, querida.

Guardei o celular no bolso quando ouvi a campainha. Para minha surpresa, Cici, Tristan, Rohan e Jackson apareceram para se despedir. Xander tinha planejado uma reuniãozinha improvisada antes da minha longa viagem.

Sentados no sofá com a comida na mesinha de centro entre nós, planejamos a comemoração para quando eu finalmente me tornasse uma sócia sênior. E pensamos na viagem anual que Xander e eu fazíamos todos os anos.

Senti um aperto no coração ao pensar em passar um semestre longe da minha turminha. Eles eram a família que escolhi para mim. Mas eu voltaria logo, e tudo seria como antes.

A única diferença? Eu me tornaria uma sócia sênior da empresa.

22

MARCUS

A festa de Ano-Novo da Hightower no SoHo era uma grande experiência, um evento imperdível para a passagem de ano. Fui convidado por Victor Hightower, o CEO, então minha presença era obrigatória. Além de estar no setor energético, a empresa tinha o monopólio de operação de algumas rotas logísticas cobiçadas a que eu precisava ter acesso.

Felizmente, consegui convencê-lo a integrar a Sutton Industries a essas rotas, e depois disso minhas opções passaram a ser aproveitar a festa ou ir embora. Eu teria escolhido a segunda, mas fui acompanhado, então estava preso ali até pelo menos a meia-noite. Com um suspiro de tédio, dei um gole no uísque e olhei ao redor à procura dela, que usava azul, ou verde, ou talvez vermelho. Antes que eu gastasse mais neurônios pensando nisso, ela reapareceu, sorrindo com uma bebida na mão.

Ela era... ok. Editora da *Vogue*, inteligente e simpática. Só a chamei para a festa porque estava desesperado por uma distração. Por sorte, ela considerou a minha companhia tão tediosa quanto eu a sua, e me deixou sozinho com meus pensamentos.

Pensamentos que aliás eu nem deveria ter. Eu estava indo até o bar para buscar outra bebida quando, como se eu a tivesse evocado mentalmente, ouvi uma risada familiar. Macia e calorosa como caramelo derretido. E grudada na minha alma.

Meu coração disparou. Sloan estava lá? Um calor subiu pela minha coluna.

A sensação prazerosa não durou muito depois que finalmente a avistei.

Nunca me considerei uma pessoa violenta. Me meti em algumas brigas quando era garoto, mas nada que se comparasse ao desejo avassalador de acabar com a raça do cara que estava puxando Sloan para junto de si. Os dois dançavam bem colados e ele era bem ousado, e ela não parecia se importar.

Quase arrebentei o copo que segurava. Senti minha pulsação acelerar ao ouvir sua risada leve e suave quando ele se inclinou para sussurrar no seu ouvido.

Aquela risada que eu tanto adorava. *A minha risada.*

Cerrei os dentes com força. Larguei o copo.

Eu o observei com atenção. Se a mão dele baixasse mais um pouco, eu a deceparia no ato.

Me deixei distrair momentaneamente da raiva para prestar mais atenção em Sloan. Ela estava com um vestido preto longo, justo e sem alças. Um colar de diamante adornava seu pescoço de forma provocante bem onde o vestido começava. Elegante, refinada e tentadora demais. Seu cabelo estava solto em ondas, ao contrário do evento na universidade, balançando às suas costas enquanto ela dançava.

Ela estava maravilhosa. E ele estava morto se tentasse *qualquer coisa.*

Ter que vê-la com outro era uma tortura. Alguns minutos depois, enfim fui libertado da minha agonia, quando a música terminou e o parzinho foi para o bar. O que ficava bem na direção onde eu estava.

"Marcus!" Ela imediatamente me puxou para um abraço. Seus braços envolveram o meu peito. Como se o contato não fosse recompensador o bastante, o olhar de surpresa no rosto de seu acompanhante quase fez valer a pena vê-la com ele antes.

Quase.

Sloan tropeçou nas palavras ao fazer as apresentações. O nome dele era Ashton Carmichael, e isso foi tudo o que ouvi. Acabei me distraindo com a mão que ele apoiou na lombar dela quando Sloan voltou a ficar ao seu lado.

Quando essa mão começou a descer, eu explodi.

"Tira essa mão de cima dela", rosnei. Eu mal conseguia ouvir minha voz por cima da pulsação rugindo nos ouvidos. Não fui criado na alta sociedade nem fiz aula de etiqueta, e se ele não me obedecesse ia ver em primeira mão o quão não refinado eu podia ser.

Nesse momento, todas as razões válidas que tinha para camuflar meus sentimentos por ela foram por água abaixo. E eu não estava nem aí.

Eu cheguei mais perto. "Ou então não vão conseguir te reconhecer nem pela arcada dentária." O tom venenoso na minha voz não foi muito bem escondido. E nem era essa a intenção.

Sloan respirou fundo audivelmente. Seus olhos se arregalaram. Mas foi só. Eu esperava ser confrontado. Em vez disso, ela deu um sorriso pretensioso.

Um sorrisinho.

A porra de um sorriso.

Um silêncio desconfortável se instalou. "Vou pegar umas bebidas para nós", Ashton anunciou e deu o fora.

"Isso foi meio grosseiro." Ela ainda parecia se divertir. Seus lábios vermelhos se apertaram por um instante, então se alargaram num sorriso.

"Onde você encontra essas pessoas?", perguntei. A fúria de repente tinha se dissipado.

Aquele cara? Sério mesmo? A ideia de ver Sloan com esses tipos da alta sociedade sempre me incomodou.

Ela se aproximou e me deu um tapinha condescendente no peito. "Fique à vontade para escolher o próximo."

"O que você está fazendo aqui?"

"Eu tive que vir; metade da empresa está aqui." Ela fez um gesto abarcando o local, como se eu conhecesse algum dos sócios de sua firma. "A Hightower Energy acabou de fechar um contrato com o nosso escritório. Os Hightower são um dos anfitriões do evento."

Assenti.

"E *você*, por que está aqui?", ela quis saber.

"Fui convidado."

"E onde está sua acompanhante?" Seu tom era persuasivo enquanto seus olhos me desarmavam. Ela poderia não atuar nos tribunais, mas suas técnicas de interrogatório eram supereficientes. Pelo menos comigo.

"Nem imagino."

"Por que você colocou o meu pra correr?" Seus olhos faiscavam de intriga, o mesmo olhar que surgia quando ela estava prestes a ganhar um jogo.

"Não fiz nada disso." Ele tinha se mandado por livre e espontânea vontade. E provavelmente era o melhor a fazer, se ele quisesse continuar sendo um homem com dois braços e um coração batendo.

"Então você não se incomodaria se eu fosse atrás dele?", ela perguntou, provavelmente numa provocação deliberada. Como não respondi, ela levantou as sobrancelhas e se virou para procurá-lo, mas foi detida pela minha mão no seu braço.

"Doutora", avisei, baixo. Estava com ciúme, e ela sabia. Sloan soltou um risinho satisfeito, ciente de que me tinha na palma da mão, e se virou para mim. Ela apontou para um bar na direção oposta ao daquele para o qual seu acompanhante tinha se afastado.

Uma hora mais tarde, eu já a havia roubado com êxito de seu acompanhante e encontrado um lugar mais isolado onde pudesse tê-la só para mim. Sentamos na poltrona larga e estofada do corredor de fora do salão, com as costas dela apoiadas no canto da parede. Meu braço envolvia casualmente sua cintura; fosse qual fosse o limite do apropriado, eu já tinha ultrapassado fazia tempo.

Ela não parecia se incomodar. Na verdade, tinha até incentivado isso.

Éramos livres e desimpedidos, e minha suposição de que o tempo se encarregaria de fazer esses sentimentos desaparecerem estava totalmente errada. As linhas que eu não podia cruzar pareciam uma grande bobagem quando estávamos tão perto um do outro.

"Como você aguenta todas essas festas?" Levei uma mecha do seu cabelo para atrás da sua orelha. Dessa vez, ela não se afastou. Eu não conseguia parar de tocá-la, nem de procurar formas de ficar perto dela. Resolvi ignorar o que me doía e abraçar o que me fazia bem. Como ela. "Pelo menos hoje eu estou bem acompanhado."

"Bom, Xander e eu temos um joguinho que fazemos nesse tipo de evento."

"Eu vou querer saber disso?"

Ela abriu um sorrisinho. "Chama Beba e Seduza. Eu escolho alguém para você, e você faz o mesmo para mim. Quem conseguir levar seu alvo para a cama primeiro ganha."

Meu corpo fica tenso. *Eu vou matar Xander*.

Que porra de jogo era esse? Eu não queria nem saber quanto estava o placar.

"Quer jogar?" Não dava para saber se ela estava falando sério. Em certos momentos, seus olhos me diziam tudo o que eu queria saber. Em outros, eram um abismo.

Tínhamos caído num padrão sempre que a conversa acalmava, um sempre pegava o outro de surpresa. Eu ultrapassava um limite físico, e ela, qualquer outro tipo de limite.

"Você não está falando sério", respondi sem pestanejar. Se estivesse, já teria ido atrás de seu acompanhante na festa. "Só está me provocando."

"Ah, é?" Um sorriso competitivo surgiu naqueles lábios vermelhos tentadores. Precisei me conter ao máximo para não colar minha boca à sua e suprimir a resposta engraçadinha que ela já tinha na ponta da língua. "Por que eu faria isso?"

"Provavelmente pelo mesmo motivo que eu coloquei seu acompanhante pra correr." Passei o dedo na corrente de seu colar. Olhando para aqueles olhos castanhos reluzentes, me aproximei dela e senti sua mão puxar de leve minha lapela.

Ela deixou um gemido baixinho escapar quando nossos lábios roçaram. Fomos interrompidos pela comoção de dentro do salão, e então veio a contagem regressiva. Ela olhou na direção da porta e suspirou. "Bom, acho que preciso ir procurar meu acompanhante da noite. Para o beijo de Ano-Novo e tal."

"De jeito nenhum." Eu a segurei com mais força pela cintura e a puxei para perto para um selinho rápido — rápido demais. Ela se aproximou, com os lábios pedindo para serem beijados de novo. Um beijo de verdade. Era impossível resistir, agora que eu sabia que seus lábios eram tão macios quanto pareciam.

Um instante depois, ela sorriu, sem fazer nenhuma tentativa de se afastar.

"Feliz Ano-Novo, Sloan", sussurrei.

"Feliz Ano-Novo, Marcus."

Eu nunca tinha adorado tanto um som quanto o do meu nome nos seus lábios.

23

SLOAN

Acordei na manhã seguinte com os raios de sol entrando no quarto, atravessando minhas pálpebras como adagas. O latejar na cabeça só aumentava.

A dor foi rapidamente esquecida e substituída pelo pânico quando abri os olhos e me vi num quarto desconhecido.

Onde é que eu estou?

Tentei juntar o que lembrava da noite anterior e tive a recordação nítida de entrar num carro com Marcus. Uma preocupação diferente surgiu na minha mente até eu perceber que estava num quarto de hóspedes. O quarto de hóspedes de Marcus. Soltei um suspiro de alívio. Não havia nada que tinha sido feito que não pudesse ser desfeito.

Vi uma troca de roupa para mim sobre a cômoda. Cuidadosamente levantei da cama, firmei os passos cambaleantes na mesinha de cabeceira e fui me trocar.

Estava sem o vestido da noite anterior, mas provavelmente fui eu que tirei — sem chance que Marcus teria feito isso. Minha mente voltou para as horas que passamos sozinhos. Foi um momento de muita intimidade. E eu queria mais.

Então tentei entender como eu tinha ficado tão bêbada, e nesse momento caiu a ficha.

Esposa, Filha ou Amante. Uma brincadeira em que tentávamos adivinhar qual era a natureza do relacionamento dos vários convidados. Brincamos disso — ou melhor, eu brinquei, para o divertimento de Marcus — depois que nos beijamos.

O beijo. Não dava nem para ser chamado assim, na verdade. Foi um selinho. Carinhoso e inocente.

Mas o que provocou em mim estava longe de ser inocente. A sensação de estar em seus braços, o desejo que se acumulou no meu corpo, e eu implorava por mais. Eu repassava toda a cena na minha mente. Sonhava em sentir seus lábios no meu pescoço, nas minhas coxas...

Alguma coisa mudou na noite anterior.

Vesti as roupas que pareciam minhas. Ao me olhar no espelho percebi que eram mesmo. Devo ter esquecido no carro quando ele me levou para casa depois do feriado de Ação de Graças.

Por outro lado, qualquer mulher da alta sociedade de Manhattan tinha uma calça de moletom Brunello e uma blusa Loro Piana.

Afastei esse pensamento bizarro e tentei me recompor antes de sair do quarto. Felizmente, tinha levado um pouco de maquiagem no nécessaire para retocar o que borrou, e o meu cabelo ainda estava ótimo. O segundo dia depois de uma escova era o melhor, em expertise capilar. Passei os dedos pelos fios, dei uma analisada no espelho e saí para o corredor.

A casa de Marcus em TriBeCa era enorme, clean e arejada, com janelas enormes e pé-direito alto. Cheguei ao alto da escada, de onde podia ver a maior parte da sala de jantar e de estar lá embaixo. Marcus estava sentado à mesa de jantar, com o notebook aberto, aparentemente alternando entre ler as notícias e trabalhar.

Desci a escada devagar, tentando ignorar as ondas de náusea e o latejar na cabeça. “Ah, ela está viva”, Marcus falou.

Ele não tirou os olhos da tela ao dar um gole no café. A luz do sol entrava na sala de jantar e o envolvia, lançando sombras maliciosas sobre a camisa que ele vestia. Fiquei zonza de novo, mas dessa vez não tinha nada a ver com o álcool.

“Isso aqui é meu?” Se ele tivesse me dado as roupas de outra mulher, eu o mataria. Minha mente voou para todas as que passaram por aqui antes. Precisei de todas as minhas forças para andar em linha reta da escada até o lado dele na mesa, onde havia um lugar reservado para mim.

“Sim.” Marcus continuou olhando para a tela, mas claramente segurava um sorriso. Ele sabia o motivo da pergunta. “Você deixou no carro na volta do feriado.”

Verdade. Pelo menos o ciúme se amenizou. Mas a humilhação só crescia.

Peguei a caneca de café colocada à minha frente. "Eu dei muito vexame?"

"Você se comportou como uma dama." Ele pôs um doce no meu prato e fez um gesto com a cabeça para que eu comesse.

Sua voz era suave e acolhedora. Quanto mais tempo passávamos juntos, mais eu tinha acesso a *esse* Marcus. Aquele com a risada jovial, cuja fachada séria desmoronava facilmente com uma piada de duplo sentido, aquele que não media esforços para cuidar de mim. Estava cada vez mais difícil extinguir as faíscas que ameaçavam incendiar nossa vida.

Um sorriso enorme apareceu em meu rosto e segurei a caneca com as duas mãos. "Como ousas? Nunca fui acusada de tamanho absurdo."

Ele sorriu, voltou a se concentrar na tela, digitou algumas coisas e fechou o notebook. Então *finalmente* me encarou. Assim de perto, seus olhos acinzentados tinham toques irresistíveis de verde.

"Isso significa que posso cobrar um favor depois, sem perguntas?" Seus olhos faiscavam de inveja. Ele estaria com ciúme do joguinho que eu fazia com Xander? Marcus *estava* diferente, e isso fazia o meu corpo entrar em curto-circuito.

"Eu te devo um favor por quê, exatamente?" Coloquei o café sobre a mesa, dobrei as pernas sobre a cadeira e me virei para encará-lo. "Pensei que tivesse me comportado como uma dama."

"Bom, se não fosse por mim, você provavelmente acabaria indo para casa com Ashton." Seu tom deixava escapar um sentimento quase possessivo.

"Talvez eu quisesse ir para casa com ele."

"Não." Ele abriu um sorriso seco e se inclinou para a frente. Seus olhos procuraram os meus, e sua voz se tornou um sussurro. "Não queria, não."

Minha boca ficou seca.

Droga, ele estava certo. Isso era mais do que óbvio. Pelo menos para nós dois. Eu não conseguiria reconhecer Ashton numa fila de suspeitos. Meu único arrependimento era o de ter bebido demais. Se estivesse com a cabeça no lugar, acordaria na cama de Marcus, com um sentimento de satisfação, e não de ressaca.

"Ai, eu simplesmente larguei o cara lá, né?" Fiz uma careta ao pensar nisso. Eu não tinha nenhuma química com Ashton, mas ele era legal. Foi péssimo da minha parte sumir sem nem me despedir dele.

"Não se preocupa. Eu disse que você mandou um abraço." Seu sorriso era de pura arrogância. Senti um arrepio percorrer a coluna.

Nesse momento, vi um caderno marrom que conhecia bem, escondido na mesa.

Fui eu que tinha dado para ele alguns anos antes, quando Xander e eu estávamos em Paris. Era impossível comprar presentes para Marcus; ele nunca queria nada. O diário chamou minha atenção porque era do tipo que a mãe deles costumava usar. Eu vi e imediatamente pensei em presenteá-lo. Pensei que fosse ficar na prateleira juntando pó. Marcus jamais jogaria no lixo algo dado por nós. Mas guardaria bem longe das vistas.

Eu me perguntei se ele lembrava que era um presente meu. "Você ainda tem isso?", especulei em voz alta.

Ele olhou para o diário. "Ainda tem algumas páginas em branco", respondeu, dando de ombros. "Eu preciso trabalhar. Você vai ficar bem?"

Assenti. "Você não pode me roubar de todos os meus acompanhantes. Você sabe disso, né?"

"Acho que vamos ter que pagar para ver."

Marcus levantou da mesa, parou atrás da minha cadeira e pôs as duas mãos sobre mim. Seu hálito quente passeou pelo meu pescoço quando ele se inclinou para murmurar no meu ouvido: "Melhoras, doutora".

Senti os dedos dos pés se encolherem debaixo da mesa. Meu corpo todo tremia quando os passos dele se afastaram pelo corredor.

Dormi na mesa.

Não teve jeito. Nunca dormia bem quando bebia, e o estofamento macio das cadeiras era surpreendentemente convidativo. A combinação das duas coisas não demorou a embalar meu sono.

Deitei a cabeça sobre os braços dobrados. Não sei quanto tempo dormi, mas acordei com o toque suave de uma mão percorrendo devagar minhas costas.

"Sloan", um hálito quente falou no meu ouvido. O calor se espalhou pelo meu pescoço, me fazendo lamentar ainda mais a ressaca. Esse seria um jeito bem gostoso de acordar.

Pelo som da sua voz eu já sabia que ele estava sorrindo. Marcus me enlouquecia e sabia disso. Seu corpo largo parecia me cobrir quando se aproximou.

Continuei de olhos fechados, saboreando a sensação. “Hummm.”

Ele deu uma risadinha. “Henry chega daqui a vinte minutos.”

Levantei e quase trombei nele. A dor de cabeça voltou, dez vezes pior.

“Relaxa”, ele continuou. “Eu falei que você estava cansada e dormiu aqui.”

“Isso foi maldade.” Massageei a cabeça e me perguntei o que Henry poderia querer. Então lembrei que os dois eram melhores amigos e tinham seus rituais, assim como Xander e eu.

Ele voltou a sentar no lugar de antes. “Está melhor?”

Bocejei. “Um cochilo mais longo na mesa teria feito bem.”

Marcus deu risada de novo. Ao ver *aquele* sorriso fiquei contente por estar sentada. O tempo que passamos sozinhos tinha sido diferente do clima entre nós na companhia de Xander e Henry. Ele se tornava mais descontraído e afetuoso. Fiquei me perguntando como seria se eu acordasse ali mais vezes.

Alguma coisa no nosso jeito de conversar me deixou mais confiante. “Por que eu só vejo esse sorriso em raras ocasiões?”

Ele deu de ombros. “Acho que é uma coisa que eu deixo reservada.”

Para mim?

Esse clima não durou muito tempo. Seu rosto mudou assim que a porta se abriu e Henry entrou. Seu comportamento se alterou completamente, era como se não tivesse restado mais nada de divertido no seu corpo. Talvez estivesse reservando isso para quando ficássemos sozinhos de novo.

Henry viu minha aparência desleixada na mesa e deu uma risadinha enquanto sentava diante de mim. “Encheu a cara num evento de trabalho?”

“Era uma festa, e eu me comportei como uma dama.” Olhei para Marcus. Sua expressão séria e seu desinteresse fingido quase foram traídos por um sorriso. “Não é, Marcus?”

"Dá para dizer que sim."

"Tanto que precisou ser trazida para casa por ele?", Henry rebateu.

Talvez Marcus quisesse me trazer para casa.

Como se estivesse lendo a minha mente, Marcus me lançou um olhar. Tudo bem, eu não diria isso.

Mas também não ficaria calada; não era meu estilo. "Como você está tão preocupado com o incômodo que eu posso ter causado, o que seria pior: eu acordar no quarto de hóspedes do Marcus ou na cama do meu acompanhante na festa?"

Nenhum dos dois gostou de ouvir isso. Dois coelhos com uma cajadada só. Fiquei orgulhosa de mim mesma.

"Henry, para com isso. Ela está de ressaca." O tom de Marcus ainda era de desinteresse.

"Você é bonzinho demais com ela", Henry falou, como se eu não estivesse presente.

Marcus deu de ombros, indiferente.

Ainda fiquei ouvindo os dois conversarem sobre trabalho por alguns minutos antes de decidir ir para casa curar a ressaca. O olhar de Marcus me seguiu até a porta.

24

MARCUS

Alguns dias depois do Ano-Novo, encontrei Sloan no hangar privativo do aeroporto para irmos com meu jatinho rumo a Londres.

Sloan e eu não tínhamos conversado, a não ser por umas mensagens de texto para combinar a viagem. Eu não sabia ao certo o que esperar. Mas, quando embarcamos e começamos a jogar conversa fora, o que me parecia era que ela queria ignorar o que aconteceu na noite de Ano-Novo.

A lembrança dela com aquele vestido não parava de surgir na minha cabeça, assim como o som da sua voz sussurrando meu nome. Minha mente imaginou todas as formas de fazer Sloan chamá-lo, gemê-lo e gritá-lo até perder a voz.

Ela estava quieta, recebendo uma avalanche de mensagens no celular do trabalho enquanto a tripulação se preparava para a decolagem. Eu me peguei desejando ser interrompido do trabalho por alguma provocação de Sloan.

"Ah, esqueci de falar." Sua voz amenizou a ansiedade que começava a surgir quando percebi que aquilo que rolou entre nós, fosse o que fosse, estava acabado. Ela me olhou e apagou a tela do celular. Seus olhos faiscavam de malícia, e um sorriso travesso expulsou o ar que ainda restava no meu peito. "Obrigada por me levar aos céus."

Ela tinha voltado. Soltei um suspiro, em grande parte de alívio, ao ouvir sua piadinha sem graça. "Você pode fazer melhor."

"Vou continuar tentando, então." Ela me deu uma piscadinha e voltou a olhar para o celular.

Nós nos acomodamos e trabalhamos, interrompendo um ao outro de tempos em tempos com uma conversa breve ou um comentário. Na maior parte das vezes, de Sloan. Ela estava sendo mais atrevida.

Estávamos trabalhando em silêncio quando o avião atravessou uma turbulência. Não dei muita bola para isso, mas, com a visão periférica, percebi que Sloan remexia os dedos nervosamente. Ergui os olhos do meu trabalho e notei que ela estava apreensiva; a preocupação era evidente nos seus olhos. Seu rosto empalideceu.

"Dessa parte de voar eu não gosto." Sua voz estava meio esganiçada.

"Logo passa", garanti, como se ela nunca tivesse viajado de avião antes. Sloan já tinha percorrido o mundo todo, e aquela turbulência não era muito séria.

Ela assentiu.

Não dei muita bola para isso e voltei ao notebook, mas então o avião despencou mais um pouco. Com mais força, dessa vez.

Olhei para ela. Estava aterrorizada. "Sloan?" Eu fechei e deixei o computador de lado.

"Eu tomava um remedinho para isso, mas fazia tempo que não precisava." Sua voz estava trêmula. "Pensei que já estivesse curada." Ela soltou uma risadinha nervosa, e seu queixo tremeu quando ela engoliu com força.

Estava tentando não chorar. Fiz uma careta ao sentir outra sacudida, mais fraca, porém a máscara de tranquilidade que ela tentava manter estava caindo. O medo era um competidor poderoso contra o orgulho. Um sentimento protetor surgiu em mim. Eu levantei e sentei ao seu lado, mas me sentia completamente inútil.

Se Xander estivesse aqui, saberia o que fazer.

Ela segurava o assento com tanta força que as juntas dos dedos ficaram pálidas. Acariciei o dorso da sua mão com o polegar, e a observei atentamente pelos instantes seguintes, enquanto a breve turbulência parecia ter passado, embora sua pulsação estivesse ainda disparada.

"Bom, se você não trouxe o comprimido..." Levantei com cuidado, servi uma taça de vinho do carrinho de bebidas e coloquei diante dela.

"Não quero beber." Ela me olhou com uma expressão hesitante. "Tenho medo do que posso acabar dizendo."

Fiquei um pouco surpreso com sua sinceridade. E com vontade de abraçá-la. "Garanto que já ouvi coisa pior." Dela mesma. Sloan fala palavrões como um caminhoneiro e, da última vez que a vi beber, suas mãos estavam bem ousadas.

Ela deu um rápido sorriso incerto.

"O que Xander faria?", perguntei, quase implorando por uma resposta. Vê-la assim tão perturbada me provocou um aperto no coração como nunca tinha sentido antes. Isso precisava parar.

"Ele me contaria coisas para me distrair."

"O que você quer saber?" Era uma péssima ideia. Mas, porra, eu faria qualquer coisa para ela se sentir melhor. "Pode perguntar o que quiser."

Ela pareceu hesitar, surpresa. "Você vai se arrepender disso, Sutton." Sloan soltou uma risada nervosa e deu um bom gole no vinho. Sua outra mão passou do encosto de braço para segurar a minha. Eu a apertei na mesma hora. E não queria soltar nunca mais. "Por que você foi embora? E não venha me dizer que foi o trabalho."

Suspirei. Sabia que era isso o que viria.

"Foi mais fácil assim, para lidar com as coisas que eu não podia controlar." Era verdade; só deixei de fora o que eu não conseguia controlar — meus sentimentos por ela. Não havia método melhor para ignorar alguma coisa do que tirá-la de vista. Ela acabou sorrindo. Tinha conseguido a resposta mais sincera para essa pergunta até então, e não insistiu mais.

"Eu também posso perguntar?", questionei. O avião estava voando sem novos sobressaltos, e o serviço de bordo trouxe a garrafa de vinho.

"Acho que sim." Ela deu mais um gole.

"Você queria mesmo comandar a empresa?" Eu torcia para que a resposta fosse não. "Ao que parece, você ia detestar."

Só recentemente eu tinha percebido o tamanho de seu ressentimento sobre isso. Minha interferência no conselho de administração afetaria Sloan também.

Ela não respondeu, só deu de ombros. "Você não entenderia."

"Então me explica."

Ela soltou um leve suspiro, fechou os olhos e se recostou no assento.

"Você não entende porque não tem como entender. Todo mundo

espera que você seja bem-sucedido, porque é irritantemente perfeito." Ela abriu os olhos e me encarou. Ao que parecia, a turbulência tinha sido esquecida, mas talvez eu tenha piorado as coisas. "Para mim, as expectativas eram ofensivamente baixas. Não tive a chance nem de descobrir se queria."

O avião sacudiu de novo, e ela se contorceu. Estava mais calma depois do trecho mais agitado, mas a ansiedade provavelmente tinha sido controlada a essa altura. Ela serviu mais uma taça e deu um grande gole.

"Por que você e Xander não estão juntos?", perguntei.

As palavras saíram antes que eu pudesse impedir. Queria ter algo com ela, claro. E tinha passado a semana toda pensando nos motivos para não fazer isso. O único que me deteria era Xander. Toda vez que a possibilidade surgia na minha mente, eu a enterrava de novo. Se houvesse qualquer coisa, mesmo que mínima, entre eles...

Quando me dei conta do quanto meus sentimentos eram profundos, sabia que precisava conversar com Xander a respeito, mas não estava tão certo de que queria ouvir a resposta. Se fosse a que eu temia, seria o fim da minha fantasia. E, por um tempo, eu queria poder alimentá-la.

Ela me olhou feio. "Você sabe por quê. Somos amigos."

"Você precisa de uma distração. Além disso, vai se irritar tanto que vai até esquecer que está ansiosa."

Eu não queria saber. Mas, porra, na verdade precisava.

Ela mordeu o lábio, pensativa. Sabia muito bem o motivo da pergunta.

"Tá." Ela se ajeitou melhor na poltrona e dobrou as pernas, sentando-se sobre elas. Senti a mão vazia quando ela puxou a sua para prender o cabelo atrás da orelha. "A gente tentou... uma vez."

Senti um aperto no peito. Fiz um sinal para a comissária, pedindo um copo de uísque, imaginando que precisaria de um quando a história terminasse.

"Depois da faculdade de direito, fui para Paris com Cici e os caras no verão. Visitamos um vinhedo para uma degustação, e todo mundo precisou se juntar em duplas. Xander foi a minha, e os funcionários presumiram que a gente era um casal. Nós entramos na brincadeira, porque não era nada demais. Então um casal mais velho começou a fazer perguntas sobre o nosso relacionamento e inventamos algumas coisas. Eles não acreditaram que estávamos juntos, não importava o que a gente dissesse. Falaram que não tínhamos química nenhuma."

De repente, comecei a me sentir melhor. Ela abriu um sorrisão, com um olhar distante e feliz. Virou a cabeça para a janela, e então para mim. A história não tinha terminado.

Ela continuou. "Naquela noite, enchemos a cara e resolvemos provar que eles estavam errados. Ouvíamos dúvidas sobre o nosso relacionamento fazia tanto tempo que resolvemos tentar para ver o que rolava. Demoramos uma hora para criar coragem de dar um beijo. Foi horrível. E, na verdade, nosso objetivo era transar."

Fiz uma careta ao ouvir aquilo, e dei um bom gole no uísque, para tentar tirar da boca o amargor do ciúme. Ela deu uma risadinha, ignorando minhas atribulações mentais.

"Não se preocupa, a coisa melhora." Ela deu um sorriso malicioso. "Nós só conseguimos dar um selinho prolongado e bem constrangedor. Enfim, a ideia foi esquecida. A gente *não* sente atração um pelo outro. E é por isso que não rola nada, e nunca vai rolar." Ela deu um gole no vinho e deixou de lado a taça. "Você estava certo, isso ajudou."

Tentei não deixar meu alívio tão óbvio. As sacudidas tinham parado; o avião voava suavemente.

"Está vendo?" Isso foi tudo o que consegui dizer entre todas as palavras acumuladas no meu peito. O assunto estava encerrado, ainda bem, e terminou de um jeito melhor do que o eu esperava. "Está melhor?"

"É, estou, sim." Ela fez uma pausa. "E você aguentou firme." Ela abriu um sorriso provocador. "A história, no seu caso, não a turbulência, inclusive as partes em que parecia prestes a desmaiar." Ela se inclinou para a frente e deu um tapinha condescendente na minha perna.

Sloan dormiu pelo restante da viagem; ela ficava linda dormindo também. Apesar de ter sido obrigado a ouvir aquilo, assim tive a resposta que esperei por tanto tempo.

Passei a vida toda dando a Xander tudo o que ele queria sem pensar duas vezes.

Meu quarto quando éramos crianças, minha bicicleta, metade da minha empresa.

Nunca me incomodei. Ele era meu irmão mais novo; esse era o meu papel. Eu queria que Xander tivesse tudo o que precisasse para ser feliz, qualquer coisa. Durante um tempo, pensei que isso incluísse Sloan. Felizmente, não era o caso.

Ela era *minha* felicidade.

Só minha.

25

SLOAN

O ar gelado de Londres deve ter feito alguma coisa para esfriar a tensão entre mim e Marcus, porque não tive mais notícias dele desde o voo. Só faz alguns dias, mas eu não esperava me sentir tão abatida com essa mudança. Trocamos mensagens sobre questões burocráticas, programação e outras coisas mundanas, porém sem aludir a nada social, e muito menos em tom de flerte.

Marcus adorava um desafio. Quando conseguia o que queria, ficava entediado e seguia em frente. Ele sabia disso tão bem quanto eu. Esse fato me fez ter certeza de que ele jamais faria um movimento arriscado no nosso jogo de xadrez, porque nunca teve interesse num relacionamento e, apesar de não se importar com a maioria das pessoas, eu estava na sua pequena lista de exceções. Ele não me magoaria.

Saber disso não me trazia muito consolo. Marcus podia sentir atração por mim, mas era só. E com certeza não era o suficiente para implodir o nosso mundo. O único compromisso que eu conseguiria ter com um Sutton seria minha amizade indestrutível com Xander.

Pisquei algumas vezes para voltar à realidade e continuar as conversas com os sócios do escritório londrino durante nossa primeira reunião de estratégia.

"Não devemos ter nenhum obstáculo, a não ser por algumas regulações bancárias do lado americano", afirmei. "Posso entrar em contato com um dos associados do setor de finanças para acertar essa parte burocrática."

Felizmente, meu trabalho exigia toda a minha atenção durante o dia. Penelope e eu nos instalamos em nossas novas salas naquela semana e começamos a nos colocar a par sobre os clientes e os trabalhos. O primeiro e mais importante era a fusão do Burton.

"Tudo bem, pode chamar quem você precisar." Van der Baun fez um gesto para o outro lado do espaço, onde um dos sócios seniores comandava a equipe de finanças. "Precisamos que isso saia rápido."

Assenti, notando a irritação em sua voz. O cronograma não era o ideal, mas também não valia a pena apressar as coisas — era melhor fechar o acordo com certa demora do que sair de mãos vazias. A fusão de dois bancos de tamanho considerável chamava a atenção, e não no sentido positivo.

"Não se preocupe com o prazo." Penelope e eu estávamos juntando nossas coisas depois da reunião. "Os homens são imprudentes com cronogramas, perdem o contrato e são ossos do ofício. Se acontece com uma de nós, é incompetência."

"Não ganhamos uma." Suspirei. "Preciso voltar para a minha sala; tenho uma reunião com o diretor de investimentos do Burton. É ele quem está à frente do lado britânico da fusão."

Ela assentiu. "Conversei com ele mais cedo. Toma cuidado, ele gosta de jogar charme."

Que ótimo.

Ainda não tinha conhecido o executivo do Burton que seria meu contato dentro do banco, só sabia que ele chegaria em breve. Descobri o que isso significava quando estava indo apressada para a minha sala e fui obrigada a deter o passo.

"Umph", foi o som bem atraente que saiu da minha boca quando trombei de forma abrupta contra o que pareceu um muro. Meu celular voou da minha mão e caiu no chão a alguns passos de mim. Caí de bunda, assim como a vítima da minha pressa imprudente. "Me desculpa."

Levantei a cabeça e dei de cara com um par de olhos cor de mogno bem familiares. Foi só quando reparei na pele morena e no sorriso malicioso que me dei conta de com quem tinha trombado.

"Ora, não deixe a minha existência atrapalhar você", ele falou com um sotaque britânico suave enquanto levantava e me ajudava a levantar, aos risos. Em seguida, pegou meu celular e me devolveu.

Jay Sachi. Lindo como sempre.

"Preciso ir", falei apressadamente, me virando para voltar para a minha sala.

"Eu sei." Ele acompanhou meus passos apressados.

"Quê?"

"Sua reunião é comigo."

Eu parei por um instante. As peças se encaixaram na minha cabeça. "É por isso que você sabia que eu vinha para Londres?", especulei em voz alta enquanto ia até a minha mesa sentar. Ele se convidou para entrar e se acomodou numa cadeira também.

O cliente era ele. Interessante.

Fiz uma anotação mental para contar isso para Xander. Ele daria no mínimo umas boas risadas com isso.

"Eu não sabia que Sloan Amari era uma figurona dentro da firma." Ele não respondeu à minha pergunta, mas tudo isso fazia parte do seu show.

Um pouquinho irritada por ele estar perdendo tempo tentando fazer charme em vez de falar do trabalho que tínhamos a fazer, eu mudei de assunto. "Precisamos falar sobre o prazo."

Ele assentiu. "Mas primeiro vamos pôr a conversa em dia, como pessoas civilizadas."

Soltei um suspiro. *Claro*. Os homens nunca precisavam ter que lidar com esse tipo de bobagem.

Aquela reunião foi uma iniciativa minha para que o banco pudesse conhecer a pessoa que cuidaria dos assuntos relacionados à fusão dentro da firma. "Isso não seria apropriado", lembrei.

"Não tem nada de inapropriado numa conversa entre velhos amigos."

"Por que esse interesse de repente?"

"Não é de repente", ele me lembrou. Eu sabia qual era sua motivação. Como uma das poucas mulheres que não se deixaram seduzir por ele, eu era um item a ser acrescentado em sua lista de conquistas. "Você sabe disso."

"Mas a minha resposta permanece a mesma."

"Por enquanto. Já faz anos. Minha intenção é vencer você pelo cansaço", ele falou, presunçoso.

Sua confiança era inigualável. Se a minha mente não estivesse inebriada pela lembrança da respiração de Marcus no meu pescoço, eu até poderia me deixar levar.

"Vamos fazer o seguinte: você para de tentar me levar para a cama, e nós podemos ser amigos", sugeri, sem nenhuma intenção de cumprir a minha parte. Eu não precisaria de nenhum contato do banco que surgiria depois da fusão. Bastavam algumas assinaturas no papel e o meu trabalho estava encerrado. "O tipo de amizade em que as pessoas ficam vestidas."

Ele balançou a cabeça. "Isso não é uma negociação, querida."

"Então o que é?" Eu cruzei os braços.

"Um flerte." Ele só estava sendo pretensioso, apesar de achar que era ousado e charmoso. Podia até ser, mas também não deixava de ser um tanto ofensivo. "Qual é... eu sei que você sentiu a minha falta."

Revirei os olhos.

"Uma parte sua, com certeza", ele continuou. "Mas não sei qual parte."

Fiz uma careta. "Mais alguma coisa?"

"Pensa a respeito." Ele levantou da cadeira e foi para a porta. "Olha só. Eu economizei vinte minutos do seu tempo."

"Ou desperdiçou dez."

"Isso vai ser divertido, já deu para perceber." Ele deu uma piscadinha. Não muito depois, olhei o celular e ele tinha mandado mensagem.

Jay Sachi: Isso não conta como pôr a conversa em dia.

Jay Sachi: Vamos beber alguma coisa. Nada de cantadas, prometo. Vou ser tão certinho que você vai detestar cada segundo.

Suspirei e revirei os olhos, preferindo ignorar.

Penelope entrou, e eu contei sobre aquela conversa bizarra.

"Eu posso assumir o contato com o cliente, se isso deixar tudo menos constrangedor para você." Ela estava de pé diante da minha mesa, folheando a documentação mais recente das negociações de fusão.

"Não, tudo bem", garanti.

"Acho que você poderia ir. Pode ser divertido."

Uma parte de mim até cogitou a ideia, por puro tédio. Xander jamais me deixaria em paz depois dessa; tiraria sarro de mim o tempo todo. "Talvez."

O restante da semana se passou sem incidentes e, para minha surpresa e deleite, recebi uma visita depois de um almoço.

Marcus estava sentado na minha sala, em uma das cadeiras diante da minha mesa. Usava um terno azul lindo. Seus cotovelos estavam apoiados nos braços da cadeira, criando um contorno delicioso nos bíceps, inchando sob o tecido, enquanto respondia a alguns e-mails à minha espera. Fui entrando em seu campo de visão e fiquei de pé ao lado da mesa. "Marcus."

"Acho que nunca te vi no trabalho, doutora." Seus olhos desceram dos meus para os meus quadris e voltaram a me encarar de novo como se ele estivesse me vendo pela primeira vez.

"Algum comentário?", perguntei.

"Sua mesa parece" — os cantos de sua boca se ergueram — "resistente."

Eu não sabia ao certo o que estava acontecendo ali, mas não desgostava. "Não sei, não." Dei uma balançada de leve na mesa e olhei para ele com uma expressão de falsa preocupação. "Acho que precisa ser testada. Você conhece alguém que pode me ajudar?"

Bingo. Uma expressão de surpresa transpareceu no seu rosto. Eu venci esse round.

"A que devo a honra?", perguntei enquanto sentava, depois de saborear por um instante minha vitória. Quase cheguei a esquecer que na verdade não tinha rolado nada fisicamente entre nós.

"Trouxe uma coisa para você." Seus olhos se voltaram para o retângulo lindamente embrulhado que eu nem tinha reparado sobre a minha mesa. "E eu não te vejo faz um tempinho."

Deixei passar batido o fato de ele ter admitido que sentiu minha falta. Pelo menos foi assim que entendi.

"Foi você que embrulhou isso?" O frio na minha barriga se tornou uma nevasca. Minha alegria por ele ter me comprado um presente e embrulhado era mais do que aparente.

"Eu sou bom com as mãos." Ele abriu um leve sorrisinho.

Senti o coração acelerar. Marcus disse aquilo com a casualidade de quem estava pedindo um café.

Não respondi. O que poderia dizer diante disso?

Você é bom com a língua também?

Eu já sabia a resposta, e a resposta de todas as outras partes do seu corpo que tinham papel de destaque nos meus sonhos.

Desembrulhei o presente com a graça de uma criança. Ouvi Marcus rir baixinho enquanto me observava. Minhas mãos tremiam de leve quando tirei o presente da bela caixinha de madeira onde estava.

Então, depois de um exame mais detido, a descoberta do que ele tinha me comprado tornou os tremores ainda mais pronunciados. A textura macia e gasta do couro restaurado era como manteiga sob meus dedos. Era um exemplar de *Dom Quixote*, mas não uma cópia qualquer, e sim da época da publicação do original, pelo que pude entender. Passei os olhos pelo texto em espanhol, e pela grafia parecia ter pelo menos alguns séculos de idade.

"É uma primeira edição." Ele parecia contente consigo mesmo, pela satisfação de ter dado um presente perfeito. Fiquei boquiaberta; não conseguia pensar no que dizer. "Ao que parece, algumas palavras do espanhol antigo podem ser lidas em catalão. Isso muda o sentido de algumas coisas nas aventuras."

Foi na noite do evento na universidade que constatei que ainda era atraída por Marcus, mas só naquele dia na cozinha eu me dei conta de que muito provavelmente era muito mais que isso. Pouca gente me ouvia tagarelar sobre livros antigos e de fato prestava atenção. Até Xander me pedia para maneirar de vez em quando. Mas Marcus me escutava como se estivesse ansioso para o que seria dito a seguir. Era uma coisa desconcertante e emocionante ao mesmo tempo.

Ele deu outra risadinha, dessa vez da minha perplexidade. "Você está bem?" Em seguida, abriu *aquele* sorriso.

Meu peito inflou de emoção. Não estava bem, de jeito nenhum.

Com um sorriso de orelha a orelha, fiz meu melhor para conter a euforia que esse gesto criou. Ler um livro antigo e encontrar partes da tradução que poderiam ter um significado diferente era um hobby meu. Uma coisa que pouca gente sabia sobre mim. O outro presente que se aproximava desse em termos de perfeição foi o que meus pais me deram no meu aniversário no ano anterior — uma coleção de registros de processos judiciais antigos.

Ele abriu a boca para dizer alguma coisa, mas foi interrompido pela entrada de Penelope.

"No fim você acabou topando sair com o..." Ela se interrompeu no ato quando viu Marcus diante da minha mesa. "Desculpa, eu não sabia que você estava em reunião." Penelope percebeu meu olhar e se retirou imediatamente.

Senti um aperto no peito. Marcus ficou tenso e se virou de novo para mim, com uma expressão bem diferente. Mas não de raiva. Parecia estar se divertindo, e talvez um pouco incomodado. Ok, com certeza estava incomodado.

"Você tem um encontro? Com..."

"Ninguém." Minha mente conseguiu voltar a funcionar e me alertou que ele podia conhecer Jay. Henry conhecia, e os dois poderiam ter se cruzado em algum momento. "Eu não aceitei o convite."

Seu rosto se tornou indecifrável.

"Eu não vou", deixei bem claro, apertando o delicado livro nas mãos.

"Se quer ir, deveria." Ele pareceu um pouco mais irritado. Segurou os braços da cadeira com força e levantou. "Nesse caso, vamos ter a chance de testar sua teoria."

Eu não entendi. Minha confusão deve ter ficado bem evidente, porque Marcus parecia satisfeito consigo mesmo.

"Sua teoria de que eu não tenho como colocar pra correr todo mundo com quem você sair", ele continuou, se debruçando sobre a mesa. Seu hálito quente alcançou o meu rosto. "Eu acho que ainda tenho chance."

Ele deu uma piscadinha.

Para mim.

Uma prova de que ele poderia ter sido charmoso esse tempo todo, mas havia escolhido ser dissimulado e misterioso em vez disso. Eu queria ter algo para dizer, mas seu sorriso e sua atitude confiante me deixaram sem reação.

"Obrigada pelo livro", falei um pouco mais alto do que deveria num ambiente de trabalho. O som da risada dele, grave e profunda, me envolveu em uma onda de sensualidade.

26

SLOAN

No fim de um longo dia, guardei alguns arquivos na bolsa. Além de me situar sobre como as coisas funcionavam no escritório de Londres, passei algum tempo analisando o conselho de administração da Amari Global. Henry parecia desconfiado em relação à eventual alteração na liderança, e meu primeiro pensamento foi buscar o apoio do conselho.

Não havia nada fora do comum. Comecei pela metade dos membros com quem ainda não estava familiarizada. Mas isso poderia esperar. Eu estava exausta.

Voltei para o imóvel da minha família em Londres. Ficar lá me dava uma sensação estranha. A casa havia sido reformada e redecorada pouco tempo antes, então não mostrava a idade que tinha, mas era como se eu tivesse voltado para minha infância. Era um lugar em que ficávamos nas poucas vezes em que visitamos nossos avós maternos. As lembranças eram sempre tensas.

Decidi canalizar minhas energias em algo mais produtivo e parei no mercado a caminho de casa para me dedicar ao meu passatempo favorito.

Uma vez em casa, comecei a cozinhar. Entre o trabalho e as obrigações sociais, eu acabava passando tempo demais fora para conseguir fazer isso com frequência. Como cresci cercada de empregados, minhas lembranças domésticas não giravam em torno das atividades na cozinha, como era comum com tanta gente. Só o que eu tinha era a minha avó. Ela era do norte da Índia, amava culinária, e tudo o que preparava era divino.

Minha mãe, uma socialite, nunca foi de cozinhar, mas tentou aprender, já que Henry e eu gostávamos tanto de comida indiana. Minha avó ensinava para ela um prato ou outro sempre que vinha nos visitar.

E eu observava.

Cozinhar era como uma terapia. Não que eu fosse boa como minha avó, nem de longe, mas sempre me trazia a sensação de estar em casa. Um pertencimento.

Sentei junto ao balcão e fucei pelas redes sociais enquanto esperava as *parathas* esfriarem. Meu momento de distração de tela foi interrompido por uma batida na porta.

Quando abri a porta, dei de cara com Marcus. "O que você está fazendo aqui?" Fiz um gesto para ele entrar.

"Vim ver como você está." Ele passou por mim com um sorriso provocador, respirou fundo e olhou ao redor enquanto tirava o casaco. "Eu não sabia que você cozinhava."

"Eu não cozinho." Passamos do hall de entrada para a cozinha. Não gostava da ideia de as pessoas saberem que eu cozinhava, não que eu cozinhasse sempre, aliás. Tinha outros talentos que preferia que as pessoas notassem. "Isso nunca aconteceu." Fiz um gesto com as mãos abrangendo o fogão.

"Entendido." Ele contornou o balcão e espiou a panela. "Está tentando impressionar seu encontro?"

"Se eu quisesse impressionar alguém, não seria cozinhando." Minha pulsação acelerou. Marcus estava com ciúmes, e "ver como eu estou" significava checar se eu tinha saído mesmo com alguém. "Eu dispensei ele."

Seus ombros relaxaram, e suas feições se amenizaram. Um sorriso vitorioso surgiu aos poucos. Ele tinha feito mais para impedir esse date do que qualquer outra pessoa. Sua simples existência me provocava sentimentos que eu não conseguia entender nem impedir.

Ele se apoiou no balcão e cruzou os braços. "Quando você não cozinha, sempre faz tanta comida assim?"

Resolvi aceitar graciosamente a mudança de assunto. "Geralmente Pen ou Jax passariam aqui para fazer alguma coisa comigo se eu não estivesse cozinhando. Ninguém dispensa uma boa garrafa de vinho."

"E com razão."

Ele parecia bem à vontade, como se estivesse em casa. Ao longo dos anos, percebi que fazê-lo se sentir assim tão relaxado era um feito. Marcus era sempre um tanto formal, não importava onde estivesse. Ele pegou uma garrafa de vinho que estava na geladeira, serviu duas taças e me entregou uma.

"É estranho estar aqui." Olhei ao redor. Marcus começou a dispor os pratos e talheres na ilha da cozinha. Era acalentador vê-lo silenciosamente se convidar para jantar. Eu me reclinei sobre o balcão e olhei ao redor. "Eu tenho primos que moram na cidade. Nunca nem falei com eles."

"As coisas ficaram tão feias assim?" Ele sabia do que eu estava falando. Henry não era de mencionar o assunto, mas ao longo dos anos contou para Marcus sobre o drama com nossos avós maternos. Eles cortaram relações com a minha mãe e nem tentaram mudar isso até bem depois de meu irmão nascer. Nós nunca conhecemos de verdade esse lado da família.

"Eu não lembro de muita coisa, na verdade. Só uma coisa aqui e ali." Coloquei a travessa com as *parathas* na ilha da cozinha. "Lembro que minha mãe chorava muito quando a gente vinha para cá. Mesmo quando estava aqui ela não ia visitar a família. Meu pai era o único que levava a gente para ver nossos avós. Mas eles sempre foram educados comigo e com Henry."

Marcus não disse nada, só assentiu, me incentivando a continuar.

"Durante muito tempo, eu queria que eles gostassem de mim. Tentei ser uma pessoa que eles aceitariam." Soltei um suspiro. "Uma parte de mim ainda se ressente deles, porque foram eles que provocaram em mim esse desejo de ser uma camaleoa. É muito cansativo."

Ele franziu a testa.

Acabei rindo. Marcus não entendia porque nunca precisou fazer isso. "Eu tenho essa sensação de que sempre estou trocando de personalidade, dependendo de com quem estou falando."

Uma onda de angústia me invadiu. Era um fardo imenso o peso da pressão implacável para esconder partes de mim. Para amigos, colegas e namorados que não queriam me ver por inteiro, só as partes com as quais eles iam conseguir se relacionar. Era dolorosíssimo sentir que ninguém queria me ver como eu era de verdade, que minha essência precisava ser escondida.

"É como andar por aí sabendo que, a qualquer momento, vou precisar avaliar com qual parte minha a pessoa está realmente à vontade e afastar a parte que ela não entenderia. O tempo todo. A cada segundo do dia."

As brincadeirinhas dizendo que eu não era *de verdade* nem uma coisa nem outra geralmente não tinham intenções maldosas. Vivi a vida inteira como se circulasse por dois mundos, embora não pertencesse a nenhum. Ficava metade de cada lado. Senti as lágrimas subirem aos olhos. Engoli em seco para segurá-las, e senti braços fortes ao meu redor, me cobrindo como o conforto de um cobertor. Nem reparei que ele tinha levantado.

Um suspiro baixo foi a única reação que ele me ofereceu. Levantei a cabeça e Marcus olhava só para a frente. Apoiei o rosto em seu peito e senti uma calma imediata quando fui abrigada pelo seu calor. Seu polegar acariciou levemente o meu ombro.

Nós continuamos assim por alguns momentos.

"Pobre menina rica." Dei risada e tentei aliviar o clima enquanto enxugava as lágrimas que caíram. Ele me abraçou com mais força. "Só pra você saber, nunca me senti assim com você e Xander."

Ele sorriu.

Talvez fosse porque eu os conhecia fazia muito tempo. Ou porque nos conhecemos quando eu era adolescente, quando passei a me tornar quem sou hoje. Fosse como fosse, nunca senti a necessidade de usar uma máscara, mudar a maneira como eu falava ou esconder alguma parte de mim mesma.

Eles estiveram lá esse tempo todo. Nas festas dos Amari Diwali em família, nos Dias de Ação de Graças, nas férias de verão nos Hamptons — todas as experiências que formavam o caleidoscópio que eu era.

27

MARCUS

Como eu fui parar na casa de Sloan era um mistério.

Bom, não exatamente. Passei a maior parte da semana me estressando pela dúvida se ela tinha saído ou não naquele encontro. Estava tão consumido pela angústia que acabei perdendo uma reunião com uma pequena empresa suíça de biotecnologia que tentava adquirir. Tecnicamente, eles não estavam procurando compradores, mas isso era só um detalhe. Eu não consegui me encontrar com o CEO em Londres, então precisei marcar uma reunião em Zurique.

Quanto mais tempo passávamos só nós dois, mais eu era tragado por ela, para um momento em que algo poderia acontecer entre nós. Eu sabia muita coisa sobre Sloan, mas havia ocasiões, como naquela noite, quando minha impressão era de que mal a conhecia. Me sentia atraído por cada faceta dela, por sua mente, seu corpo, sua alma. Eu queria tudo. As partes que a orgulhavam e aquelas que tentava esconder.

Sloan acendia dentro de mim algo que estava dormente fazia anos. Um desejo profundo de sentir *tudo*. Mesmo que fosse só conhecê-la um pouco melhor.

Ela ficou um pouco mais animada durante o jantar.

"O que é isso?", perguntei. Sloan e eu tínhamos acabado de comer e estávamos tirando os pratos quando notei o reflexo de alguma coisa sobre a mesa que levava à cozinha. Achei ter lido meu nome no embrulho e, ao pegá-lo, vi que estava certo.

Era claramente um livro. Criatividade zero.

"Não!" Ela largou o pano de prato e tentou arrancar o presente de mim. Sloan podia ser alta, mas eu era muito mais. Puxei de volta o embrulho e levantei o braço acima da cabeça, fora de seu alcance.

Eu ri de sua tentativa de superar minha envergadura. "Tem o meu nome, doutora."

"Eu queria ir entregar lá no seu trabalho." Nós dois ficamos surpresos com essa confissão. Havia um milhão de coisas que eu adorava em Sloan. Uma era que ela podia ser confiante ao extremo num momento e, no instante seguinte, totalmente vulnerável.

"Você ainda pode me visitar. Nós somos..."

Porra.

Ela abriu um sorriso triunfante e entortou a boca. "Nós somos... o quê?"

"Sloan." Meu aviso foi, no mínimo, sem convicção.

"Responda à pergunta."

Em vez disso, baixei o braço. Não conseguia pensar em nenhuma resposta que me seria satisfatória. A não ser levá-la para a cama. "O que tem aqui?"

Ela poderia ter me pressionado mais para responder. Minhas esperanças desabaram por ela não ter insistido um pouco mais para me fazer ultrapassar os limites.

"Tá. Pode abrir."

Ela apoiou a mão no meu peito para se equilibrar depois do salto para recuperar o embrulho. Meu coração batia a mil. Ela a deixou ali por um breve momento, fazendo uma onda de eletricidade percorrer nosso corpo. O som de sua respiração acelerada era como uma sirene a me atrair.

Beija ela. Leva ela para o quarto.

Eu me afastei e voltei os olhos para o embrulho. Ela recuou enquanto eu o abria. Havia uma sombra de decepção nos seus olhos.

"*O conde de Monte Cristo*." Eu sorri. Foi uma boa escolha.

"Me lembra você. Bem-sucedido, bonito, calculista, uma moral um pouco questionável. Uma vibe bem Edmond Dantès."

Senti uma fisgada no peito. Ela me chamou de bonito. Com Sloan, eu era como um homem faminto, vivendo das migalhas que ela derrubava.

"Moral questionável?", ironizei. Eu era um santo, porra. Eu poderia tê-la deitado em sua mesa de trabalho e me segurei, apesar de ser a coisa que eu mais queria no mundo.

"Estou só enchendo o saco. Você late, mas não morde. Pelo menos comigo."

Mas poderia morder.

Passei a me perguntar se as referências que ela incluía nas conversas seriam para mim. Eram sempre obscuras, como se fosse para ninguém mais entender.

Ela punha as cartas na mesa de um jeito que só eu poderia ganhar.

E o prêmio era ela. Só o que eu precisava fazer era jogar.

"Edmond Dantès era um lunático", respondi. Era uma ótima história, mas que ninguém iria querer viver. Ele também não ficou com a mocinha, aliás. Pelo menos, não com a que queria.

"É um romance, não uma biografia. Mas tem algumas lições aí para você." Ela passou os dedos na capa encadernada em couro e tocou brevemente os meus. Uma eletricidade subiu pelo meu braço.

Sloan sabia, em alguma medida pelo menos, o que eu sentia por ela. E esse conhecimento fazia seus olhos se acenderem. "Fugir das coisas não adianta nada. No fim tudo acaba voltando." Ela foi até o sofá, pegando nossas taças no caminho.

"Quem disse que ainda estou fugindo?" Eu baixei o tom de voz. "Talvez esteja correndo atrás de alguma coisa."

Ela levantou os olhos, mas não me respondeu.

Nos acomodamos no sofá, para ver tevê e beber vinho depois de uma breve disputa pelo controle remoto. Sloan sentou ao meu lado, sem deixar nenhum espaço entre nós, com as pernas estendidas sobre as minhas. Sua cabeça estava apoiada no meu peito, e ela às vezes se movia para dar um gole no vinho ou mudar de canal. Nenhum de nós falou sobre isso. Simplesmente deixamos acontecer.

Ela passou por toda a coleção da franquia Velozes & Furiosos até chegar ao primeiro filme. "É emocionante", justificou, como se fosse esse o motivo. Sloan não tirou os olhos da tela nem por um segundo.

Aliás, não que eu tivesse ciúme, mas também não tinha nenhum interesse em incentivar essa tara por carros velozes. Pelo menos não por ora. Peguei o controle da sua mão. "Não."

Ela se virou para mim e pôs a mão no meu peito para levantar a cabeça. "Tudo bem, escolhe você." Sloan deitou de novo, e me peguei acariciando seu pescoço. Não faço a menor ideia de que filme escolhi. Estava consumido pelos pensamentos do que fazer.

Estava evidente pra caralho o que estava acontecendo ali. Eu precisava me decidir e tomar uma atitude.

Nunca tinha demorado tanto para tomar uma decisão errada.

Como um idiota, resolvi esperar o fim do filme. Quando chegou na metade, já não havia a menor chance de rolar nada. Tentando não levar para o lado pessoal ela ter dormido tão depressa, eu a coloquei na cama — sozinha.

Ela se mexeu de leve, mas sossegou quando a cobri.

"Marcus?" Sua voz estava pesada de sono. Ela abriu os olhos para encarar os meus. Fiquei paralisado. Ela soltou um suspiro profundo e exausto. "Você está correndo atrás de mim?"

Engoli em seco. Tecnicamente não, eu deveria estar buscando uma maneira de ser seu amigo. Mas cada músculo do meu corpo queria que eu deitasse na cama com ela. "Eu posso?"

Ela assentiu e sorriu antes de fechar os olhos de novo. "Eu não estou fugindo. Só esperando para ser pega." Ela se virou e voltou a dormir. Demorei um bom tempo para recuperar o controle sobre a minha mente e o meu corpo. Me perdi enquanto a via dormir.

Deixei um bilhete no balcão da cozinha antes de sair.

Eu te devo um jantar

Passei a maior parte da manhã seguinte esperando que ela entrasse em contato. Levantei cedo para me distrair com alguma coisa que não fosse ficar pensando muito nela enquanto estivesse na cama. Malhei um pouco e fui trabalhar para manter a mente ocupada, mas estava reduzido a alguém que checava o celular a cada segundo esperando por uma mensagem.

Por volta das nove, recebi o que estava esperando.

Sloan: Você me deve um jantar?

Abri um sorriso largo. Amaldiçoei as coisas que essa mulher fazia comigo, mas então lembrei do que eu queria fazer com ela.

Eu: Devo

Eu: Sábado, às 7. Na minha casa.

Esse jogo de gato e rato era desesperadoramente gratificante, mas precisava acabar. Se ela queria ser pega, então era isso que eu faria. E nunca mais a soltaria.

Sloan: Eu levo o vinho

Eu: Vou te deixar beber duas taças

Sloan: Pensei que eu tivesse a compostura de uma dama

Eu: É isso o que estou tentando evitar

28

SLOAN

Eufórica.

Como se tivesse quinze anos.

Sabia que, independente do que aquilo fosse, eu deveria manter o que estava rolando com Marcus em segredo. Mas não conseguia segurar a empolgação cada vez que trocava mensagem com ele, que era o tempo todo, principalmente quando Penelope me surpreendia fazendo isso. Era uma coisa quase constante, em reuniões, sessões de estratégia, tudo.

Não conseguia me concentrar. E não queria.

Tudo o que eu queria era me afogar nessa sensação.

"Uh, que picante." Penelope se debruçou sobre o meu ombro e viu as mensagens mais recentes. Estava muito empenhada em fazer aquilo rolar depois de avaliar cada mensagem que chegava. "Flertes, piadas internas... se eu fosse arriscar, diria que alguém vai transar no fim de semana."

Finalmente.

Um suspiro de excitação me escapou quando pensei nisso, e minha sala foi tomada pelos risos.

A noite de sábado enfim chegou, e passei mais tempo do que gostaria de admitir escolhendo o que ia usar. Só sabia que o conjuntinho de renda vermelha da La Perla que hesitei em trazer seria o que vestiria por baixo.

Minha mente estava a mil, ansiosa pelo que viria.

Só pensar a respeito me provocava calafrios pelo corpo. Se os meses de preliminares serviam como indicação, eu ficaria destruída com essa transa, no melhor sentido possível.

Penelope me aconselhou a não pensar demais, como se isso fosse possível. Antes de ir cruzar esse limite, nós deveríamos ter conversado mais, ou no mínimo tido uma boa conversa.

Era uma imprudência mergulhar de cabeça no desconhecido? Provavelmente.

Mas eu não estava nem aí; só estava cedendo a um desejo que vinha do fundo do meu ser.

Encontrei um vestido fácil de tirar e recebi uma mensagem bem suspeita.

Xander: Tem uma surpresa à sua espera na varanda

29

MARCUS

Eu nunca ficava nervoso.

Tinha lidado com acordos que mudaram minha vida e arriscado mais do que estava disposto a perder em diversas ocasiões. Nada disso me deixou ansioso. Na verdade, eu ficava empolgado.

Um encontro com Sloan estava me dando úlcera.

Eu não era exatamente um bom cozinheiro. O chef que contratei tinha acabado de ir embora, levando consigo todo e qualquer indício da sua presença.

A semana toda passou num borrão. Eu nunca tinha sido tão improdutivo no trabalho. Minha mente estava completamente concentrada em Sloan. As maratonas diárias de trocas de mensagens estavam saindo dos limites, e nenhum dos dois estava conseguindo manter a concentração. Eu me peguei digitando enquanto participava de reuniões do conselho, e ouvindo meu celular vibrar sem parar quando não estava.

Eram quase sete horas. Andei de um lado para o outro na cozinha algumas vezes, irritado com a lentidão do tempo e com o fato de estar tão estressado. Não termos conversado sobre o que estava acontecendo parecia me deixar mais nervoso ainda. Em vez disso, deixamos nossos hormônios assumirem o controle. Não era o melhor momento para me dar conta disso, até porque isso não me faria voltar atrás.

A essa altura, nada faria.

Ouvi a porta e o celular vibrar ao mesmo tempo. A ansiedade de ver Sloan era muito mais interessante do que checar o celular.

Abri a porta, mas quem encontrei não era a Amari que eu esperava.

"Henry?" Fiquei sem reação, momentaneamente paralisado de surpresa.

"Surpresa." Ele abriu um sorrisão, falando mais uma coisa em seguida, mas eu não conseguia registrar nada. "Como você não está viajando de um lado para o outro do mundo, resolvemos fazer uma visita."

Henry entrou, e começamos a conversar. Minha mente estava a mil, tentando descobrir o que fazer.

Eu precisava avisar Sloan. Peguei o celular antes que Henry pudesse ver alguma mensagem chegando.

Sloan: Xander está aqui

Merda.

Mas era a porra da minha sorte mesmo Henry resolver ser um irmão mais legal justamente *agora*. Ele e Xander combinaram a visita quando saíram para beber uma noite. Eu provavelmente ficaria mais feliz em vê-lo se não estivesse tão irritado com a intromissão.

Não muito tempo depois, ouvimos a porta se abrir e duas vozes no hall de entrada. Xander dava risada do que Sloan estava dizendo enquanto entrava despreocupadamente na cozinha. Sloan veio logo em seguida, com um sorriso no rosto.

"Nós vamos sair", ela anunciou. Estava com um vestido curto, que chegava só até metade das coxas.

Xander e Henry começaram a contar que tinham planejado uma visita surpresa para o fim de semana, mas só encontraram uma única noite em que as agendas dos dois permitiram isso. Vieram no jatinho dos Amari e passariam a noite em Londres, para voltar perto do meio-dia de amanhã. Eu já estava recalculando os planos que os dois tinham arruinado.

A expressão de Sloan permaneceu a mesma, exatamente como a minha. Feliz em vê-los, decepcionada pela noite que perdemos. Querendo manter a surpresa, eles reservaram quartos no Four Seasons em vez de se hospedar com um de nós, uma questão para ter em mente em ocasiões futuras.

A conversa se encaminhou para assuntos de trabalho, como costumava acontecer entre nós. Era impossível não admirar Sloan naquele vestido preto e justo. As mangas compridas com pedrarias envolviam seus braços delicados. A barra cobria a pele morena até a metade de suas coxas, que imploravam para ser tocadas. Como ela estava mais consciente do quanto meu olhar passeava sobre seu corpo, tentei prestar atenção nisso. Ela acompanhou meu olhar e esperou até um assunto morrer.

"Você vai sair assim?", Sloan perguntou para Xander, seu tom levemente agitado. Ela o olhou dos pés à cabeça, estreitando de leve os olhos. Henry e Xander vieram fazer sua surpresa logo depois de desembarcarem, e estavam com roupas bem informais e confortáveis. As bagagens tinham sido mandadas diretamente para o hotel.

"Ah, bem lembrado." Xander olhou para as próprias roupas e fez um aceno para Sloan. "Quer ficar lá comigo enquanto me arrumo?"

Henry nunca faria essa pergunta para mim, e eu fiquei ligeiramente irritado com Xander. Era um convite sem nenhuma maldade, mas eu não estava a fim de compartilhar Sloan com ninguém. Isso não fazia diferença; eu já sabia a resposta.

Sloan foi até o fogão e sentiu o cheiro da massa pronta. "Por que a gente não se encontra lá? Eu já estou pronta e com fome, se Marcus não se importar de compartilhar comigo."

Eles concordaram e foram embora, dizendo que mandariam mensagem quando estivessem prontos.

"Eu vi o que você fez." Abri um sorriso para ela, que mordeu o lábio. "Você está..." Olhei para a porta depois de ouvir a fechadura para me certificar de que Henry e Xander tinham realmente ido.

"Bem?", ela provocou.

"Linda pra caralho."

"Então... vai compartilhar comigo ou não?" Sem esperar pela minha resposta, ela pegou um prato, se serviu um pouco de massa e sentou diante do balcão da cozinha para comer. O vestido já curto subiu ainda mais nas coxas.

"Isso ainda conta como o jantar que eu te devo?"

Ela soltou um falso suspiro resignado, com uma pontada de decepção nos olhos. "Pode ser."

Diminuí a distância entre nós e resisti à tentação de abrir suas pernas para chegar ainda mais perto. Empurrei o prato dela para o lado e a encarei. Apoiei as mãos de ambos os lados do balcão. "Então não."

Ela sorriu e deu um tapinha brincalhão no meu peito. E nem piscou quando minha mão pousou na pele exposta logo acima de seu joelho. Com a outra, prendi uma mecha solta de seu cabelo atrás da orelha e a trouxe mais para perto.

"O que você vai preparar para mim da próxima vez?" Seu dedo deslizava para cima e para baixo pelo meu peito. Seu perfume me envolveu, tornando impossível qualquer outro pensamento que não fosse sobre ela.

Quanto tempo nós temos?

Provavelmente uma hora e meia. Tentei colocar em ordem de importância tudo o que eu poderia fazer em noventa minutos.

"O que você quer?", murmurei. Minha mão seguiu pela sua coxa até o limite do vestido, e os meus dedos começaram a brincar com a barra. Dava para ver sua pele se arrepiar. Ela descruzou as pernas, permitindo que eu me aproximasse.

"Acho que você sabe", ela sussurrou. O clima passou de leve a perigosamente volátil; qualquer movimento geraria a faísca para acender o pavio e pôr fogo no nosso mundo.

Acariciei seus lábios com os meus. "Esse vestido era para mim?"

Ela balançou a cabeça. "Não, mas o que tem por baixo sim."

Caralho. Minha resistência virou pó.

Eu a segurei pela nuca e a trouxe para mim. Minha boca se colou à sua, e passei a língua em seu lábio inferior. Ela puxou minha camisa e me garantiu acesso total. Engoli seu leve gemido enquanto minha língua acariciava a dela. Seu gosto era de tudo o que atormentava os meus sonhos.

O beijo não demorou a esquentar. Minhas mãos passearam pelo seu corpo, se apossando de cada centímetro que tocavam. Eu continuava trazendo-a para mais perto lentamente. Minhas mãos escorregaram para dentro do vestido, parando ao sentir o toque da renda na ponta dos dedos.

Ela envolveu minha cintura com as pernas, se esfregando contra o meu pau duro. A sensação dos seus quadris se chocando contra os meus espalhou fogo pelas minhas veias.

Minha.

Envolvi sua calcinha com os dedos. Ela gemeu na minha boca, mais alto dessa vez. Com as mãos, perdidas no meu cabelo, ela puxava meus fios de leve. Eu me afastei e encontrei o ponto certo em seu pescoço para beijar antes de mordiscar forte. “Marcus”, ela murmurou, ofegante.

Esse som encerrou de vez qualquer hesitação que restasse em mim. Me inclinei para trás e a observei por um momento. Ela assentiu, lançou um olhar para o corredor e outro para mim.

“Você é minha”, falei, puxando-a de novo para um beijo. Eu a levantei do balcão. Suas pernas se prenderam ao redor da minha cintura enquanto eu a levava para o quarto. Fomos detidos pelo som do celular dela vibrando loucamente sobre a bancada da cozinha, dissipando a nuvem de luxúria que nos envolvia.

Sloan afastou a cabeça da minha, assustada. Nós dois olhamos para a fonte do ruído e vimos o nome de Xander na tela.

Ela olhou de volta para mim e deixou cair a cabeça, decepcionada. Senti uma lamúria leve contra meu pescoço.

“Eu acabo com ele”, rosnei. Parecia quase poético que a única coisa entre nós e uma noite de paixão fossem nossos irmãos.

Eu a coloquei de novo no balcão, e ela desenlaçou as pernas da minha cintura.

“Mais tarde?”, ela perguntou, recobrando o fôlego. Fiz que sim com a cabeça e a beijei na boca. Em seguida suspirei e fui me trocar.

“Oi, Xan”, ela atendeu. Eu sorri e, enquanto me afastava, notei que ela ainda estava tentando controlar a respiração.

30

SLOAN

Pegamos um carro com motorista para ir ao bar. Marcus e eu nos comportamos para chegar lá apresentáveis.

Ou quase.

"Acho que a gente precisa conversar sobre isso." Eu torcia os dedos, nervosamente. Ao meu lado, Marcus estava com o braço sobre os meus ombros. "Não acha?"

Ele assentiu, se virou para se aproximar e passou a mão na minha coxa. Seus dedos começaram a acariciar a pele sob a renda do conjuntinho La Perla que vesti para ele.

"De que cor é a renda?" Sua voz soou rouca no meu ouvido. Ele começou a beijar meu pescoço.

Respirei fundo, com dificuldade. "Marcus." Minha voz saiu trêmula.

"Eu preciso de alguma coisa para imaginar até poder levar você para a minha cama."

Não conseguia mais pensar direito. Ele roubou todos os pensamentos lógicos e substituiu por fantasias cheias de pecado. "Vermelha."

Um grunhido de prazer reverberou na minha pele. Seus dedos se encravaram desesperadamente no meu quadril sob o vestido. "Não fica bêbada", ele mandou.

Respirei fundo quando sua mão passou do quadril para o meio das minhas pernas, e ele acariciou devagar com o polegar meu clitóris. Eu me arqueei no assento com um suspiro. Meu corpo todo incendiou.

"Eu não quero ter que colocar você no quarto de hóspedes de novo", ele murmurou.

Como eu ia resistir a uma noite inteira se ele continuasse falando comigo e me tocando *assim*? Joguei a cabeça para trás quando ele continuou as carícias por mais um tempo. Todas as terminações nervosas do meu corpo vibravam por ele.

"Você não vai poder fazer *nada* disso pelo resto da noite", avisei, sabendo que ele precisava parar, mesmo não querendo. Sua risadinha grave foi o suficiente para me levar à beira do êxtase, pois toda a parte de baixo do meu corpo latejava. "Eu não consigo fingir que não está acontecendo nada, como você."

"Vou me comportar." Ele continuou por mais um instante, e então recuou devagarinho. Quase imediatamente já parecia tranquilo e contido, e não como se estivesse enfiando a mão dentro do meu vestido um momento antes. Esse seu foco me deixava nervosa, mas de um jeito delicioso — era uma promessa de prazer, pecado e satisfação. "Podemos falar com Xander e Henry quando tivermos alguma coisa para contar."

Assenti, lembrando para não deixar que Xander me envolvesse em nenhum tipo de joguinho para me embebedar.

Confiamos em Penelope para escolher o local. Entre nós, ela era quem melhor conhecia Londres. Felizmente, ela estava disponível para aceitar o convite quando liguei do carro. Ficou surpresa ao ouvir que Marcus e eu estávamos saindo para a noite, mas menos quando informamos quem mais viria.

A noite começou a entrar no ritmo de sempre. Xander e eu batemos papo, dançamos e dividimos as novidades dos dois meses que passamos longe. Henry e Marcus conversavam sérios.

Exatamente como era antes.

A única diferença era que de vez em quando eu trocava alguns olhares maliciosos com Marcus; uma novidade muito bem-vinda.

Eu estava tão entretida pensando em Marcus nas últimas semanas que esqueci da saudade que sentia de Xander. Estar com ele era como reencontrar uma parte de mim mesma. Uma parte divertida e despreocupada. Parecia um sonho, ou a volta a um passado que na verdade nunca existiu.

Enfim, uma noite extraordinária.

Até deixar de ser.

Em algum momento da noite, algo mudou. Marcus passou a evitar os meus olhares na maior parte do tempo. Não fazia o menor sentido; saímos da casa dele nas nuvens. Mas alguma coisa ao longo daquelas horas o afetou. Seu jeito brincalhão comigo desapareceu.

"Sloan, por que você está saindo com Jay Sachi?" Henry olhou para mim com uma sinceridade quase reprovadora durante uma pausa na conversa. Estávamos todos na mesma mesa, e ele me pegou distraída, enquanto eu tentava entender qual era o problema com Marcus.

Foi como levar um soco no peito. Os olhos de Marcus se estreitaram e nem sequer olhei na sua direção.

Em vez de responder, encarei Xander, perplexa por ele ter revelado a Henry alguma coisa da minha vida romântica. Ele ergueu as mãos na defensiva. "Henry estava comigo quando você me mandou aquela mensagem."

"Ela não está saindo com ele", Penelope falou antes que eu respondesse. Ela era a única que sabia o que estava acontecendo entre mim e Marcus, e que a nossa noite na verdade tinha saído dos trilhos. "Ele é um cliente da empresa. Eu também estava na sala quando eles se falaram."

"Por que você achou que fosse isso?", esbravejei. A última coisa que eu precisava era que a noite tivesse mais uma reviravolta e nada bem-vinda. Tinha acordado naquela manhã achando que estaria na cama com Marcus a essa altura. E agora ele mal olhava para mim. E vinha meu irmão me enchendo o saco por causa de um cliente. Mantive um tom de voz firme, tentando não arruinar a noite de vez com a minha agressividade reprimida em relação a Henry. "Você acha que eu sou idiota a ponto de não saber que ele é um pesadelo ambulante?"

"Não foi isso que eu quis dizer. Desculpa." Henry recuou imediatamente. "Eu só fiquei surpreso."

"Quem é esse cara?" Marcus enfim se manifestou. Seu tom não escondia sua irritação. Eu olhei para ele, que finalmente fez contato visual comigo. Estava furioso. Mas contido, como sempre.

"É um ex-colega de faculdade", Xander explicou, lançando olhares de suspeita para Marcus e eu. "Nunca foi muito amigo da Sloan." Essa parte era verdade. Não sei o que Xander entendeu da situação, mas ele saiu imediatamente em minha defesa.

"Se eu lembro bem, ele só estava interessado em uma coisa com você." Henry deu risada, sem perceber o quanto estava sendo sem graça. "E com certeza não era amizade."

"Por mais interessante que seja saber quem são os clientes da firma da Sloan, já cansei logo no primeiro." Xander soltou um grunhido e apontou para Penelope. Ela revirou os olhos. "Que tal mudar de assunto?"

Xander olhou para mim, um tanto decepcionado. Ele percebeu que havia algo mais no ar, e detestava ficar por fora. Imediatamente mudou de assunto, embora continuasse desconfiado.

Nós encerramos a noite mais ou menos uma hora depois e combinamos de sair para tomar café da manhã no dia seguinte. Xander e Henry voltaram para o hotel. Marcus e eu fomos embora juntos, numa viagem bem diferente da ida.

"O que foi?", enfim perguntei depois de alguns minutos de um silêncio terrível a caminho da minha casa.

Estresse emanava dele. Estava com o maxilar cerrado, olhando só para a frente. "Sloan, isso não pode acontecer de novo."

Uma parte de mim esperava por isso. Essa percepção até aliviava um pouco da decepção, mas não a tornava menos dolorosa. A irritação crescente que fui sentindo ao longo da noite e a raiva por ele ter virado a cara para mim estavam perigosamente próximas de transbordar.

"É por causa do Jay?" Meu tom soou condescendente, o que não era a intenção, mas a rejeição doía. E a mágoa logo virou despeito.

"Não", ele retrucou, quase ofendido porque presumi que teria sido uma cena de ciúme. Ele havia passado as últimas semanas sabotando qualquer chance que eu pudesse ter de sair com alguém. Era uma suposição compreensível. Mas, relembrando a noite, era verdade que Marcus já estava de cara fechada antes mesmo de o assunto vir à tona.

"Então posso saber que diabos está acontecendo?" Minha voz se tornou perceptivelmente mais alta, sem a menor indicação de que voltaria ao normal.

"Não é possível que você não veja." Seu tom estava estrangulado de frustração. Essa acusação só tornou ainda mais intensa a raiva que borbulhava dentro de mim como veneno. "Não dá para jogar quinze anos pela janela, caralho."

Ele não estava falando de nós, e sim de sua amizade com Henry. E da minha com Xander. Com a raiva que eu sentia, preferi ignorar que ele tinha razão. Não havíamos conversado sobre nada disso, mas deveríamos. E eu estava me sentindo rejeitada. Além disso, ele estava me tratando como se eu fosse só uma herdeira burrinha que vivia no seu mundinho perfeito.

"Eu que não estou vendo?" Meu tom foi afiado o bastante para arrancar sangue. Todo o calor do meu corpo tinha subido para o rosto. "Não fui eu que saí pegando a irmã do meu amigo antes de pensar em como ele se sentiria com isso."

Seus olhos faiscavam, mas seu comportamento continuava o mesmo. "Sloan", ele disse em tom de aviso, com uma frieza na voz que na verdade transmitia muita coisa.

Eu estava prestes a perder a cabeça e fiquei me sentindo como uma criança birrenta diante dessa capacidade dele de controlar a própria raiva.

"Só para deixar claro, então... eu posso transar com Jay?" Minha pergunta hipotética provocou a reação que eu desejava. Os olhos dele se inflamaram de raiva e seu corpo todo ficou rígido, como se tivesse sido machucado fisicamente. "Ou com qualquer um, aliás?"

"Para com isso", ele ordenou com firmeza.

"Tudo bem pra você? As mãos dele subindo pelo meu vestido, a boca dele no meio das minhas per..."

"Sloan." Sua voz reverberou no espaço confinado do carro. Foi a primeira rachadura em sua fachada. Eu podia continuar provocando e fazer tudo transbordar, ou então parava com tudo.

Soltei um suspiro profundo e tentei me controlar. Se ele não estava magoado, eu também não ficaria. Juntei as mãos com força no colo e segurei a língua. Depois de um instante de silêncio, minha pulsação voltou para algo mais parecido com o normal.

"Você está certo", admiti, embora não quisesse. Preferia brigar.

Queria ver suas emoções reprimidas finalmente virem à tona, para mostrar que ele também era um mortal, como todos nós. Mas não conseguiria manter a discussão nesse nível e ainda ser capaz de me controlar. Sabia que, com aquela raiva toda, teria uma reação desproporcional. E não haveria como voltar atrás das coisas horríveis que seriam ditas.

"Desculpa. Eu não queria magoar você." Seus olhos estavam cheios de dor. Eu não concordava com sua lógica, mas era obrigada a aceitá-la. Poderia ter usado sua sinceridade para estabelecer uma trégua e tornar mais fácil o que viria pela frente. Era a coisa mais madura a fazer, por mais que me machucasse.

Não foi o que eu fiz.

Em vez disso, soltei uma risadinha curta e arrogante. "Existe uma lista curtíssima de pessoas capazes de me magoar." Eu olhei apenas para a frente enquanto falava. "O sobrenome Sutton está lá, mas não é o seu nome."

Ficamos em um silêncio constrangedor pelo restante do trajeto. Agradeci educadamente pela carona quando cheguei. Foi uma tentativa patética de manter o pouco de dignidade que ainda me restava.

Assim que a porta de casa se fechou atrás de mim, eu fui ao chão. Minhas pernas não tinham como me levar adiante, e, em choque, soltei um grunhido.

O Marcus que me comprou o *Dom Quixote* não estava mais lá. O que tinha ido embora dois anos antes estava de volta.

Eu queria alguma coisa para apaziguar aquele sentimento de humilhação. Na verdade, precisava, então mandei uma mensagem que provavelmente não deveria.

Eu: Claro, parece ótimo. Vamos beber alguma coisa.

Jay Sachi: Eu sabia que ia te vencer pelo cansaço

Decidi não ir ao café da manhã no dia seguinte, e disse que tinha bebido demais e não me sentia bem. Na verdade, meus olhos estavam inchados, e eu estava um trapo, nem um pouco a fim de ser vista.

Xander se recusou a acreditar e passou na minha casa antes de pegar o avião de volta.

"Que tal me contar o que está acontecendo? Porque você não parece estar de ressaca." Ele tinha se convidado para entrar, preparado o café e me ouvido falar sobre tudo o que não fosse o que aconteceu na noite anterior até não ter mais o que dizer.

“Nada.” Sentei no sofá com uma xícara de café que ele me forçou a tomar. Ele sabia que havia acontecido alguma coisa, mas talvez não soubesse da extensão.

Xander sentou ao meu lado e ficou em silêncio. Então se inclinou e, olhando para a frente, apoiou os cotovelos nos joelhos. “Você está com cara de quem andou chorando.”

Seu tom de voz era de preocupação, com uma instabilidade que eu não ouvia fazia anos. Mas não consegui falar. Eu acabaria chorando, e ele ficaria chateado. Seria péssimo. Poucas coisas eram capazes de abalar seu temperamento gentil e tranquilo, mas eu era uma delas. Era um poder que exigia de mim muito cuidado.

“Os caras podem vir para cá a qualquer momento com o avião do Tristan, a Cici também.” Ele não estava exatamente brincando. Xander se aproximou e segurou meu rosto entre as mãos, me obrigando a encará-lo. A seriedade tornou sua voz mais grave. “Quem a gente vai encher de porrada?”

“Eu estou bem.” Dei uma risadinha e me afastei. Queria contar para ele, mas não conseguia. Era para evitar esse tipo de situação que eu estava sofrendo.

“Não está, não.”

“Istambul.”

Olhei para a minha xícara, com medo de ver sua reação. Essa era uma carta que Xander falava brincando que eu só colocaria na mesa quando precisasse acobertar um assassinato. Eu tê-la usado naquele momento causaria surpresa, e provavelmente ainda mais preocupação. Fiquei de pé e virei as costas. Fui para a cozinha, precisando me recuperar por um momento.

Você está bem. Não foi nada. Segue em frente.

“Sério mesmo, não é nada”, falei, me voltando para ele. Seus olhos verdes eram um mar de preocupação e inquietude.

Um longo silêncio se passou, até que ele suspirou. “Tudo bem.”

Xander passou a mão pelo cabelo, levantou e me deu um abraço. “No fim nós sempre acabamos falando o motivo. Você vai me contar em algum momento.”

Soltei uma risada no seu peito. “Sei bem.”

Xander mudou de assunto, e falamos sobre sua viagem seguinte a Londres, a que eu sabia sobre e estava planejando com ele. Ele encontraria Henry no aeroporto em pouco tempo, então a conversa foi curta.

"Sabe de uma coisa?" Xander parou na porta para um último abraço antes de ir embora. "Nada vai mudar entre nós. Com isso você não precisa se preocupar."

Assenti. "Quando você voltar, me leva pra dançar?" Apoiei o rosto no seu peito. Não conseguia olhá-lo nos olhos; meus sentimentos aflorariam. Xander era uma força constante na minha vida, uma coisa que eu não poderia perder, e eu não deixaria que isso acontecesse nunca.

"Dã", ele garantiu. "Um passo de cada vez."

31

MARCUS

Fiquei girando o celular na mão, sem parar.

Ela precisa de tempo.

A mistura de álcool e luxúria que nos atingiu ontem fez com que nossos nervos ficassem à flor da pele.

Foi um lembrete bastante óbvio do que estava em jogo — ficar tanto tempo longe tinha amenizado algumas das minhas lembranças de Xander e Sloan. Ela se apoiava mais nessa amizade do que eu imaginava. Xander era uma das poucas pessoas na vida dela que a aceitava como era e não exigia nada mais. Eu não poderia ser o motivo para ela perder nem ao menos uma fração disso.

E também havia Henry. Conversar com ele me lembrou por que eu escondi o que sentia por Sloan, para começo de conversa. Henry era meu amigo mais próximo, praticamente um irmão. Passamos quase dez anos afastando dela caras como nós. Mentir para ele sobre o conselho da empresa era uma coisa; dormir com sua irmã era outra bem diferente. Ele eventualmente me perdoaria pela traição nos negócios, mas ter um caso com Sloan era um caminho sem volta.

No mínimo, causaria danos irreparáveis na relação de nós quatro, uma amizade que Sloan tanto se esforçou para manter intacta durante anos.

Porra.

Como eu podia ter esquecido de *tudo* em questão de poucos meses?

Fui arrancado dos meus pensamentos por uma batida forte na porta.

“Marcus!”

Caralho.

Xander estreitou os olhos para mim quando abri a porta. “Precisamos conversar.” Ele fez questão de esbarrar o ombro no meu quando entrou.

Ficou andando de um lado para o outro na sala, como um animal enjaulado.

Fechei a porta e fui até ele. “Por que a Sloan está chateada?”, ele quis saber. Direto. Sem enrolação, sem segundas intenções, nada. “E por que ela usou ‘Istambul’ comigo hoje de manhã?”, murmurou para si mesmo.

O interrogatório continuou. “E você, por que está um lixo?”

Perguntar o que Sloan contou para ele era uma péssima ideia, então fiquei sem ter o que dizer.

“Xander.” Passei a mão no queixo e soltei um suspiro profundo. Eu não sabia nem como começar a explicar para ele.

“O que aconteceu?”, ele questionou. Meu silêncio falava por mil palavras.

E continuar se tornou uma resposta ainda mais insuficiente. Ele estalou a língua.

“Eu vi um monte de gente que não presta tentando fazer mal para ela, e estava lá para juntar os pedaços quando alguns conseguiam.” O tom de voz de Xander foi ficando cada vez mais alto. A raiva emanava dele quando se aproximou para ficar cara a cara comigo. “Você era justamente quem *não* podia foder com tudo.”

“Quê?”

“Qual é, Marcus”, ele falou num tom sarcástico, revirando os olhos. Seus ombros relaxaram por um momento, e ele sentou na poltrona diante de mim. “Vocês dois, ontem à noite?”, ele continuou, com uma risadinha. “Pois é, eu percebi. E no evento da universidade também. E passei na casa dela agora de manhã.”

“Ela está bem?” Sentei. Senti culpa a noite toda. Ela nunca tinha me olhado como na noite anterior.

“Ah, sim, está ótima. É por isso que eu estou aqui gritando com você.” Ele revirou os olhos. “Me fala o que aconteceu.”

Contei tudo desde o início.

Xander ficou em silêncio por alguns instantes, pensativo. “Olha só, eu entendo o seu raciocínio. Mas imagina como foi para a Sloan ouvir isso.”

"Como assim?" Eu estava confuso desde a hora que tinha acordado. Minha cabeça latejava por causa do estresse e da falta de sono. Sloan era inteligentíssima; ela sabia tão bem quanto eu qual era o risco de começar uma coisa desse tipo.

"Sloan passou a vida toda sendo colocada para escanteio. Na empresa e metade da porra da família dela finge que ela nem existe. Ela não é considerada boa o suficiente para nenhum desses dois mundos, e sempre sofreu por não ser aceita. Se for para superar o medo absurdo de rejeição que ela tem, precisaria ser por uma pessoa que a coloque em primeiro lugar. E você a tratou como a última da sua fila de prioridades."

Caralho. "Não foi essa a minha intenção." Passei a mão no cabelo, exausto.

"Bom, mas com certeza foi assim que ela entendeu", ele respondeu com um suspiro pesado. "E além disso você precisa decidir se quer um relacionamento *de verdade* com ela, sendo ela mais importante que o trabalho ou qualquer outra pessoa. Porque menos que isso não vale a pena, então é melhor nem começar mesmo."

"Você não se importa com a gente ficando junto?", perguntei.

"Se me importasse, nem estaria aqui. Teria deixado você estragar tudo." Ele sorriu. "Não vejo nenhum problema, claro que não."

"Henry vai..."

"Ele supera", Xander interrompeu. "É só você não dar motivo para ele sentir que tinha razão em se preocupar. Se for uma relação séria mesmo, não seria problema nenhum, não é?"

"É."

Ele sorriu. "Vai ver ela."

32

SLOAN

Saí para beber com Jay depois do trabalho.

Eu sei que foi infantilidade minha ter respondido à mensagem dele quando estava chateada. Só queria me sentir melhor comigo mesma, menos rejeitada, e conhecia o jeito perfeito de fazer isso. Mas as palavras de Xander me atormentavam o tempo todo.

Só estou dizendo que você anda muito travada, que sair com alguém como o Jay é certeza absoluta de que vai rolar sexo.

De início, pensei que fosse uma ótima solução para o meu mau humor. O melhor lugar para deixar alguém para trás é debaixo de outro alguém... ou alguma coisa do tipo. Mas, quatro dias depois do beijo, sair com Jay não fez muita coisa para melhorar o meu ânimo. Eu só queria ir para casa. Sozinha.

Mesmo assim ele era uma ótima companhia — a mesma lábia charmosa da época da faculdade, embora não fosse a companhia que eu queria. Enquanto bebíamos, ele me convidou para uma festa de comemoração do Holi em algumas semanas, para irmos como amigos. Eu adorava a festa das cores, então fiquei tentada a ir.

Talvez isso me fizesse esquecer de Marcus e de ter que fingir que estava tudo bem que as coisas voltassem a ser como eram antes.

Conseguir chegar em casa antes de cair no choro, com raiva, o inferno que passei no fim de semana e a saudade de Xander tudo misturado. Nós não tínhamos conversado mais desde então.

Passei a semana anterior inteira tentando decidir o que fazer. Os últimos meses pareciam ter sido um sonho, e era chegada a hora de acordar. Eu precisava dar um jeito de respeitar o que Marcus queria, e era uma tortura.

Ele me ligou e mandou mensagem a semana toda, pedindo para conversar. Eu sabia que era para pôr uma pedra em cima de tudo e fingir que nada tinha acontecido, e precisava de tempo para aceitar isso.

Decidi terminar a noite com um vinho.

Fui até a sala com a garrafa na mão e me joguei no sofá. A caixa com o presente de *Dom Quixote* estava na mesinha de centro. Era de madeira, forrada com um tecido macio para proteger o livro antigo. A caixa parecia familiar... e então me dei conta de uma coisa.

Meu coração se acelerou.

A garrafa de vinho fez um barulhão quando a larguei na mesinha. Peguei a caixa, dando uma boa olhada antes de virá-la.

O logo gravado no fundo da caixa era de uma livraria de edições raras. Senti um arrepio descer pelos braços. Eu já tinha visto aquele logo antes.

Tinha visto numa caixa que continha a primeira edição impressa de um conjunto de trechos de registros de sessões públicas na Old Baxter. A publicação original estava num museu. Havia um pequeno lote dessas primeiras edições ainda em circulação, mas eram raríssimas. Eu tinha uma; presente dos meus pais de aniversário.

Ou pelo menos era o que eu achava. Na verdade, nunca tinha perguntado a eles.

Tinha sido entregue na minha casa por um portador, sem nenhum bilhete. Eles costumavam mandar presentes de aniversário sem cartão para mim e Henry, então presumi que era deles.

A Old Baxter era o presídio central de Boston. Esses registros documentavam processos criminais dos séculos XVII a XIX. Eram fascinantes.

Essa deveria ter sido a minha primeira pista.

Meus pais sabiam do meu amor por esse tipo de coisa, mas percebi que não era possível ter sido eles. Nunca tinha pensado a respeito, nem refletido sobre os presentes que eles me davam — nunca nem lembravam do que compravam para mim.

Esse presente era de *Marcus*. Só podia ser.

Minha cabeça girou. *Esse tempo todo?* A emoção estava tomando conta de mim, e eu precisava saber mais.

Com as mãos tremendo violentamente, peguei o celular e liguei para Xander pela primeira vez desde que ele voltou para casa.

"Espero que seja uma boa notícia." Seu tom animado só tornou a verdade ainda mais repulsiva.

Soltei um suspiro profundo. "Xan."

"Caralho. Beleza, eu já sei de tudo. A não ser que tenha acontecido alguma coisa nos últimos quatro dias."

"Não."

"Se ele não fosse a única pessoa que sobrou da minha família, eu acabava com a raça dele." Quando saiu daqui no domingo, desconfiei que Xander fosse passar na casa de Marcus, e acho que estava certa.

"Eu sou sua família", lembrei-o. Ele estava a milhares de quilômetros de distância, mas eu sabia que tinha sorrido ao ouvir isso.

Tentei manter a pouca compostura que ainda tinha enquanto contava sobre a minha angústia. Xander ouviu tudo em silêncio.

"O que eu faço?", perguntei quando terminei de explicar a bagunça toda.

"O que você quer fazer?", Xander perguntou. "A versão que criancinhas podem ouvir, por favor."

"Quero ficar com ele." Tinha repassado isso na cabeça milhares de vezes. E sempre escolhia Marcus, apesar de todos os riscos. Era uma coisa verdadeira, uma coisa rara.

Xander deu risada do outro lado da linha. "Pois é, imaginei. Escuta só, não vou contar tudo o que ele falou, porque não quero interferir demais. Mas ele quer se acertar com você."

Meu coração disparou. "Sério?"

Era uma coisa maravilhosa e aterrorizante. O que mais me assustava era o quanto eu queria me acertar com ele. Se Marcus quisesse partir meu coração, eu provavelmente deixaria.

"Nossa, como vocês são cansativos", ele resmungou. "Sim, é sério. E, antes de sair fazendo as coisas, para um pouco e pensa se é isso mesmo que você quer."

É, sim.

"Ok." Fiz uma breve pausa e olhei para o meu exemplar de *Dom Quixote*. "Há quanto tempo ele..."

"Eu não vou responder isso."

"Xan."

"Pergunta para *ele*. É ele que precisa responder."

Eu respirei fundo. "Aquele livro com as sessões na Old Baxter que eu ganhei de aniversário, você sabe de onde veio?"

"Aquele o quê?"

Eu dei risada. "Esquece. Desculpa ter colocado você no meio de tudo isso."

"Tudo bem. Antes eu que a Penelope."

"Obrigada, Xan. Você está sempre cuidando de mim." Minha voz ficou embargada.

Senti as lágrimas subindo aos meus olhos de novo. Xander estava só sendo Xander. Então me dei conta de que Marcus devia estar alimentando sentimentos por mim fazia anos. Aquilo tudo era demais.

Ouvi quando ele respirou fundo. "Escuta só, sobre Istambul..."

"Me desculpa por ter tocado nesse assunto." Aquela tinha sido uma das semanas mais assustadoras da minha vida. Nunca trouxe à tona porque não queria fazê-lo lembrar. Houve momentos em que a vida de Xander saiu totalmente do rumo. A primeira foi depois da morte dos pais. A segunda, nessa viagem a Istambul. Nunca mais voltou a acontecer, mas a preocupação mórbida com uma recaída mantinha a minha ansiedade sempre viva.

"Não precisa se desculpar. Eu agradeço pelo que você fez. E estou bem, não precisa se preocupar comigo o tempo todo", ele respondeu. Abri a boca para responder, mas ele me interrompeu. "Eu sei que você ainda se preocupa."

"Eu te amo, Xanny."

Sua risada retomou o tom leve da conversa. "Pensei que a gente já tivesse aposentado esse apelido."

"Estou me sentindo nostálgica."

"Não vai deixar ele sofrendo muito tempo."

"Não vou, não." Eu queria me apegar à minha raiva, mas o desejo de me jogar nos braços de Marcus era muito mais forte.

33

MARCUS

Era sexta-feira. Fazia quase uma semana desde que tínhamos ficado, e Sloan ainda não respondia minhas mensagens ou telefonemas.

A ligação caiu direto na caixa postal, de novo. Enfiei o celular no bolso, sentindo um aperto no peito que só piorava. Felizmente, Penelope ainda falava comigo. Só me restava torcer para o meu plano dar certo.

Eu deveria ter esperado até que ela estivesse pronta. E sabia disso. Mas o terror que senti de perdê-la me fez questionar tudo.

Quando cheguei à sua sala, parei por um instante para observá-la da porta. Ela estava de fone, com o cabelo meio bagunçado depois de um longo dia. Balançava a cabeça adoravelmente, lendo os papéis em suas mãos, baixando o olhar para os que estavam na mesa e fazendo anotações.

Seu jeito, sua risada, sua voz. Eu sentia falta de tudo isso.

Ela ergueu os olhos, e ficou paralisada por um momento antes de tirar o fone.

Um silêncio caiu sobre a sala.

"Marcus", ela disse ao arrumar os papéis sobre a mesa. "Como posso te ajudar?"

"Podemos conversar?" Entrei na sala, e sua expressão se amenizou. Ela olhou ao redor, pensativa.

Minha vontade era de abraçá-la com força. Em vez disso, dei mais alguns passos cautelosos. Tê-la ao meu alcance era uma tortura. "Sloan, desculpa, pensei..."

"Amari, querida, pensei que você estivesse à frente da fusão do Burton", uma voz me interrompeu da porta.

Querida?

Uma onda de possessividade me invadiu. Quase esmaguei o celular que segurava, o mesmo que passei o dia todo olhando na esperança de ver o nome de Sloan na tela.

Ele estava parado na porta, roubando a atenção dela de mim. Quem quer que fosse, parecia estranhamente familiar.

"Jay Sachi, esse é Marcus Sutton", Sloan falou. Ele entrou na sala quando ela apontou para mim. Ao reconhecer o nome, estreitei os olhos e observei o cara que aparentemente ela era esperta demais para sair.

"Prazer." A voz dele era desagradável e educada. Com certeza ninguém daria falta se ele desaparecesse.

Eu não respondi. Uma fúria rugia baixo no meu peito.

"Sutton? Então você conhece o Xander? Que mundo pequeno", ele acrescentou num tom animado. Apertei a mandíbula. Um silêncio constrangido caiu sobre a sala. "Sinto muito se eu estiver interrompendo alguma coisa..."

"Não está, não." Seus olhos enfim encontraram os meus, e se fixaram ali. "Ele é o irmão mais velho do Xander. Só veio ver como eu estou."

Fiz uma careta. *Irmão mais velho do Xander*. Só?

"Ok." Seus olhos passaram de Sloan para mim. "Vou perguntar para a srta. Astor."

"Ótimo. Pen está à frente de tudo", ela disse, sem deixar de me olhar.

"Prazer em conhecer, Sutton, o primogênito." Jay tocou um chapéu inexistente em sua cabeça, arrancando uma risadinha de Sloan quando olhou na direção dele. "Vamos sair para beber de novo, querida", ele falou enquanto saía para o corredor.

O rugido de fúria se tornou ensurdecedor. Ela me deixava louco, e por mim tudo bem. Eu queria ser aquele que a fazia rir, que sentia o calor de seu sorriso.

Antes que eu pudesse dizer alguma coisa, ela foi até a porta, fechou e passou a chave. Minhas esperanças cresceram. Ela ia me beijar ou me matar; àquela altura, os dois desfechos eram satisfatórios.

Ela se virou para mim. "Ele é um cliente, da fusão do Burton."

"Por que ele te chamou de..."

Ela revirou os olhos. "Ele é inglês. Chama *todo mundo* assim."

"Sair para beber *de novo*?"

Seus olhos, que estavam voltados para o chão, me cortaram mais fundo do que qualquer lâmina seria capaz. "Nós saímos para beber, como amigos. Eu voltei para casa sozinha e sóbria. Não aconteceu nada."

"Isso não é um joguinho, Sloan."

"Eu sei", ela rebateu, com a tensão dominando seu corpo esguio. "Foi você que..."

"Se quiser que seja", interrompi, diminuindo a distância entre nós, "tudo bem. Estou nessa." Meus olhos procuraram os seus. "Eu vou atrás de você. Pela porra do mundo inteiro, se quiser." Toda a indignação evaporou do corpo dela até a última gota. Seus ombros relaxaram. "Eu aceito qualquer regra que você impuser." Minhas mãos buscaram sua cintura e a empurraram de leve contra a porta de mogno maciço. "Não importa quanto tempo leve."

Suas bochechas ficaram vermelhas, e a respiração, ofegante. Sloan pôs as mãos no meu peito. "Marcus", ela sussurrou.

"Quando eu te alcançar, e eu vou te alcançar", murmurei. Encostei a minha testa à dela. "Não vou te largar nunca mais."

Antes que ela desse a resposta afrontosa que com certeza estava por vir, eu a beijei.

34

SLOAN

O alívio se espalhou pelo corpo de Marcus quando retribuí o beijo. Ele me beijou como se estivesse despejando sobre mim todas as suas emoções reprimidas. Não foi nada parecido com nossos beijos de antes. Dessa vez, veio acompanhado de uma paixão profunda e sem pressa, do tipo que esperaria uma vida inteira se fosse preciso.

Ele segurou minha cabeça entre as mãos. Seus dedos brincavam com meu cabelo, e seu cheiro preencheu meus pulmões. Almíscar e especiarias. Quando nos afastamos, eu não sabia se havia passado um minuto ou uma hora; mal conseguia ficar de pé. Meu corpo todo estremecia de deleite. Meu peito palpitava de emoção, e vi a tempestade nos olhos dele finalmente se acalmar.

"Os registros de sessões públicas na Old Baxter?"

Ele roçou o nariz no meu pescoço. "Como você sabia?"

"A mesma livraria. Você está perdendo a mão."

"Só com você, ao que parece." Ele se afastou um pouco, e seus olhos procuraram os meus. Não sabia qual era o poder que tinha sobre ele, mas provavelmente era o mesmo que Marcus tinha sobre mim. "Eu achei que você fosse gostar. E sabia que não ia nem perguntar para os seus pais."

Ele me conhecia. Como um livro que tivesse decorado em segredo ao longo dos anos.

"Você ia me deixar acreditar que tinha me mandado aqueles cookies idiotas de aniversário?" Lembrei da empolgação que senti quando recebi uma coisa dele. E também da decepção ao ver o presente ofensivamente genérico.

"Você gosta de um docinho", ele me lembrou.

Sempre calculista, mesmo sabendo que não poderia assumir que tinha me dado um presente tão significativo. Teria chamado atenção.

"Gostei mais do livro."

"Eu sei."

Deslizei os dedos pelo seu peito, e ele me abraçou pela cintura para me trazer mais para perto. "Você estava sofrendo por mim."

Ele assentiu. "Mais ou menos isso."

Balancei a cabeça e dei um beijo rápido em seus lábios, torcendo para amenizar sua longa e silenciosa dor.

"Por que você usou aquele vestido vermelho no evento da universidade?" Seus polegares acariciavam as minhas costas.

Eu sorri. Queria que ele me visse vestida assim. Que me desejasse como eu o desejava. "Talvez você não fosse o único que estava sofrendo."

Sua risadinha leve aliviou toda a dor da semana anterior. Mordi o lábio e fiz a pergunta que continuava no ar. Mas, a essa altura, eu já sabia. "Por que você foi embora?"

Ele engoliu em seco e baixou os olhos. "Por causa do trabalho." Em seguida, soltou um suspiro profundo. "E porque não suportava ver você com outro. Tudo ficou mais fácil de longe. Pensei que fosse passar."

Senti um aperto no peito ao ouvir a verdade.

"Não faz isso de novo." As lágrimas escorreram pelas laterais dos meus olhos, e ele me beijou até passarem.

"Se eu soubesse na época que você..." Sua voz ficou embargada por um milésimo de segundo, mas ele logo se controlou. Suas mãos percorreram o meu corpo e seguraram o meu rosto. "Eu nunca mais vou te largar."

Ele me beijou de novo. Dessa vez, seus braços seguraram o peso do meu corpo quando os tremores se tornaram intensos demais. Continuamos pelo que pareceram horas. Só paramos quando ouvimos uma batida na porta com um bilhete sendo passado por baixo.

O sorrisinho confiante que me fazia derreter por dentro estava lá de novo. Ele me deu um último selinho. Nós nos afastamos, e eu abaixei para ler o bilhete.

Tudo em ordem por aqui. Divirta-se.
Pen

"Penelope dá conta da sua agenda. Hoje você está livre."

O sorriso que tomou conta de mim foi impossível de conter. "Aonde nós vamos?"

"Não muito longe."

O carro parou no hangar privativo do aeroporto, onde vi o jatinho dos Sutton pronto para decolar. "Não muito longe?"

"Relativamente falando."

"Em relação a quê?"

"Hã, à Lua?" A leveza em sua voz me fez rir. Ele me abraçou e beijou minha cabeça.

"Sério mesmo que não vai me contar?"

"Sloan, por favor." Marcus estava sendo paciente até demais, mesmo depois do meu interrogatório entre um beijo e outro na vinda. Ele manteve os beijos mais comportados do que da última vez que pegamos um carro juntos. Suas mãos permaneceram na minha cintura ou acariciando meu rosto, mas só. Eu estava ficando impaciente, e ele adiando o sexo. "É só deixar de controlar tudo por algumas horas."

"Você me conhece?" Lancei um olhar para ele enquanto íamos até o avião. "E olha só quem fala sobre controlar tudo!"

Ele sorriu. "Verdade."

"Você está sendo bem *paciente*." Nós subimos a bordo, e me acomodei no assento ao seu lado. Ele me beijou na boca, mas não tentou mais nada.

Percebeu a decepção no meu rosto. "Isso está *acabando* comigo. Mas eu quero fazer as coisas direito."

Eu sabia que o que havia entre nós ia muito além dos casinhos que ele teve no passado, mas ouvir isso ajudou a aliviar minha insegurança.

"E se eu não quisesse vir com você?"

"Eu tentaria amanhã." Sua voz estava dolorosamente vulnerável. "E todos os dias depois disso."

35

MARCUS

Aterrissamos em Bruxelas após noventa minutos.

Depois do pouso, o caos. Sloan ficava impossível quando não estava no controle. Pensei que ela fosse me deixar guiá-la de olhos fechados por apenas vinte passos, assim não estragaria a surpresa. Ela se recusou, claro.

Estávamos na entrada do circuito de Spa-Francorchamps, e não no box da McLaren, como eu tinha planejado. Observá-la enquanto as peças do quebra-cabeça iam se encaixando foi incrível.

Mas este carro, em Spa-Francorchamps, é o meu sonho.

Eu a peguei pela mão e comecei a conduzi-la pelos corredores, seguindo um dos engenheiros. Quando entramos no box, ela viu um carro de dois lugares da equipe McLaren sendo preparado.

“Não.” Ela respirou fundo e assimilou devagar o que estava acontecendo. Seus olhos se arregalaram.

“Você não pode dirigir um Artura nessa pista, mas a equipe disponibilizou um carro.”

Disponibilizou porque eu comprei. Ver aquele olhar no rosto dela fez valer a pena.

Ela ficou em um silêncio aturdido por um tempo. “Eu posso dirigir esse carro”, ela apontou para o carro, “nessa pista?”

Eu confirmei com a cabeça.

“Para que tudo isso?”, ela perguntou com um gritinho.

Como se não estivesse óbvio. Seu olhar era exatamente o que eu esperava.

“Marcus, não acredito que você fez isso.” Ela me abraçou pela cintura e apoiou o rosto no meu peito. “Obrigada.”

"Divirta-se", falei, lembrando que havia regras de segurança enquanto ela se virava para correr até o carro.

Eu a detive pela mão e a puxei de volta. Ela se chocou contra o meu peito, e eu passei o braço pela sua cintura. Apoiei o queixo no seu ombro. "Tem os procedimentos de segurança. Se quiser andar a mais de cento e sessenta, vai ter que ir com ele. E ele dirige. Se for mais devagar, pode andar nas retas, mas não nas curvas."

Apontei para o homem ao lado do carro de duzentos e cinquenta mil dólares. Como a temporada de Fórmula 1 ainda estava acontecendo, a McLaren não podia ceder um de seus pilotos titulares, então mandou um piloto de testes que estava com a equipe no Bahrein.

"Ele é gatinho." Ela se virou e sorriu.

"Não tem a menor graça." Se eu gostava da ideia de outro homem participando da fantasia dela? Nem um pouco. Principalmente quando fui eu que providenciei tudo. Mas também não a colocaria em perigo. "Ele está aqui para garantir sua segurança, então se encostar em você..."

"Relaxa, eu gosto dos meus homens totalmente indisponíveis por *anos*." Ela sorriu, me deu um selinho e foi andando de novo para lá, apressada e empolgada.

Mais ou menos uma hora depois, a McLaren estava de volta ao box. Quando planejei o passeio, presumi que fosse usar esse tempo para trabalhar, mas ver Sloan numa pista de corrida a mais de cento e sessenta por hora tornava isso impossível.

Também entendi por que Sloan nunca levava Xander a nenhum evento relacionado ao automobilismo. Isso trazia péssimas lembranças.

A ansiedade agoniante enfim foi embora quando o carro parou e Sloan saiu de trás do volante.

Ela olhou ao redor do box e veio correndo até mim ao me encontrar. "Isso foi incrível! Obrigada, obrigada, obrigada." Pulando nos meus braços, ela envolveu o meu pescoço num abraço.

Aquele sorriso fez meu coração parar na boca.

Abaixei a cabeça para junto da sua e a enlacei pela cintura.

"Já acabou com o cavalheirismo por hoje?" Seus olhos castanhos cintilavam à luz do fim da tarde. Eu não era como os engomadinhos da alta sociedade com quem ela se envolveu no passado, e fazia questão de mostrar isso.

"Sloan." Encostei a testa na dela. "A última coisa que eu quero é ser um cavalheiro com você."

Minha resistência tinha caído a zero, e abaixei a cabeça para colar a boca à sua. Pega desprevenida, ela recuou um pouco, mas logo retribuiu o beijo. Com um gemido baixo, jogou a cabeça para trás e me puxou para os seus braços, me apertando mais forte.

Deliciado com o contato da sua língua com a minha, aprofundei o beijo, agarrando-a pela nuca, entrelaçando os dedos em seu cabelo, assumindo o controle. Suas mãos se perderam sob minha camisa, e suas unhas arranharam minhas costas enquanto ela gemia baixinho.

Caralho. Eu a queria. Inspirei seu perfume cítrico e fumaça de escapamento.

"A gente... a gente precisa..." Sloan se afastou um pouco, ofegante. "A gente precisa voltar já?"

"Não", respondi sussurrando no seu ouvido e roçando o nariz no seu pescoço. Torcendo para dar tudo certo, eu tinha uma suíte reservada no Warwick e uma bolsa arrumada por Penelope com as coisas de Sloan. "Eu tenho planos para você."

36

SLOAN

Marcus estava perfeitamente contido quando paramos na entrada do hotel, o que não era surpresa nenhuma. As coisas tinham esquentado no carro, e bem depressa. O trajeto até lá era curto, ainda bem. A combinação da ansiedade criada pelos meses de preliminares e a sinceridade de seu gesto catapultaram a minha vontade de fazer tudo com ele o quanto antes.

Ele me pegou pela mão e me conduziu hotel adentro. Só ousou me olhar quando a porta do quarto estava fechada atrás de nós. Eu me virei para encará-lo. Respirei fundo, ansiosa, quando ouvi a fechadura sendo trancada. Marcus me olhou com a intensidade de um leão cercando sua presa, sem nem piscar enquanto vinha em silêncio até mim.

Se um olhar pudesse me levar ao orgasmo, seria esse. Foco absoluto. Tudo nele era imperativo e, nossa, eu estava mais do que disposta a obedecer.

Seus olhos percorreram o meu corpo, como se ele estivesse tentando decidir o que fazer primeiro. Ele abaixou a cabeça e acariciou meu pescoço, afastando o meu cabelo. Abaixou e me beijou de leve ali. “Sloan.”

Senti um puxão no meio das pernas. Ele nunca tinha dito meu nome *assim.*

Meus joelhos quase cederam. Seu braço me envolveu para sustentar meu peso, e arqueei meu corpo na sua direção.

“Me fala pra parar e eu paro.” Sua voz soou grave e rouca na minha orelha. Seu hálito morno fez minha pele inteira se arrepiar. Meus mamilos enrijeceram sob o sutiã, ansiosos para serem tocados.

Nada me faria querer parar.

"Não." Minha voz estava trêmula. Ele engoliu em seco. Não havia como voltar atrás. Não era só sexo, nem um casinho. Era bem diferente.

Ele colou a boca à minha num beijo hesitante a princípio, se afastando para passar as mãos pela minha camisa e tirá-la de mim. Em seguida soltou o fecho do sutiã, jogou no chão e me beijou de novo.

Soltei um gemido durante o beijo quando sua mão encontrou meu peito e seu polegar fez movimentos circulares sobre o mamilo enrijecido. A outra mão foi descendo pelo meu corpo e parou na base da minha coluna. Ele me abraçava com força, permitindo que eu me esfregasse na sua ereção.

O desejo líquido acumulado entre minhas pernas começou a gritar para ser saciado. Os meses de espera me deixaram impaciente.

"Eu preciso de você em mim", sussurrei, interrompendo o beijo por um momento, tentado desesperadamente respirar para acalmar o efeito que seu toque produzia em mim.

Marcus apoiou a testa na minha. "Espero que você saiba que não vai dormir hoje à noite", ele avisou, tomando de novo a minha boca. Esse beijo foi diferente. Foi irrestritamente dominado. Seus dedos apertaram minha pele com possessividade, e a ternura se evaporou dos gestos.

Seu desejo, contido por tanto tempo, enfim estava livre para ser expresso, e foi isso o que ele fez. Com a boca, os dentes e as mãos, Marcus fez coisas com meu corpo que eu nem considerava serem possíveis. Ele queria tomar posse de cada centímetro meu, e o que eu mais queria era ceder. Com um movimento rápido, passou um braço sob a minha coxa e me suspendeu. Minhas pernas envolveram sua cintura.

Soltei o ar com força ao sentir seu pau se esfregando avidamente contra mim. Ele grunhiu alto no meio do beijo, e nos encostou na parede.

"Você vem me torturando, doutora." Seus lábios se afastaram dos meus, e ele cravou os dentes no meu pescoço, afundando os quadris em mim a cada mordida. "Durante meses."

Minha nossa. "Marcus." Eu me esfreguei contra ele, desesperada.

"Durante *anos*." Ele gemeu contra o meu pescoço e colou a boca na minha, me carregando para o quarto. Então o som do seu chute na porta, e em seguida as minhas costas atingiram o colchão.

Ele interrompeu o beijo para levantar e tirar a camisa. Eu já tinha visto Marcus seminu na piscina ou na praia, mas vê-lo assim pouco antes de me entregar para ele era um *tesão*. Me ajeitei e me apoiei nos cotovelos para observar bem. Os braços torneados, o peito musculoso, a barriga tanquinho, tudo aquilo para mim. Minha pulsação acelerou loucamente. A calça foi embora em seguida, e ele ficou só de cueca boxer, fazendo o latejar entre as minhas coxas se tornar ainda mais intenso.

Ele sorriu quando viu que eu o admirava.

Marcus abriu o zíper da minha calça e enfiou os dedos nos passantes do cinto, segurando também a calcinha. As duas peças foram arrancadas do meu corpo num único puxão.

Ele soltou um grunhido grave e controlado. Seus olhos acinzentados e famintos passearam pelas minhas pernas, subiram pelos quadris e encontraram os meus. Quando montou em cima de mim, nossos lábios se encontraram de novo.

"Linda de morrer", ele interrompeu o beijo e sussurrou no meu ouvido. Fiquei totalmente sem fôlego. Sua boca se moveu para o meu pescoço, e ele encostou seu corpo contra o meu. Essa sensação de ser prensada contra o colchão me arrepiou inteira. "E toda minha."

Eu o trouxe para beijá-lo. Minhas mãos se cravaram nas suas costas, enquanto a sua subia pelas minhas coxas e parava sobre o meu umbigo. Marcus estava me provocando. Sua mão foi descendo devagarinho, e finalmente ele enfiou o dedo em mim enquanto com o polegar acariciava o meu clitóris.

Meus batimentos foram de acelerados a enlouquecidos.

"Marcus." Arqueei as costas no colchão. Seu sorriso era perverso. Eu precisava de mais. Desesperadamente.

"Caralho, como você está molhada." Sua voz estava estrangulada, e ele enfiou outro dedo. "Você estava molhada assim no Ano-Novo?"

Sim.

Só o que eu conseguia era gemer e rebolar nos seus dedos, que estavam provocando faíscas dentro de mim. Seu ritmo se acelerou de forma enlouquecedora.

"Acho que não podemos ser só amigos." Soltei uma risadinha. O prazer foi crescendo; eu estava quase lá. Não sei por que disse isso. Talvez porque uma parte de mim ainda se preocupava — não com as ramificações, mas ver Marcus assim tão intenso, com o foco todo em mim, era um tanto desesperador.

"Só amigos?", ele sussurrou no meu ouvido. Como se quisesse me castigar pelo que falei, Marcus tirou os dedos. Ele se levantou e tirou a cueca. Prendi o ar ao ver o comprimento e a grossura da sua excitação, cuja extremidade pingava de desejo. Ofegante à espera pelo som da embalagem rasgando, engoli em seco ao pensar nele dentro de mim. Ele era *grande*. Marcus voltou para a cama, com seu olhar penetrante, e se posicionou na minha abertura molhada.

"Seus amigos fazem isso com você?" Ele me provocou pondo só a cabeça. Soltei o ar com força em resposta. "Só existe uma resposta certa."

"Não", foi só o que consegui dizer, perdida em uma névoa de luxúria. Ele grunhiu alto quando se enfiou por inteiro, me alargando por dentro até o limite.

Soltei um gritinho, mas estava com tanto tesão a essa altura que ele deslizou sem dificuldade. Se inclinando para a frente, ele me beijou. "Só eu." Ele suspendeu minhas pernas trêmulas e as apoiou nos seus ombros enquanto começava lentamente a acelerar o ritmo. "Só eu posso fazer isso com você."

Enquanto eu mordia o lábio, fui me ajustando ao seu tamanho. Ele olhou para baixo para me tranquilizar. "Não se preocupa, você se acostuma."

Assenti, e a pontadinha de dor se desfez em prazer à medida que o meu corpo o acomodava. Ele tirou devagar, e entrou em seguida com a mesma velocidade desesperadoramente lenta. Soltei um gemido e me esfreguei nele, querendo mais.

"Me diz o que você quer, doutora." Ele me olhou com uma expressão pretensiosa. Eu estava totalmente sob seu controle, e ele *adorava*.

Gemi baixinho.

"Não." Ele sorriu e saiu quase por inteiro de mim. "Sloan Saavi Amari." Sua dominância era expressa em cada sílaba enquanto deslizava devagar para dentro de novo. "Me diz o que você quer."

"Me fode, Marcus", pedi, com os dentes cerrados.

Ele deu uma estocada forte, apenas uma vez, com sua compostura em conflito com o desejo. "Quase isso." Só um de nós poderia estar no controle e, naquele momento, seria ele.

"*Por favor*", lamuriei.

Ele passou o polegar pelos meus lábios antes de voltar a me segurar pela cintura. "Boa menina."

Fui recompensada com estocadas fortes e rápidas. Perdi o controle da respiração, e meus gemidos ficaram mais altos. Geralmente, qualquer tentativa de ceder o controle me incomodava como arame farpado. Mas com Marcus? Eu queria que ele me pegasse, me comesse, me fizesse sua, me virasse e começasse tudo de novo.

Todo indício de resistência saiu do meu corpo quando ele entrou.

Um calor se acumulou no meu ventre quando ele atingiu o ponto que fazia meu corpo todo tremer. "Marcus. Por favor."

O que restava de autocontrole no seu rosto se foi, e as estocadas se tornaram mais selvagens.

Brutas. Poderosas. Incontroláveis.

O som do nosso corpo colidindo preencheu o quarto, e me senti contrair completamente de tensão. Eu gemia numa mistura ininteligível de arfadas e suspiros desesperados. O som da sua respiração pesada foi a última coisa que ouvi antes de enfim me perder por completo. As ondas de prazer encheram o meu corpo de satisfação.

"Marcus", gemi alto enquanto gozava.

Minha respiração estava irregular, e eu me tremia inteira depois daquele prazer quase destruidor. Suspirei quando Marcus tirou minhas pernas dos ombros e se inclinou para a frente, apoiando os braços ao meu lado na cama. Com os olhos enevoados, o observei abaixar a cabeça para me beijar de leve.

"Era para você ter *gritado* o meu nome", Marcus murmurou contra minha boca. Seus movimentos se tornaram mais lentos e sensuais. Voltei a gemer, ainda navegando na onda do meu orgasmo.

"Como você consegue fazer isso?", arfei entre um beijo e outro. Como ele sabia fazer assim *tão* gostoso?

"Eu deixo você me interrogar mais tarde", ele falou, me beijando de novo. Tudo ficou mais suave e preguiçoso quando ele interrompeu o beijo. "Você é minha, Sloan."

Ele começou a dar estocadas um pouco mais fortes, e concordei, ofegante.

"Não." Sua boca colou no meu ouvido, e sua voz saiu rouca. "Fala."

Segurei seu rosto entre as mãos e o puxei para me encarar. "Eu sou sua."

A ternura reapareceu por um momento antes que o cinza dos seus olhos se tornasse tempestuoso de novo.

Ele me puxou para mais um beijo, mais forte e lascivo dessa vez. Sua mão encontrou o meu clitóris e ele o esfregou sem delicadeza, lançando novas sensações em mim em todas as direções.

Então interrompeu o beijo e começou a bater o quadril contra o meu com mais força.

A mesma sensação se instalou no meu ventre de novo. "Por favor..." Eu só conseguia gemer enquanto ele metia cada vez mais forte em mim.

O orgasmo seguinte veio tão rápido quanto o primeiro. Agarrei o lençol e cravei os dedos nas suas costas, no seu cabelo, em qualquer coisa que pudesse me segurar enquanto me desfazia em êxtase.

Eram anos de desejo reprimido a cada estocada. O ritmo foi se tornando mais bruto e primitivo. Seu autocontrole desapareceu de vez, e ele continuou investindo contra o meu corpo sem parar.

Me contorci de novo quando mais um clímax me abalou por inteira. Dessa vez, ouvi um grunhido gutural no meu ouvido. Ele me trouxe com mais força pela cintura, e a força do seu orgasmo fez seu corpo se sacudir. Em seguida grunhiu no meu pescoço antes de depositar um beijo ali. Um último e delicioso arrepio me assolou.

Fiquei deitada imóvel, perdida na nuvem de euforia que me levou aos céus. Eu acariciava distraidamente seu cabelo enquanto ele me beijava no queixo e no pescoço.

Marcus levantou por um instante, mas em seguida veio deitar ao meu lado de novo e me puxou para junto de si. Ficamos deitados de frente um para o outro, nossas pernas entrelaçadas. Ele acariciava meu cabelo. "Você está bem?" Seus olhos estavam fechados, e sua testa, colada à minha.

"Hmm", foi tudo o que consegui responder. Isso e um suspiro de satisfação, sem conseguir controlar um sorriso. "Eu acho que nunca...", falei baixinho, mais para mim mesma. Só então percebi que algo importante estava faltando na minha vida sexual, se era pra ter sido sempre *assim.* Marcus não foi o meu primeiro, nem de longe, mas poderia ter sido. "Uau."

Ele deu uma risadinha e um beijo na minha testa. Seu braço me puxou pela cintura e nos aproximou ainda mais. "Eu ainda não acabei por hoje."

Mordi o lábio em antecipação. Ele parecia feliz, não só aquele contentamento pós-orgasmo. Pura felicidade mesmo. Senti um calor no peito. "Ah, não?"

"Preciso ouvir você gemendo meu nome de novo."

Continuamos assim por mais alguns minutos, num silêncio confortável. O jeito como ele me olhava provocava em mim uma vontade de me entregar para sempre. O sexo foi selvagem, mas o jeito como ele me abraçava, me beijava, acariciava meu cabelo... Isso era bem diferente. E parecia amor.

Nós dois escondemos nossos sentimentos por tanto tempo...

Eu queria perguntar, mas a minha insegurança me impediu.

Fiquei inquieta ao deixar esse pensamento me dominar.

"Você pensa naquela noite, o que teria acontecido se eles não tivessem vindo?" Apoiei a cabeça no seu peito quando ele deitou de costas, fazendo movimentos circulares distraídos sobre sua pele marfim.

"O tempo todo." Seu polegar fazia um movimento parecido no meu ombro, sempre com o mesmo padrão. Levantei os olhos. "A gente teria jantado. Eu teria flertado um pouco com você, e aí..."

"Tudo fica bem quando termina bem?"

"Você não teria dormido no quarto de hóspedes, isso é certeza." Ele se virou, primeiro devagar, depois de uma vez. De repente, eu estava debaixo dele de novo.

O clima no ar mudou. Marcus segurou meus pulsos sobre a cabeça com uma das mãos e se abaixou para dar um beijo longo e sensual.

Ele tinha me avisado. Eu não ia dormir.

Na manhã seguinte, depois de pouquíssimas horas de sono, acordei com o braço de Marcus na minha cintura, com o corpo colado ao meu. Ouvi meu celular vibrando. Já tinha escutado algumas vezes durante a noite, mas Marcus me manteve ocupada o tempo todo. Aproveitando mais alguns minutos no quentinho das cobertas, eu fechei os olhos.

Depois de mais uma notificação, sentei na cama e o braço dele caiu no meu colo. Ele ficava diferente quando dormia, com as feições menos tensas, e com suavidade. Sem o comportamento intimidador e aquela fachada toda, o que restava era o homem que eu estava começando a entender cada vez melhor. Olhei ao meu redor, sorrindo ao ver a trilha de roupas espalhadas pelo quarto, que vinha desde o corredor.

Fui ver o que tinha me acordado. Xander me mandou algumas mensagens durante a madrugada. Eu poderia dizer para ele que enfim havíamos resolvido as coisas entre nós.

Sete vezes. As lembranças da noite anterior fizeram o meu rosto esquentar.

Passei os olhos pelas mensagens.

O braço de Marcus voltou a me enlaçar pela cintura e ele me puxou de volta para a cama. O celular caiu na mesinha de cabeceira. Ele me puxou com força contra o seu peito, beijando meu pescoço.

"Dia." Sua voz estava áspera e rouca e *muito* sexy.

Eu me virei para ele.

"Hmm, bom dia." Levantei a cabeça para beijá-lo.

Ele acariciou o meu rosto com o polegar. "Ontem à noite foi..." Seu olhar se desviou para a mesinha de cabeceira, onde meu celular vibrava sobre a superfície de madeira.

"Perfeita", completei, ignorando a chamada. Marcus me beijou e me deitou de barriga para cima. O peso de seu corpo me impediu de me mexer para checar quem ligava.

"Que tal pedir o café da manhã pelo serviço de quarto?" Seus lábios foram descendo pelo meu pescoço para o peito, abocanhando um mamilo enrijecido.

Soltei um gritinho com o contato, arqueando as costas no colchão.

Mais uma notificação.

"Quem é?", Marcus rosnou.

"Você tem uma chance para adivinhar." Rolei de onde estava para o outro lado da cama, sentei e tentei pegar o celular.

"Ignora." Ele veio atrás de mim e me envolveu pela cintura, beijando sem pressa o meu pescoço. Era uma tentativa de abalar a minha determinação, e estava funcionando.

"É a terceira ligação já; ele vai achar que aconteceu alguma coisa." Tentei colocar alguma distância entre nós, para não ficar intimidada na hora de falar. Marcus me trouxe de volta com facilidade. Xander e eu tínhamos uma regra: três chamadas perdidas eram um alerta de perigo. Na verdade, isso surgiu a princípio por causa da minha ansiedade depois do primeiro surto dele, mas com o tempo virou praxe entre nós.

Atendi o celular e respirei fundo para me recobrar. "Xan?"

"Por que você está ignorando as minhas ligações e mensagens? Aconteceu alguma coisa?"

"Eu... é que eu estou... desculpa, espera um pouquinho", gaguejei. Marcus estava decidido a impossibilitar minha conversa. Deslizou a mão da minha cintura para o meio das minhas pernas. Tentei disfarçar um gritinho. Lancei um olhar de advertência para ele, mas não adiantou nada. Isso só o atiçou ainda mais.

"Hã", recomecei, mas engoli em seco quando um de seus dedos entrou em mim. Meu corpo traiu minha mente e se recostou nele. "Posso ligar mais tarde?", consegui dizer numa única frase, apesar de a excitação na minha voz e o barulho dos lençóis ser perceptível.

"Você está falando comigo enquanto está na cama com alguém?", riu Xander. Nós nunca tivemos um limite sobre o que era apropriado ou não falar; pulamos essa parte.

Marcus me olhou, levantando uma sobrancelha. "Alguém? Quem mais poderia ser?", ele cochichou, meio de brincadeira, no meu ouvido. E enfiou outro dedo em mim.

"Eca", Xander resmungou.

Enquanto eu ainda estava sem condições de falar, Marcus aproveitou a chance e tirou o celular da minha mão, enquanto me acariciava com maestria por dentro no ponto que me enlouquecia, provocando a minha rendição imediata. "Tchau", ele falou, desligou e jogou na cama para eu só me preocupar com isso mais tarde.

Fiquei boquiaberta, com uma mistura de surpresa e prazer. "Não acredito..." Sem conseguir pensar em nada além do prazer cada vez mais intenso, eu disse a única coisa que me veio à mente: "Marcus".

Ele não respondeu. Seu sorriso de divertimento se tornou perverso. Tirando os dedos molhados e se movendo para montar em mim, ele segurou minhas mãos ao lado do meu corpo enquanto beijava de leve meu pescoço. "Minha."

"Hmmm."

Ele ficou de joelhos tirando as cobertas do caminho. Seus olhos estavam concentrados só em mim. "Vira."

Sim, senhor.

37

MARCUS

Ao longo dos cinco anos anteriores, a Sutton Industries tinha triplicado de tamanho. Por causa desse crescimento, passei a ter que frequentar certos eventos sociais para ampliar minha rede de contatos de negócios. E com isso muitas vezes tive a sorte de assistir a algumas das melhores orquestras tocarem em algumas das salas de concerto mais famosas do mundo.

Mas nenhuma sinfonia era mais celestial do que a de Sloan gemendo e, às vezes, gritando meu nome.

Era viciante; ela era viciante. E eu faria de tudo para continuar com esse vício.

Sloan era quente. Não sei por que isso me surpreendeu. Ela nunca foi tímida em correr atrás do que queria em todos os demais aspectos de sua vida. Por que nesse caso seria diferente? Para minha sorte, não era.

Ela era insaciável. Passamos o fim de semana transando em qualquer superfície que comportasse seu corpo convidativo. Quando planejei essa viagem, minha ideia era sair durante o dia. Tinha alguns programas na manga, até. Não foi preciso.

Nossa química era explosiva, e sem dúvida nenhuma isso se comprovava na cama. E na bancada da cozinha, no chuveiro, no sofá e em qualquer lugar em que eu pudesse deitá-la ou recostá-la.

Sorri com essa lembrança, acariciando sua pele de leve enquanto ela dormia tranquila ao meu lado, aninhada sob mim, sua cabeça apoiada no meu peito. Era cedo. Eu tinha acordado fazia um tempo, mas queria deixá-la descansar.

Repassei as últimas vinte e quatro horas na minha mente com uma riqueza de detalhes absurda, até ser interrompido por um gemido. Não saímos da suíte do hotel porque qualquer coisa entre nós terminava em sexo.

Como seu gemido durante o sono.

Com o maior cuidado, eu a deitei de costas e beijei seu pescoço.

Ela sorriu. Me colocando acima dela, continuei até ouvir um gemido mais alto. “Hmmm.” Seus olhos continuaram fechados. “Mais.”

Não era preciso pedir duas vezes. Levantei e fui até a beirada da cama, puxando-a comigo enquanto ela começava a acordar. De joelhos, afastei seus pés e fui beijando a parte interior das coxas, chegando cada vez mais perto da umidade que já se acumulava entre suas pernas.

Quando enfim cheguei à sua abertura, eu a beijei uma vez. Ela respirou fundo e se derreteu num suspiro de prazer. “Ah, você gosta?” Dei uma sopradinha no clitóris. Sloan se arqueou toda, e sua respiração se acelerou.

Eu sorri e soprei mais uma vez. Ela se arqueou de novo. Sua mão encontrou meu cabelo e o puxou. “Marcus”, disse, impaciente. “Por favor.”

O fim de semana foi intenso de uma paixão ávida. Estávamos recuperando o tempo perdido. Mas era o dia de irmos embora, e eu queria ir devagar, saboreando cada gemido, deixá-la com um gosto de quero mais.

“Eu ainda nem encostei em você.”

Ela choramingou. Deslizei a mão para cima, pela sua barriga, espalmando os dedos na pele macia. Sloan grunhiu e puxou meu cabelo de novo.

Estendi bem a língua e lambi a pele macia de sua abertura, dando lambidas provocadoras abaixo do clitóris. A respiração dela ficou ofegante e rasa. Fiz mais pressão com a língua e fui passeando bem devagar, para cima e para baixo.

“Marcus”, ela arfou. Seus quadris começaram a rebolar na minha cara.

Passei a acariciar o clitóris com o polegar, e finalmente enfiei a língua dentro dela, provando a doçura proibida de seu corpo. Ela suspirou e estremeceu sob o meu toque.

Suas mãos passaram do meu cabelo para o colchão. Ela se agarrou ao lençol como se sua vida dependesse disso. “Por favor”, implorou de novo.

Ouvir *Sloan* implorar para mim era como estar no paraíso. E tornava quase impossível negar a ela o que quer que fosse. Alarguei sua abertura úmida com alguns dedos e mergulhei dentro dela. Curvei-os para encontrar aquele pontinho que já tinha memorizado. Quando o senti, fiquei deslizando para a frente e para trás e girando a língua pelo clitóris. Seus quadris se movimentavam com meus dedos. "Ah... nossa."

Eu a segurei contra o colchão enquanto ela se contorcia. Seus gemidos encheram o quarto, mais altos a cada pressão forte dentro dela. Soltei um grunhido e continuei, sentindo seu interior se apertando em torno dos meus dedos. "Marcus", ela gemeu, e então estremeceu violentamente. Continuei até os tremores cessarem, prolongando seu orgasmo o máximo que podia.

Levantei a cabeça e a encontrei ofegante; seus olhos estavam úmidos. Deitada ali, de pernas abertas, uma deusa à minha mercê. Ela me encarou. "Mais", ela pediu entre uma arfada e outra.

"Essa é a minha garota." Eu me inclinei e colei os lábios aos seus. "O que você quer, Sloan?"

"Me fode." Seus olhos se fecharam, e sua respiração ainda estava rasa. "De novo."

Levantei e segurei meu pau duro na mão. Depois de pôr a camisinha, voltei até ela e apoiei os braços de ambos os lados de seu corpo.

"Seu gosto é mais delicioso do que eu imaginava." Eu a puxei para um beijo lento.

Ela se afastou e segurou o meu rosto entre as mãos. "Estar com você é muito melhor do que eu poderia sonhar", sussurrou. Colei os lábios aos dela e aprofundei o beijo. Um gemido grave reverberou em sua garganta. Isso provocou algo dentro de mim, um instinto possessivo. Fui entrando nela devagar, sentindo seu aperto contra mim. Ela fechou os olhos de prazer.

"Não fecha os olhos", grunhi. Queria vê-la quando ela gozasse. Esperei um instante para que ela se ajustasse, e então passei a me movimentar devagar, a provocando, só para enfiar em seguida com mais força. A sensação a cada movimento foi intensificando ainda mais a pressão na base da minha coluna.

Precisei me segurar com todas as forças para continuar num ritmo lento. Vê-la se contorcer toda sob mim quase me fez perder o controle.

A cada estocada, seus olhos castanhos me pediam mais. "Com força", ela implorou com os dentes cerrados.

Minha mente relembrou as incontáveis vezes que eu quis arrancar suas roupas e tê-la para mim. Os *anos* que passei sonhando com ela e acordando decepcionado com outra pessoa ao meu lado. As lembranças de ter que ver outros homens dando em cima dela foram enfraquecendo a minha vontade de apenas provocá-la.

Eu queria foder ela. Com força. Para que ela esquecesse de todo mundo que veio antes de mim. Queria ser o responsável por cada orgasmo, cada gemido, cada grito.

Cada pedacinho dela era *meu*.

Em meio às frenéticas estocadas, ela gemia sob mim. Segurei a vontade de gozar ao ouvir os sons que emitia. Sabia que, depois de a ter ouvido, eu não conseguiria mais viver sem. Ela cravou as unhas nas minhas costas. Seu corpo estremeceu de prazer enquanto ela se contraía em torno de mim.

Um último gemido foi tudo o que ela pôde oferecer ao gozar de novo. Eu não conseguia me segurar mais. Fui em busca do alívio da tensão e, numa cega urgência, o calor me dominou.

Estava difícil até respirar. Eu me afastei, mas continuei apoiando o peso do corpo nos braços, para poder observá-la depois de gozar. Uma vermelhidão se espalhava pelas bochechas e ela estava radiante. Seus dedos acariciaram meu cabelo por um momento, e enfim voltei a deitar ao seu lado e a beijei.

Quando saí de dentro dela, Sloan segurou meu rosto entre as mãos de novo, com os olhos cheios de emoção. Ela hesitou. "Eu não quero ir embora."

"A gente pode fazer tudo isso lá em casa."

O fim de semana foi só uma prévia do que ainda viria. Eu tinha toda a intenção de passar os meses seguintes compensando o tempo perdido. Passaria o resto da vida estudando cada pedacinho dela. Era isso que se fazia com a grande arte, e Sloan era uma obra-prima.

"Hmmm." Ela sorriu e fechou os olhos. "Mas o dia todo?"

Eu não era o único viciado.

Quando embarcamos no jatinho, Sloan discretamente disse alguma coisa para a equipe de bordo enquanto eu sentava ao seu lado. Estava com uma carinha que logo se tornou a minha coisa favorita nela. "Eu avisei que não vamos precisar de nada durante o voo." Ela se inclinou para mais perto e pôs a mão no meu peito.

Seu cabelo caiu para a frente, e eu trouxe de novo para trás. Me inclinei para beijá-la no pescoço e murmurar na sua orelha: "Eu penso em comer você aqui nesse avião já faz meses".

Ela mordeu o lábio e passou um dedo pelo meu. "Vamos ver se conseguimos encaixar isso nos planos." Seu dedo continuou descendo pelo meu peito até o volume inevitável na minha calça, implorando para ser libertado. "Depois que eu terminar o que planejei."

Passamos a decolagem entre beijos. Mais cedo naquela manhã, antes de Sloan acordar, eu tinha confirmado a rota, o horário e as condições climáticas, que não previam nenhum contratempo. Não queria que nenhuma turbulência impedisse o que estava prestes a acontecer. Quando chegamos à altitude de cruzeiro e o avião se estabilizou, ela levantou e montou sobre mim no assento. Sua boca procurou a minha para mais um beijo.

Agarrei seus quadris com força quando ela começou a movê-los.

Sloan era praticamente uma dançarina profissional depois de anos fazendo aulas de diferentes estilos. Sabia movimentar seu corpo de uma forma incrível, e finalmente eu estava testemunhando isso em primeira mão.

Caralho, estava uma delícia. E ela nunca mais ia dançar com outra pessoa na vida.

Eu queria assumir o controle, mas parecia que ela estava curtindo tomar a iniciativa. E, porra, estava maravilhoso.

"Obrigada." Sloan suspirou e se afastou um pouco. Minha mão estava espalmada na base da sua coluna, para mantê-la pressionada junto a mim. A felicidade misturada com desejo em seus olhos fez o calor no meu coração e na minha calça ficar ainda mais intenso. "Pelo fim de semana."

"Por você, qualquer coisa, Sloan." Eu a segurei pela nuca, emaranhei os dedos entre seus cabelos, a puxei para a frente para encontrar seus lábios de novo. Suas mãos desceram pelo meu peito até seus dedos compridos soltarem a fivela do meu cinto e baixarem o zíper da calça. Eu a beijei com mais vontade enquanto ela me acariciava.

Ela interrompeu o beijo e ficou de joelhos. Com uma das mãos agarrei firmemente os apoios de braço do assento, enquanto passava a outra pelo seu cabelo.

Sloan mordeu o lábio inferior e me encarou com aqueles olhos castanhos luminosos enquanto passava a língua por toda a minha extensão e acariciava com a mão. Seus olhos não se desgrudavam dos meus. Eu poderia ter gozado só de vê-la assim.

Arrepios percorreram o meu corpo todo. Joguei a cabeça para trás no encosto do assento. "Sloan", grunhi quando ela foi me colocando lentamente na boca.

Ela deu uma risadinha. *Puta que pariu.*

Sloan enfiou quase tudo na boca, enquanto com a mão livre acariciava minhas bolas. Masturbava, chupava e até roçava um pouco os dentes. Apertei os dedos no seu cabelo. Era um prazer estonteante. Eu não sabia nem meu nome mais.

"Caralho." Dessa vez, grunhi mais alto. Segurei seu cabelo com as duas mãos e aprofundei seus movimentos, enquanto a cabeça dela subia e descia sem parar. Eu quase não consegui me segurar vendo-a se mover por toda a minha extensão, e ocasionalmente sentindo até sua garganta.

"Sloan", avisei entre suspiros pesados.

Nossos olhos voltaram a se encontrar. Um sorriso malicioso tomou seu rosto. Aquele sorriso, aqueles olhos, com o meu pau enfiado até a garganta. *Puta que pariu.*

Ela começou a chupar mais forte e mais fundo, me enfiando por inteiro na boca. O ritmo foi aumentando enlouquecidamente, e senti um gemido seu no meu pau. As vibrações foram a gota d'água. Cada terminação nervosa do meu corpo foi bombardeada por sensações. Gozei com força na sua boca. "Sloan", grunhi alto, agarrando com força seu cabelo.

Ela não parou, continuou subindo e descendo com a cabeça até a última gota. Depois de um momento, consegui controlar um pouco minha respiração. Sem tirar os olhos de mim, ela engoliu tudo. E só então, com um sorriso, me soltou.

Me recostei na poltrona e fechei os olhos por um instante. Eu detestava ceder o controle, mas Sloan podia fazer o que quisesse comigo quando quisesse.

Quando enfim recobrei os sentidos em alguma medida, me recompus o bastante para voltar a ficar minimamente vestido. Me inclinei para o lado e passei o braço em torno dela, que apoiou a cabeça no meu peito.

"Olha só, o grande Marcus Sutton, totalmente sob o meu controle." Ela me deu um beijo no pescoço antes de me encarar. Estava difícil para mim manter os olhos abertos.

Dei risada e beijei sua cabeça. Eu estava sob o controle dela muito antes desse fim de semana.

"Marcus?", ela falou depois de alguns minutos de silêncio.

"Hmm?"

"A gente precisa falar sobre como vão ficar as coisas se isso acabar não dando certo." Meu corpo todo se enrijeceu. Sloan me encarou e mordeu o lábio inferior.

"Você não pode vir com uma pergunta séria dessa depois do que fez comigo, Sloan." Minha cabeça ainda estava atordoada pela chupada. Eu queria saber como ela havia aprendido a fazer aquilo tão bem. E matar o desgraçado que a ensinou.

"A ideia é bem essa. Influenciar a resposta antes de fazer a pergunta." O clima sério se desfez.

"Hã?" Fechei os olhos por um instante, ainda perdido depois do boquete. Não queria pensar nessa pergunta. Não queria pensar numa situação em que eu não acordava ao seu lado. Em que ela não envolvia meu pau com seus lábios carnudos a trinta e cinco mil pés do chão. Em que ela não era minha. "E que resposta você quer ouvir, doutora?"

"Quero que você me diga que isso não vai acontecer." A apreensão era nítida em sua voz. Isso me angustiou, e me fez lembrar do seu tom na noite em que discutimos, que eu nunca mais queria ouvir.

Levantei seu queixo e a obriguei a me encarar. "Isso aqui não tem mais volta, Sloan. Eu não teria começado nada se não fosse para sempre."

Sloan me deixava de joelhos em todos os sentidos, mesmo quando era ela que ajoelhava diante de mim.

38

SLOAN

Depois de voltar de Bruxelas, eu estava distraída no melhor sentido do termo.

Me pegava devaneando com o meu namorado, depois rindo sozinha da ideia de que estava mesmo namorando com Marcus. Foi uma conversa rápida e indolor. Ele não estava disposto a me dividir com ninguém, e vice-versa.

"Amari?" Eu estava sonhando acordada com uma lembrança particularmente quente de Marcus me encurralando na cozinha naquela manhã.

Era Van der Baun. Parecia irritado. Ou feliz? Eu não sabia a diferença.

"Amari", ele repetiu, se convidando a entrar e sentando diante da minha mesa. "Por que não fechamos logo o contrato do Burton?"

"Os órgãos reguladores têm o tempo deles e nós temos o nosso." Eu me recostei na cadeira em vez de ficar em posição de alerta. Depois de conviver com homens poderosos a vida toda, eu tinha aprendido uma coisa ou outra. "Se insistirmos, eles pegam mais pesado. E esse é um tipo de atenção que nós não desejamos."

Ele não respondeu, e estreitou os olhos por um momento. "Você e Astor estão sendo fundamentais aqui nos últimos meses."

Essa era sua maneira de aceitar minha resposta.

"Somos uma ótima equipe e excepcionais na nossa função." Aprendi desde cedo que, se quisesse ganhar o mesmo nível de respeito que os homens, precisava exalar o tipo de confiança que até os mais medíocres deles pareciam ter. Eu nunca agradecia, apenas prosseguia com a conversa. Nem me desculpava. Em vez disso, propunha soluções.

"E modesta", ele falou, rindo sozinho. Era alguém que quase nunca punha leveza numa conversa, nem mesmo com sócios que conhecia fazia anos. Mas o tom brincalhão não tornava o comentário menos incômodo. Ele jamais falaria assim com um colega homem.

"Modéstia é coisa de gente medíocre."

"Eu sabia que ia gostar de você." Mais uma risadinha. "O que você acha de se estabelecer no escritório de Londres? Como sócia, e depois na diretoria?"

Quê?

Meu coração foi parar na boca. Mas eu mantive a linha. Não podia deixá-lo ver que me balançou.

"O que ficou acertado foi Nova York", rebati num tom firme. Eu não era sequer registrada na ordem dos advogados da Grã-Bretanha. Devia haver mais alguma coisa ali. Meu coração palpitou quando cogitei a possibilidade de Reese não cumprir sua parte do acordo. Isso não combinava com ele, que era meu mentor e jamais prometeria algo que não fosse cumprir.

"E pode ser, mas estamos falando de atuação global. Todo o potencial da firma, todas as grandes fusões em escala mundial, sob sua supervisão."

"Posso fazer isso de Nova York", lembrei. Eu precisava de uma confirmação de que os termos acertados antes continuavam valendo. Caso contrário, a coisa ficaria feia.

"Não seja tão cética, Amari. Esse sou eu demonstrando que estou impressionado." Estava ficando irritada com essa recusa dele de aplacar minha preocupação. "Pensa bem. Por enquanto, é tudo hipotético. Ainda temos alguns meses para ver se você dá mesmo conta do recado."

Deveria ser uma boa notícia. Era o prestígio e o reconhecimento que eu merecia. Tudo o que queria. *Certo?*

Apesar de ter trabalhado que nem um camelo por anos, nunca parei para pensar se era isso o que me faria feliz. Depois de tanto tempo, meu objetivo estava ao meu alcance. O que seria de mim sem uma carreira de destaque?

Apenas eu mesma.

Meu corpo foi inundado por uma alegria pouco característica. Eu não tinha pensado muito sobre essa hipótese. Simplesmente eu já bastava.

Mas eu seria sócia da firma mesmo assim. Ninguém passava uma Amari para trás.

* * *

A porta da minha sala quase nunca ficava fechada principalmente porque eu estava sempre entrando e saindo, o que tornava fechá-la algo nem um pouco prático. Mas com o fluxo ininterrupto de mensagens com Marcus e todo o trabalho para pôr em dia era melhor manter alguma privacidade.

"Obrigada, Cecilia. Um ano seria suficiente, sim." Encerrei o telefonema e ouvi a porta se abrindo. Imaginei que fosse Penelope.

"Pen, vamos almoçar. Quero ouvir toda essa..."

Parei de falar ao perceber que não era Penelope quem estava à porta. Marcus estava apoiado tranquilamente no batente, seus braços cruzados. O terno cinza-escuro era da cor de seus olhos. Meu corpo vibrou de excitação em saber exatamente o que ia encontrar por baixo daquelas roupas impecáveis.

Ele estava com aquele olhar.

"O que você está fazendo aqui?" Meu coração disparou no peito.

"Pensei em testar essa sua mesa", ele falou sem rodeios, como se estivesse falando de uma tarefa cotidiana qualquer. Com os olhos fixos em mim, trancou a porta e diminuiu a distância entre nós. Com as mãos na cintura, ele me encostou contra a mesa. "Ver se é firme mesmo."

Minha boca ficou seca.

Sexo no trabalho. Isso era novidade para mim.

Concordei. "Você sempre preocupado com a minha segurança."

Pulei para sentar na beirada. Minhas mãos se moveram como que sozinhas, arrancando o paletó de seus ombros. Não consegui desviar do seu olhar intenso; o tempo ficou mais devagar. Desabotoei sua camisa sem pressa, surpresa por sua paciência em me deixar fazer tudo num ritmo torturantemente lento. Seus olhos se mantiveram fixos no meu peito quando a minha respiração se tornou mais errática.

Ele levantou meu queixo com a mão e acariciou de leve o meu rosto. Era a calmaria antes da tempestade.

"Como você quer?", perguntou, baixo e controlado. A delicadeza não estava mais lá. Ele me desejava com uma intensidade que me fazia estremecer.

“Sou toda sua.” Depois do fim de semana anterior, eu sabia exatamente como provocá-lo. “Você que decide.”

“Humm, você está pegando o jeito.” Ele moveu a boca para o meu lugar favorito na base da garganta.

“A questão é...” Eu o empurrei. Queria ver a mudança nele quando passasse de extremamente controlado a tomado pelo desejo. Passei a abrir seu cinto. “Quando *você* vai me pegar de jeito?”

Ele me agarrou pela nuca e colou a boca à minha. Seus dedos prenderam meu cabelo. Removendo rapidamente o cinto, eu o joguei de lado e abri o zíper de sua calça. Marcus grunhiu alto na minha boca e subiu o toque por baixo do meu vestido até a minha calcinha.

Com um movimento rápido, ele a abaixou e me virou. “Se prepara, doutora”, ele falou no meu ouvido com uma voz áspera. Ouvi-lo falar comigo assim me levou ao meu limite. Ele apoiou as mãos de cada lado meu na mesa.

Meu vestido foi puxado até a cintura.

“Você veio até aqui por minha causa.” Mordi o lábio para não gemer ao sentir suas digitais roçando a minha abertura.

“Para fazer você gozar para mim.” Não dava para ver sua expressão, mas eu sabia que ele estava com um sorrisinho triunfante no rosto. Ele enfiou os dedos em mim, tentando encontrar aquele ponto mais sensível.

“E se eu estivesse numa reunião?” Minha voz ficou mais aguda.

“Eu sou um homem ocupado, Sloan.” O ritmo dos seus movimentos se acelerou. Com o polegar, ele acariciava meu clitóris. “Você encerraria mais cedo. E eu tinha um assunto urgente a tratar.”

“E...” Ele enfiou outro dedo em mim. Minha respiração ficou presa na garganta. “Qual é?”

“Pegar o que é meu.” Tirando os dedos de mim e tomando o cuidado de tapar minha boca, ele me penetrou com um movimento rápido e preciso. Gemi alto, mas felizmente o som foi abafado. Marcus só deixou de pressionar meus lábios, quando acelerou o ritmo e me ajustei à sua presença.

Depois disso, ele segurou meu cabelo, puxando com força a cada metida.

Nossa.

Transar com Marcus era uma experiência que ficava entre o sensual e o animalesco. E eu não sabia do que gostava mais. Só que, quando ele me virou e começou a puxar meu cabelo, *isso* foi demais.

"Marcus", me lamuriei. Tentei ao máximo controlar o volume dos gemidos. Nunca fui de gritar, mas o sexo com ele fazia qualquer outra transa se tornar irrelevante. Com ele, sexo era como um incêndio enquanto antes eu mal havia acendido um palito de fósforo. "Meu Deus."

"Não sou um, não, mas..." Ele se inclinou e aproximou a cabeça da minha orelha. Suas mãos passaram para a minha cintura e, a cada estocada, seus dedos me apertavam com mais força. "Fica à vontade se quiser ajoelhar e me idolatrar."

Seu polegar exercia uma pressão constante no meu clitóris, com movimentos circulares. Eu cravei as unhas na mesa. Estava *quase* lá. "Vou lembrar disso."

Ele grunhiu, e seus movimentos se tornaram mais erráticos. A pressão finalmente transbordou. Mordi o lábio para não gritar. O orgasmo me arrebatou, o que me desfez por inteira.

Meu clímax instigou o dele. Ele murmurou um palavrão, e seu corpo ficou todo rígido. Aos poucos seus movimentos cederam à imobilidade, e ele se inclinou para a frente, apoiando os braços ao lado dos meus.

"A mesa aguentou firme", disse com uma risadinha enquanto recobrava o fôlego, reassumindo o tom casual. Se afastando de mim, foi se vestir como se estivesse em casa. "Depois testamos a minha."

Levantei a cabeça para encará-lo, vermelha por causa do orgasmo que tinha acabado de ter. Ajeitei a calcinha, impressionada de ver como o brutamontes que me fez debruçar sobre a mesa para me pegar por trás tinha voltado a ser o CEO de comportamento contido e impecável.

Isso me deu vontade de arrancar as roupas dele de novo.

Marcus ajeitou a gravata e me deu um beijo rápido na boca. "Até a noite."

Eu desabei na cadeira. As frustrações do dia tinham acabado de ser arrancadas de mim com uma boa foda.

39

SLOAN

Estar com Marcus era como estar com um desconhecido que eu conhecia a vida toda. As barreiras construídas ao longo dos anos não haviam sido derrubadas, nem de longe, mas eu não precisava ficar esperando por uma rara ocasião para espiar atrás delas. A cada dia, ele se sentia um pouco mais à vontade.

Descobrir pequenas coisas a seu respeito era fascinante, como o fato de que ele rabiscava distraidamente o contorno da figura heráldica da flor de lis quando estava perdido em pensamentos. Sua mãe era uma especialista em história da França, e aquilo parecia ser uma espécie de relíquia de sua memória. Nunca perguntei a respeito, mas era um acesso à sua intimidade.

Em pouco tempo me acostumei com sua gentileza quando estávamos a sós. Ele acariciava o meu cabelo enquanto víamos tevê, apoiava a mão na base da minha coluna ao andarmos. Eu não queria perder isso nunca.

Marcus tinha me mandado uma mensagem avisando que iríamos sair naquela noite, mas não disse mais nada. Depois do trabalho, passei em casa para pegar umas roupas e algumas outras coisas, em seguida fui para a casa dele. Eu dormi lá todas as noites desde a volta de Bruxelas.

Ele se recusou a me dizer aonde íamos até chegarmos ao local. As portas do elevador se abriram, revelando uma cozinha de demonstração.

"Achei que fazer uma aula de culinária seria divertido." Quando entramos, vi Izan Decasta, chef e proprietário do restaurante espanhol com três estrelas Michelin que leva seu nome. Estava lá para uma aula particular para nós.

"Adorei." O jeito como esse homem mexia com o meu coração. E com todas as outras partes do meu corpo. Eu o puxei para um beijo. "Quem diria que Marcus Sutton seria tão bom em planejar encontros?"

Algumas vezes por semana, eu pensava em um prato que queria fazer, e passávamos o início da noite na cozinha preparando, às vezes nos distraindo um pouco no caminho. Era um padrão interessante que criamos.

"Eu não sou. Você é a exceção", ele murmurou na minha orelha antes de o chefe nos falar sobre a receita. Nós faríamos paella.

O preparo demorou duas horas, tempo que foi preenchido com *tapas* e vinho. Quando o prato ficou pronto, o chef Decasta nos deixou a sós para degustar a refeição.

"Preciso ir para Zurique daqui a umas duas semanas", Marcus avisou. Seu braço estava apoiado sobre meus ombros e ele brincava com meu brinco.

"Sério?" Meu coração acelerou de empolgação. Eu adorava a Suíça. Minha avó e eu íamos o tempo todo no internato de Henry visitá-lo quando estudava por lá.

"Vou ficar uns dias por lá, talvez uma semana."

Minhas esperanças foram por terra. Ele estava me contando que ia ficar fora, não me convidando para uma viagem. Era uma ideia boba, aliás; eu não poderia ficar uma semana fora. Detestei ter ficado decepcionada sem o menor motivo para isso.

Ele baixou os olhos para a mesa. "É na semana que Xander vem para cá", ele continuou.

Afastei a cabeça da sua mão. "Você vai perder a visita do Xander?"

"Não, ainda vou estar aqui quando ele chegar. E, de qualquer forma, ele está vindo para ver você."

As semanas anteriores tinham sido maravilhosas, quase como um sonho. Ser lembrada que a Sutton Industries seria sempre a prioridade de Marcus foi um baque. Fiquei mais irritada com o sentimento de estar em segundo plano de novo do que com a viagem em si.

"Sim, mas com certeza ele vai querer passar um tempo com você", retruquei.

"Ele vai ficar bem." Marcus passou a mão pelo cabelo.

"Bom, me desculpa por me preocupar com ele", rebati, sentindo o sangue começar a subir. *Para de falar*. "Alguém precisa."

Imediatamente me arrependi do que disse.

Ele ficou tenso. Foi um ataque desnecessário. Eu sabia quão mal Marcus se sentia por ter abandonado Xander nos últimos anos.

"Desculpe", eu disse rápido, pegando sua mão na minha. Não estava nem um pouco a fim de me estressar e brigar. Além disso, não poderia obrigá-lo a priorizar as pessoas em vez do trabalho. Pela primeira vez, ele parecia estar finalmente fazendo isso, ao deixar de se isolar do mundo. "Eu não quis ofender."

"Eu sei", ele disse, vendo a minha expressão claramente chateada. Em seguida, se inclinou para a frente e me deu um beijo. "Vou voltar a tempo de passar uns dias com ele também. Desculpa."

Assenti e ignorei o mau presságio que isso me trazia. Terminamos o jantar em meio a um silêncio desconfortável.

"Está tudo bem?", Marcus enfim decidiu acabar com o silêncio ao me ver massageando o pulso provavelmente pela centésima vez naquela noite. Eu sempre sentia dor ali quando pegava uma panela pesada de mau jeito.

"Sim, é que meu punho fica meio dolorido desde aquela noite..." Eu me interrompi e respirei fundo, me repreendendo mentalmente. Como me sentia tão à vontade com Marcus, acabei baixando a guarda. Às vezes, coisas que tinham um bom motivo para permanecer escondidas vinham à tona, e eu esquecia com quem estava falando.

Marcus largou a taça de vinho e soltou um suspiro controlado. "Aquela noite." Não foi uma pergunta, e sim uma forma de mostrar que havia entendido. Aquela noite no bar, a história que não contei no Dia de Ação de Graças. Julian.

"Esquece. Não foi nada", falei.

Ele concordou, mas o clima da noite azedou, como se houvesse uma nuvem pesada sobre nós. A irritação com o timing da viagem dele e a minha recusa em contar a origem do problema no meu pulso culminaram naquela que foi provavelmente nossa primeira briga de casal. E, ao contrário dos meus relacionamentos anteriores, essa aconteceu em silêncio.

O trajeto de volta no carro foi incômodo. Marcus estava com o braço sobre o meu ombro, me acariciando com o polegar num padrão familiar o tempo todo. Seus olhos turbulentos estavam reflexivos. Quando chegamos à sua casa, trocamos de roupa e nos preparamos para ir para a cama sem dizer uma palavra.

"Eu conto para você o que aconteceu." Sentei ao seu lado no sofá. Não queria entrar nesse joguinho de quem conseguia ignorar o problema por mais tempo. Em todos os meus namoros anteriores, eu sempre estava disposta a comprar uma briga. Com Marcus, queria tranquilidade. Queria que o relacionamento desse certo. "Mas não tem nada que você possa fazer a respeito. E não esqueça que estou bem."

Ele assentiu e pôs a mão na minha coxa.

Não era uma fofoca boa como o sigilo fazia parecer. "Não muito tempo depois de terminar com Julian, eu saí com o pessoal. A gente cruzou com ele num bar. Ele tentou conversar comigo, mas eu não estava interessada em ouvir, então não saí de perto dos caras. Tudo parecia tranquilo. Na hora de ir embora, quando eu estava passando na frente do corredor que dava para os banheiros, ele me puxou para ficar sozinho comigo."

Marcus respirou fundo e cerrou os dentes. Seu aperto na minha coxa ficou mais forte. O que Julian teria feito, bêbado e raivoso como estava, eu não sabia. Preferia nem pensar nisso. Queria acreditar que conseguiria me desvencilhar dele, mas felizmente não foi preciso pôr isso à prova.

"Ele estava bêbado, e não largava o meu pulso. Quando tentei soltar o braço, ele puxou com mais força e torceu. Alguma coisa estalou, e doeu *muito*. Tristan viu o que estava acontecendo, e ele e os caras chegaram lá num instante. Xander deu o primeiro soco, e Tristan e Rohan arrastaram Julian para um beco e deram uma surra nele."

Eu senti seu tremor furioso na pele sob sua mão, embora ele tentasse cumprir sua palavra e conter sua reação. "Ok."

"Eu sofri uma torção no punho, e tive que usar uma tala por um tempo, mas não foi nada sério."

"Só isso?"

"Só isso."

Ele me puxou para os seus braços e me deu um beijo na cabeça. Seu alívio era perceptível.

"Quer saber a melhor parte?", perguntei enquanto sentava em seu colo numa tentativa de deixar o clima mais leve. Apoiei as mãos no seu peito e me inclinei para a frente para dar um selinho em seus lábios. "Liguei para um amigo da época de faculdade. Ele trabalha na superintendência do Serviço de Imposto de Renda. Depois de algumas investigações inesperadas, a família dele foi declarada insolvente até segunda ordem."

Um indício de sorriso surgiu em seus lábios. Ele passou uma mão carinhosa no meu cabelo e me puxou para mais perto. "Eu sei que você sabe se cuidar. Mas podia ter me contado."

Revirei os olhos. "Você não é exatamente um exemplo de transparência e sinceridade."

"O que você quer saber?" Ele me apertou de leve na cintura.

Tudo.

Suas barreiras caíam às vezes, mas cabia a mim tirar as conclusões. Ele nunca me dava informação nenhuma voluntariamente; eu precisava saber fazer as perguntas certas.

Ele sabia por que os meus relacionamentos anteriores haviam fracassado — eu não me sentia valorizada. Mas eu não fazia nenhuma ideia sobre os seus. "Por que eu não sei *nada* sobre a sua vida amorosa?"

Ao longo dos anos, deve ter tido alguém. Nunca fiz questão de me inteirar, mas mesmo assim parecia um segredo. Ele conhecia o meu passado, enquanto o seu parecia envolto em mistério.

Um sorrisinho presunçoso surgiu no seu rosto. "Está com ciúme?"

"Um pouco." Estava mesmo. Meu dedo retorcia o tecido da sua camisa. "Responde o que eu perguntei."

"Não teve nada sério. Eu nunca quis."

"Por que não?"

Ele fez uma pausa e olhou para mim como se a resposta fosse óbvia. "Elas não eram você."

Ouvir isso me deixou sem fôlego. "Você não pode fazer isso." Dei um tapinha de brincadeira no peito dele.

"Fazer o quê?"

"Falar coisas assim quando a gente está brigando." Fiz manha; toda a raiva que senti naquela noite tinha se dissipado. "Isso me desarma."

"Mas é a verdade", ele falou, com uma sinceridade que eliminou toda a amargura daquela noite. “Além disso, só um grande idiota com desejo suicida ia querer Sloan Amari armada na sua frente.”

Eu dei risada e me inclinei para beijá-lo. Havia mais um milhão de coisas que queria saber, mas estava adorando descobri-las nos momentos mais inesperados. Por algum motivo, parecia mais íntimo assim.

40

SLOAN

Quase nunca íamos para a casa da minha família em Londres. Eu sempre me sentia meio estranha quando íamos para lá. A maioria das noites passávamos na casa de Marcus, inclusive os fins de semanas. A ideia de ficar transando loucamente numa casa associada às piores viagens da minha infância era no mínimo incômoda.

Mas foi onde Marcus e eu dormimos na noite anterior, porque Xander estava para chegar e ficaria comigo durante sua visita.

Deixamos de fazer nosso ritual de fim de semana que consistia em ficar na cama por um tempo depois de acordar. Sentei no balcão da cozinha enquanto o café ficava pronto, totalmente vestida, já que Xander apareceria a qualquer momento. Marcus foi até mim, afastou as minhas pernas e me abraçou pela cintura para me puxar mais para perto.

"Quanto tempo ainda temos?" Seu rosto se perdeu no meio do meu cabelo ainda úmido. Estava perdendo o sexo matinal a que estava acostumado.

"Não o suficiente para *isso*." Uma outra voz preencheu a cozinha. Nós nos afastamos às pressas, e demos de cara com Xander, com um sorriso no rosto. "Vocês precisam trancar a porta se é isso o que querem fazer."

Marcus pigarreou e deu um passo atrás. "Oi, Xander."

"Por que essa vergonha?" Xander entrou na cozinha, deixando a mala num canto. "Eu já flagrei coisa muito pior."

"Calma", avisei, sentindo o aperto de Marcus na cintura. Me movendo para sair da sua frente, saltei do balcão e corri até o meu amigo com a energia de uma criança que viu o Papai Noel. Xander riu e estendeu os braços.

Nós sentamos no sofá para tomar o café. Era a primeira vez que Marcus e eu estávamos como um casal diante de um conhecido, tirando a Penelope. Pensei que me sentiria constrangida, ou no mínimo meio estranha, mas pareceu ser a coisa mais natural do mundo. Xander e eu falávamos sem parar, com Marcus aproveitando as poucas brechas para participar da conversa.

"Vocês precisam contar para o Henry." A exigência de Xander deu uma esfriada no ambiente. Marcus ficou todo tenso ao ouvir o nome do meu irmão. Era um assunto que o incomodava cada vez mais nos últimos tempos.

"Eu vou contar." Soltei um longo suspiro. Sabia que Marcus pretendia assumir essa bronca, mas provavelmente era melhor que a informação viesse de mim.

"Você acha mesmo que Henry vai ficar chateado? Ele gosta mais do Marcus do que qualquer pessoa com quem você já saiu."

"Nunca subestime o temperamento de um Amari." Marcus levantou de onde estava ao meu lado e me deu um beijo rápido na boca. "Se cuida." Ele lançou um olhar para Xander quando passou.

Marcus ia para Zurique naquela mesma tarde. Eu não tinha mais tocado no assunto da viagem. Não sabia exatamente por que aquilo me incomodava. Marcus e Xander fizeram planos para quando ele estivesse de volta, e os dois pareceram bem satisfeitos com isso.

"Ele sabe que o temperamento Amari que ele precisa tomar cuidado é o *seu*?" Xander sorriu.

Revirei os olhos, mas acabei rindo. "Vamos nessa."

Xander e eu passamos o dia no Museu Britânico, principalmente porque ele adorava perguntar aos funcionários como a instituição havia conseguido todos aqueles artefatos incríveis. Era também uma excelente forma de distração. Apostamos quanto tempo os monitores levariam para se irritar com suas perguntas e sair andando. O recorde dele era de três minutos. Naquele dia, apostei que chegaria aos cinco. Tínhamos muita conversa para pôr em dia, afinal.

"Eu vi que ele está aparecendo nos tabloides de novo", Xander comentou enquanto nos aproximávamos dos vasos de Benin, ansioso para perguntar quando seriam devolvidos ao seu país de origem.

Nossa conversa tinha se voltado para Henry e suas últimas desventuras na mídia. Ele nunca teve muita sorte com os tabloides; era um alvo fácil. À medida que a ascensão ao cargo de CEO se aproximava, mais parecia que o antigo Henry, o que gostava de aprontar de tudo com Marcus, queria sair de cena em grande estilo.

Ignorei as pontadas de ciúme associadas aos dias de farra de Marcus, lembrando a mim mesma que também tive os meus, que foram espetaculares e felizmente mantidos em segredo por Xander. "A coisa ficou feia?"

"Não muito. Mas ele anda trocando de modelos e dançarinas como se fossem taças vazias de champanhe num brunch de socialite. Os tabloides estão fazendo a festa."

"Como ele está?"

"Está sendo mais cauteloso, saindo menos dias por semana." Na ausência de Marcus, foi Xander que assumiu a função de moderar os impulsos de Henry. "Marcus também notou; me pediu para ficar de olho nele. Mas Henry parece bem. Acho que só está estressado e se sentindo meio sozinho, pra falar a verdade."

Felizmente, Xander estava lá para ajudar. Eu o envolvi nos braços e o apertei.

Henry ainda não tinha digerido Marcus ter passado tanto tempo fora. Eles eram melhores amigos, e eu só conseguia imaginar o quanto o meu irmão estava se sentindo abandonado. Eu mal passava três dias sem falar com Xander. Com certeza era por isso que Marcus estava tão apreensivo para contar sobre nós; sua ausência ainda não havia sido superada.

Marcus não me disse nada sobre meu irmão, nem sobre ter pedido para Xander ficar de olho nele. Isso fez meu estômago dar um pulo. "Ele não me falou nada."

"Você sabe como é o Marcus, com o complexo de todo-poderoso dele." Xander forçou uma risada ao notar o nervosismo na minha voz. "Por que contar, se pode resolver tudo para você?"

Ele tinha razão. Estar num relacionamento com Marcus deixou isso bem evidente. Na maior parte do tempo, não era problema, mas eu detestava a ideia de ele carregar sozinho certos fardos, como se não estivéssemos lá, dispostos a ajudar.

"Por falar nisso", começou Xander, ficando mais sério. "Eu estou feliz por vocês, de verdade."

"Mas?"

"Marcus não é bom nessa coisa de assumir relacionamentos. Porra, não sabe nem manter os que já tem. Estou preocupado, só isso."

"Pois é." Suspirei, pensando na nossa discussão sobre Zurique.

"Ah, não." Xander fez uma careta. "*Essa* cara eu conheço."

"Não é nada. É só uma coisa típica do Marcus." Minha vontade era de sacudi-lo para arrancar tudo o que escondia de mim. "Ele não é de se abrir muito."

"Uau, está me dizendo que o sexo não resolve tudo?" Xander inclinou a cabeça num gesto dramático e levou a mão ao coração. "Quem adivinharia?"

"A esperança é a última que morre." Dei um sorrisinho.

Ele caiu na gargalhada. "Ele comprou uma McLaren para você depois de um beijo, então quem sabe?"

"Sei lá." Soltei um suspiro, meu sorriso morrendo. "Às vezes ele deixa bem claro o que quer, mas tem hora que eu me sinto como se estivesse tentando decifrar uma língua morta."

"Que jeito mais Sloan de descrever a situação", Xander comentou com uma risadinha. "Vocês conversaram sobre isso ou você está esperando que ele adivinhe?"

"Falei com ele." *A maior parte*.

"Então dá um tempo para ele assimilar tudo."

Soltei um resmungo. Ele estava certo; era preciso paciência, o que não era o meu forte. "Odeio quando você está certo sobre essas coisas."

"Foi você que me forçou a fazer terapia." Ele abriu um sorriso diabólico. "Então não é culpa minha se fiquei bom nisso."

"Mas e você?", perguntei. Ele com certeza sabia do que eu estava falando, porque andava bem evasivo ultimamente. A última vez que Xander teve algo sério com alguém foi quando eu ainda estava na faculdade de direito. Ele enfim estava se reencontrando, embora tenha demorado um tempão para se recuperar depois do rompimento com Reina.

Ele só me contou uma parte do que tinha acontecido, mas ficou arrasado durante anos. E nunca mais deixou ninguém se aproximar, com receio de passar por isso de novo. Para mim, a culpa era de Reina, e fiquei com raiva dela por isso. Não era justo da minha parte; afinal, nem conhecia a história toda. Mas tinha visto as consequências. Eu o ajudei a se reerguer, e isso era o que mais importava.

"O que você quer saber, Sloan?"

"Está saindo com alguém?", perguntei enquanto voltávamos para o grande átrio. Ele retraiu os braços, como se estivesse abraçando a si mesmo. "Prometo não opinar nem julgar..."

Ele deu uma risadinha. "É bom mesmo. Você está dormindo com o meu irmão."

"Eu só quero te ver feliz, Xan."

"Isso posso garantir que eu estou."

Não me mexi quando ele tentou me levar na direção da outra ala do museu, e o encarei duramente. "Paris? Nós sempre acabamos contando por que usamos cada cartada."

Ele passou a mão pelas mechas loiras escuras com nervosismo e sentou num banco. Fiz o mesmo. Soltando o ar com força, ele se inclinou para a frente e apoiou os cotovelos nos joelhos. Seu olhar estava bem sério. Xander sempre me assustava quando ficava sério. Eu nunca sabia que rumo a conversa ia tomar. "Eu encontrei com ela."

Senti um frio na barriga. Não precisei perguntar quem. A maneira como ele disse *ela* deixou claro que era Reina. "Quando?"

"No Ano-Novo." Ele me olhou com um sorriso torto. "Foi o ponto-final. Finalmente." A última palavra, ele apenas murmurou.

Reina tinha um estranho poder sobre ele. Como se Xander passasse o tempo todo esperando por algo que nunca viria. Sua vida amorosa ficou em suspenso até que tudo se resolvesse. Talvez agora houvesse espaço para outra pessoa. Eu o abracei. "Estou orgulhosa de você."

"Eu também estou", ele falou com uma risadinha e levantou, estendendo a mão para que eu ficasse de pé também.

Ele me pediu para segui-lo e fomos para o outro lado, para a exposição do Egito, sua ala preferida para perturbar os monitores.

Passamos o restante do dia passeando por pubs, discutindo os planos para nossa viagem anual. Fiquei a manhã toda tentando decidir se contava ou não sobre a oferta velada de Van der Baun.

"Minha nossa, mas o que foi?" Xander largou a cerveja. O barulho repentino do copo sendo colocado na mesa interrompeu meus pensamentos. Estávamos num pequeno pub perto da minha casa. "Você está com uma cara esquisita o dia todo."

"Recebi uma proposta para ser sócia diretora." Seu rosto se iluminou, e ele respirou fundo, empolgado. "Mas é aqui em Londres."

A animação passou na mesma velocidade com que surgiu. "Ah." Seus olhos de repente se perderam em pensamentos.

"Não vou aceitar", garanti. Na verdade, ainda não tinha decidido sobre aceitar ou não, mas sabia que não queria. Sendo completamente sincera, a ideia de ser sócia diretora nem me parecia tão atraente. Estar tão mergulhada num objetivo às vezes podia ser bastante limitador. "Vou usar isso como moeda de troca para conseguir o que quero. Londres nunca foi uma vontade minha."

Ele continuava com o olhar baixo, vendo a água condensada escorrer pelo copo gelado. "Só se for mesmo o que você quer." Xander suspirou e conseguiu abrir um sorriso. "Você precisa parar de se preocupar comigo."

Falar era fácil, mas fazer era dificílimo. Depois de tudo o que passamos juntos, nos sentíamos responsáveis um pelo outro. "Eu ficaria sozinha aqui, com um cargo pomposo e nada mais. Nunca foi meu desejo."

"Ah, é?" O alívio era nítido em sua voz, e seus ombros relaxaram.

Eu assenti. "E nem falei com Marcus sobre isso."

"Ele ama você muito mais do que gosta do Henry e de mim", ele comentou, casualmente. "Simplesmente se mudaria para cá."

Ele me ama. Meu coração disparou.

41

MARCUS

Fui direto para a casa de Sloan na noite em que cheguei de Zurique. Xander passaria mais um dia em Londres, e eu tinha certeza de que ela ainda estava chateada por eu não ter passado mais tempo com meu irmão. Só que não demonstrou nada, então ignoramos o fato quando voltei.

E no fim nem valeu a pena. Minha reunião com o CEO da empresa suíça de biotecnologia foi inútil. Ele estava determinado a não fazer negócio, e eu voltei à estaca zero. Em outros tempos, eu passaria as semanas seguintes procurando uma forma de forçá-lo a aceitar o negócio, mas no momento meu interesse era mostrar para Sloan que estava *mesmo* tentando colocá-la como minha prioridade e me abrir o máximo possível.

Quando acordei de manhã, estava sozinho. Alguns minutos depois, a encontrei no andar de baixo, diante do fogão, com o cabelo preso num coque improvisado, o que me dava acesso direto àquele pedacinho tentador de seu pescoço.

"Pensei que você não cozinhasse." Soltei um grunhido e, envolvendo-a pela cintura, senti seu cheiro. Ela se recostou em mim, e a beijei no pescoço do jeito que normalmente a faria parar o que estava fazendo para me dar atenção.

Não tive essa sorte.

Continuei subindo por seu pescoço e parei no lóbulo da orelha.

Sloan riu baixinho, e sua respiração se acelerou. Eu ficava ansioso pelos fins de semana com ela, que me curou da minha incapacidade de dormir depois que amanhecia. A ideia de me aninhar entre as suas pernas quando ela acordasse era tentadora demais para deixar passar.

"Para mim ela cozinha." A voz de Xander atravessou o cômodo. Ainda curti um pouquinho o corpo de Sloan colado ao meu antes de me virar e ver meu irmão sentado na ponta da ilha da bancada, com um sorriso.

"Quando foi que você chegou?", perguntei.

"No momento em que você começou a se esfregar na minha melhor amiga."

"Eu não cozinho para o Xander, o que acontece é que ele sempre está por perto quando faço alguma coisa para comer." Sloan entregou para ele um prato com uma omelete.

"Dá no mesmo." Xander abriu um sorriso presunçoso. "Sloan convenceu você a dormir aqui?"

"Eu estava cansado." Um sorrisinho me escapou.

"Eca." Xander não levantou os olhos do prato. "Normalmente o namorado novo tenta me agradar, sabia?"

Antes que eu pudesse responder, Sloan interveio: "Seja lá o que isso for", disse, movendo o dedo de Xander para mim, "estou ouvindo, e não estou gostando."

Terminamos o café da manhã e Sloan foi ter um dia de spa com Penelope, para proporcionar um tempo a sós para mim e Xander.

Achei que seria um bom dia para ir ver um jogo de futebol.

Quando chegamos ao estádio, nos acomodamos num camarote. Percebi que fazia um tempão que não fazíamos alguma coisa divertida juntos, só nós dois. E achei que ele iria adorar ver um jogo ao vivo. Xander gostava de jogar futebol desde criança, era atacante titular no time da faculdade e virou um astro do esporte universitário.

Até a morte dos nossos pais, o esporte era sua vida. Depois disso, seu comprometimento desapareceu por completo. Ele assistia às partidas, mas nunca jogava.

"Então..." Ele apoiou os pés na poltrona reclinável à sua frente, tirou o cabelo do rosto e sorriu. "Como estão as coisas?"

"Tudo bem." Meus pensamentos se voltaram para Sloan. Com exceção da viagem para Zurique, tudo aquilo parecia um sonho, e eu nunca mais queria acordar. "Ela é incrível."

Ele fez uma boa pausa antes de seu sorriso se alargar. "Você está apaixonado."

Estava mesmo. E sabia disso já tinha um tempo. Mas a ideia de me declarar para ela, esperando uma resposta que poderia não vir, me levava a não conseguir dizer.

"Não precisa admitir, sua cara já diz tudo", ele provocou.

Não respondi.

"Ela também te ama. Dá para ver."

Eu havia passado a vida inteira cuidando do meu irmão mais novo, considerando-o frágil demais para certos assuntos. Foi bom poder ter o seu apoio nas últimas semanas. O que tornava o timing da minha viagem para Zurique ainda pior.

"É mesmo?" Meu coração disparou só de pensar que ela poderia dizer isso para mim.

"Ela me contou sobre a McLaren. E sobre os livros." Seu sorriso se tornou mais presunçoso. "Está tentando elevar o nível a ponto de ninguém conseguir igualar?"

Aquilo me aturdiu. Ninguém precisaria se igualar a mim porque eu jamais abriria mão dela. Sloan era minha. Eu tinha seus arranhões nas costas como prova. "Porra, não é para ninguém nem tentar."

A não ser que ela decida terminar tudo.

Quanto mais perto da reunião do conselho estávamos, mais apreensivo eu me sentia. O impacto iminente. Tudo o que fiz em relação à empresa da sua família foi para defender os interesses do avô deles. Eu estava ajudando, na verdade. Era o que vivia repetindo para mim mesmo. Quanto mais eu me apaixonasse por Sloan, mais ela não veria as coisas dessa forma.

Havia uma chance de que tudo acontecesse sem grandes tensões, e talvez ela nem ficasse sabendo. Ou, se soubesse, ela iria se importar?

Com certeza.

Xander ficou em silêncio por um tempo. "Seja honesto com ela."

"Quê?"

"Não sei o que te deixou com essa cara de quem vai vomitar, mas seja honesto com ela. Eu garanto que é melhor que provocar um acesso de fúria."

Sabia que Sloan queria que eu me abrisse mais, e estava tentando, mas era uma novidade para mim. Não costumava me arriscar a fazer coisas em que não seria bom logo de cara. Esse meu relacionamento com Sloan era exceção.

Tentei evitar qualquer coisa que pudesse me provocar a dor de uma perda, e por um bom tempo isso funcionou. Mas Sloan me fazia querer tudo. Eu sentia um desejo irrefreável de ter uma vida com ela. Um lar. Uma família. O pacote completo.

"Ah, sim." Eu sabia que Xander estava certo, mas não podia contar isso para ela. Não podia me arriscar a perdê-la, porque o mundo inteiro parecia diferente quando eu estava ao seu lado.

Nós bebemos alguns drinques no intervalo e depois voltamos aos nossos lugares.

"Só mais uma coisa." Ainda faltavam alguns minutos para o começo do segundo tempo. "Jay convidou Sloan para uma comemoração do Holi. Você devia ir."

Minha pulsação ecoou nos ouvidos.

Ele a chamou para sair de novo?

Senti o corpo todo se enrijecer ao me lembrar desse Jay na sala dela. A única certeza que eu tinha era de que não havia rolado nada entre os dois, mas isso não ajudava a aliviar o aperto que sentia no peito. "Ela não me falou que ia se encontrar com ele."

"E não vai. Ela não vai a essa festa." A firmeza pouco característica no seu tom de voz me proporcionou algum alívio. "Mas só por sua causa. Sloan adora o Holi. Ela quer ir, mas provavelmente não vai tocar no assunto porque foi Jay quem convidou. Se você fosse junto, ela ia adorar."

De repente, me senti grato por Xander passar praticamente o tempo todo com ela. Eu sabia que Sloan adorava essa celebração, o festival de início da primavera. Ela e Henry não eram religiosos, mas havia feriados — como o Diwali e o Holi — que Sloan adorava.

Senti um peso na consciência. Ela achou que precisava esconder isso de mim.

"Quando vocês forem, não esquece que o Jay é amigo do Henry. Você não pode perder isso de vista." Essa era a forma sutil de Xander me avisar para eu me comportar.

"Pode deixar."

"Mas também é uma boa ocasião para você se livrar do cara de uma vez por todas."

Abri um sorriso. Essa era uma habilidade que eu vinha aperfeiçoando fazia anos.

42

MARCUS

Pedi para a minha assistente providenciar um *kurta* indiano para mim. Sem saber qual comprar, ela recorreu a Xander. Eu só precisava ficar aceitável para acompanhar Sloan, que com certeza estaria linda, ainda mais com Jay por perto, querendo adicioná-la à sua lista de conquistas.

Mas logo esqueci a raiva quando pensei em Sloan e seus vestidos. Acompanhá-la na comemoração do Holi me fez lembrar das festas que sua família dava no Diwali. Dos corpetes sensuais, que quase sempre só iam até o umbigo. Do modo como as saias ficavam em seus quadris, atraindo o olhar para sua barriga sedutoramente torneada pelas aulas de Pilates que ela fazia religiosamente.

Como se meus pensamentos luxuriosos a tivessem evocado, Sloan apareceu no corredor e sorriu. Fiquei sem reação ao vê-la com um top prateado, bordado com pedrarias, que ia só até um pouco abaixo do que um sutiã iria. Uma saia colorida em tons de amarelo descia pelas pernas a partir do umbigo.

"*Caralho*", murmurei para mim mesmo.

Estava tão impressionado que nem percebi seu olhar. "Eu tinha esquecido como você fica com essas roupas." Ela chegou mais perto, passou as mãos no meu peito e enlaçou meu pescoço. Olhando de baixo, soltou um leve suspiro.

A excitação faiscava nos seus olhos, como sempre acontecia quando eu tentava seduzi-la. Ao que parecia, usar um *kurta* bastava. Guardei essa informação para mais tarde.

Aproximei a boca da sua orelha; minha vontade de fazer qualquer coisa que não fosse tirar sua roupa que eu tanto admirava de repente se perdeu. "É difícil vestir isso?" Minhas mãos passearam por sua pele exposta e pousaram nos seus quadris.

Ela riu baixinho. "Bem difícil." Ela se afastou, mas meu aperto continuou lá. Eu ainda tinha esperança de convencê-la a chegar um pouquinho atrasada. "Mas em compensação vou precisar de ajuda para tirar mais tarde."

Ela juntou algumas coisas e guardou numa bolsa pequena. Sloan estava bem menos falante do que de costume, retorcendo o dedo indicador no tecido colorido da saia. Seu rosto continuava tranquilo e estoico, mas os olhos castanhos estavam pensativos.

"Ei." Fui até ela e a puxei de volta para os meus braços. "Está tudo bem?"

Ela não se mexeu, só assentiu com a cabeça. "Acho melhor a gente não ir."

Era um de seus feriados preferidos. Eu tinha passado os últimos dias vendo as fotos das comemorações anteriores, que pedi para Xander enviar. Ela aparecia sorrindo em todas, e ficou a semana inteira empolgada para a festa. O que teria mudado?

Ficamos em silêncio por alguns momentos. Não conseguia afastar a ideia incômoda de que o problema era eu.

Ela olhou para o chão e respirou fundo. "Tipo, se eu aparecer com você, viro um clichê. Mas, se aparecer com alguém como Jay, sou a garota mestiça que está forçando a barra."

Tentei não levar aquilo para o lado pessoal e controlar a mistura de frustração e mágoa que surgiu em mim.

O motivo era eu. Ela não queria ir por minha causa?

"Não! Não foi isso que eu quis dizer." Sloan notou a preocupação estampada na minha cara. Ela levou as mãos para minhas bochechas e me deu um beijo para se desculpar. "Não tem nada a ver com você. Eu não quero ser julgada, só isso."

"Julgada?" Eu nunca tinha percebido o quanto essas coisas a afetavam.

"É sempre muito cansativo. Ter que convencer todo mundo que o meu lugar é ali também."

Eu me perguntei se o problema era mesmo o julgamento dos outros ou a imagem que ela tinha de si mesma. Como sabia que não era meu papel ficar dando palpites, simplesmente continuei ouvindo.

"Meu nome não é Sloan." Ela voltou a torcer o tecido da saia.

Descobrir que ela usava um codinome não era o rumo que eu esperava para essa conversa. Havia muitas perguntas pulando na minha mente, mas primeiro ela precisava desabafar. Segurei suas mãos e me inclinei para beijar sua testa.

"Quer dizer, é Sloan", ela esclareceu. "Mas nem sempre foi. Fui registrada como Saanvi Sloan Amari." Ela baixou os olhos, envergonhada, seus ombros caídos. "Implorei para os meus pais mudarem quando eu tinha dez anos, porque achava esquisito, não gostava. Me recusei a ir à escola por um tempo. Não existiam muitas crianças birraciais na época. Eu me escondia da babá na hora de ir. A coisa ficou tão feia que o meu pai começou a me levar pessoalmente e me acompanhar até entrar. Mesmo assim, eu dava um jeito de sair de fininho. Depois de algumas semanas, eles cederam, e Saanvi passou a ser o meu nome do meio."

A ideia de uma Sloan de dez anos driblando os adultos da sua vida me fez sorrir.

Ela sempre desafiou tudo e todos.

Henry estudou num internato na Suíça até o ensino médio. A partir da experiência dele, seus pais decidiram que Sloan não seria mandada para lugar nenhum, então ela frequentou uma das escolas particulares mais exclusivas de Manhattan. Aprendi quando me tornei bem-sucedido o quanto a camada mais alta da sociedade podia ser ignorante.

Era uma coisa repulsiva, que me fez agradecer por ter estudado numa escola pública numa cidade pequena e chata.

"Essa história, sobre a briga com Julian e tudo mais", ela começou.

Fiquei tenso. Estava tentando ao máximo manter a promessa de deixar as coisas como estavam, mas minha vontade era encontrar esse cara e acabar com a vida dele.

Então assenti. Ela se apoiou em mim, encostando a cabeça no meu peito. "Terminei a relação porque com ele me sentia como aquela menina de novo, a que tinha vergonha do próprio nome. Quando vou a eventos como esse, não me sinto aceita. E lembro que durante um bom tempo fiz questão de que aquele não fosse o meu lugar."

"Se você não quiser, não precisamos ir." Dei um beijo na cabeça dela. "Mas, pelo que pude ver, você nunca pareceu uma estranha no ninho. E, se é uma coisa que te faz feliz, os outros que se danem."

Era uma simplificação tremenda de tudo o que ela estava passando e, se Sloan não quisesse ir, eu ficaria em casa de bom grado. Mas queria que fosse uma escolha dela, e não por causa do que os outros pensavam.

Sua vida toda foi um exercício de equilíbrio entre consolidar e desafiar expectativas. E eu queria ser sua rede de segurança quando ela cansasse de andar nessa corda bamba.

Ela ainda ficou em silêncio por mais um tempo antes de lançar um olhar apreensivo para mim, como se estivesse prestes a dizer algo. Mas então se interrompeu e sorriu. "Vamos lá."

Conforme eu esperava, Sloan se divertiu muitíssimo. Depois da parte do festival em que todos acabavam cobertos com um pó multicolorido, ela veio correndo até mim e se jogou nos meus braços com a mesma animação de quando correu no autódromo com sua McLaren.

"Cuidado." Com relutância, dei um passo para trás e a afastei. "Assim a gente vai ser descoberto."

"E a gente se comportou tão bem o dia todo." Ela tirou o cabelo cheio de pó colorido do rosto. Ouvir sua risada fez nossa tentativa de esconder nosso relacionamento valer a pena.

Meu coração acelerou com o sorriso que ela abriu para mim. "Mas quando a gente chegar em casa eu não prometo nada."

"Vou pegar um pouco de *jalebi*, e depois a gente já pode ir." Ela olhou ao redor e me deu um beijo rápido no rosto antes de sair correndo.

Quando ela sumiu de vista, olhei para o meu corpo e sorri. Tentei espanar um pouco do pó, mas falhei miseravelmente.

"Você é o irmão do Xander, certo?"

Jay apareceu ao meu lado assim que Sloan virou as costas. Nós nos cumprimentamos com educação ao chegarmos, e ele nos apresentou pessoas de círculos sociais parecidos com os nossos. Mas, para meu alívio, Sloan e eu passamos a maior parte do dia sozinhos.

Sloan era como Xander, vivia fazendo amizades. Eu achava isso um tédio, mas aguentava para vê-la feliz. "Sloan já me contou que está saindo com alguém, então pode ficar tranquilo."

Ele nem sabia que estávamos juntos. Eu não tinha nenhum motivo para implicar com o cara... a não ser o fato de que ele queria transar com a minha namorada. "Ela pedir para ser deixada em paz não bastou? Você precisa que exista uma ameaça externa também?"

Jay apertou os lábios e sorriu. "Você está levando bem a sério mesmo esse papel de guarda-costas. O que será que o namorado dela acha dessa sua atitude... protetora?"

"Geralmente eu não estou nem aí para o que os outros acham."

"Se você diz." Ele deu de ombros e abriu um sorriso malicioso. "Enfim, qualquer que seja o segredo entre vocês, eu não tenho a menor intenção de revelar, então como falei antes... fica tranquilo."

Não respondi. Simplesmente virei as costas e olhei na direção em que Sloan poderia aparecer a qualquer momento. Xander tinha razão, era difícil sentir raiva dele, mas a prática levava à perfeição.

Ele se virou para se afastar, mas ainda fez um último comentário que me fez trincar os dentes. "Eu sempre pensei que fosse ser o Xander."

Esquece. Sentir raiva desse cara seria bem fácil.

Ainda demoraria um bom tempo para afirmações como essa não me irritarem mais.

Chegamos à minha casa exaustos e cobertos dos pés à cabeça de pó colorido, mas o fogo que brilhava nos olhos de Sloan reavivou minhas energias. "Quer me ajudar a me trocar?" Ela foi andando alguns passos à frente, e não se virou para ouvir a resposta.

Uma coisa me tomou nesse momento. Fui invadido por uma vontade profunda e intensa de dizer uma coisa para ela. Eu não a acompanhei. Em vez disso, a peguei pela mão e a puxei para mim.

Ela me olhou com uma expressão de surpresa. Ela chegou a abrir a boca para falar, mas fui mais rápido:

"Eu te amo." Seus olhos se arregalaram. Antes de qualquer resposta, colei os lábios aos seus. O aroma de sândalo e jasmim se espalhou pelo ar. "Sloan", beijo, "Saanvi", beijo, "quem quer que você seja."

Ela deu uma risadinha. E eu a beijei de novo.

Então me inclinei para trás, segurei seu rosto entre as mãos e limpei com os polegares as lágrimas nos cantos dos seus olhos. "Eu te amo.

Bêbada no Natal, me fazendo curativo no Dia de Ação de Graças, quase pondo fogo no Diwali, coberta de pó colorido no Holi, comendo paella numa quarta-feira qualquer. Em todas as cinco línguas que você fala. Na roupa que você vestir e me deixar morrendo de vontade de arrancar. Eu te amo, Saanvi Sloan Amari."

Antes de ter Sloan, eu só pensava em esquecer.

Agora, o que mais queria era lembrar. De cada risada, cada sorriso, cada segundo. Ela trazia luz para o meu mundo, e tornava cada momento melhor que o anterior.

Seu queixo estava trêmulo. Ela segurou minhas mãos. Alguns riscos de lágrimas desciam pelo seu rosto. "Eu também te amo."

O alívio tomou conta de mim, extinguindo o medo e dando vida a algo completamente novo.

43

SLOAN

Marcus me amava. E eu também o amava.

Em muitos momentos eu quis dizer isso, mas alguma coisa me impedia: a sensação constante de ser deixada em segundo plano em relação a outras coisas.

Mas ele me amava, e por ora isso bastava.

Trouxe sua cabeça para perto da minha para um beijo apaixonado. Agarrei seu cabelo. Sem interromper o beijo, fui andando para trás até me encostar na parede do hall de entrada.

Só o que eu queria naquele momento era sentir seus lábios e seu corpo contra o meu. Me render completamente a ele.

Seus dedos encontraram o zíper e o cordão da minha saia, e ele soltou ambos. O tecido se acumulou em torno dos meus pés, me deixando apenas com a calcinha de renda vermelha que ele adorava. Marcus soltou um grunhido quando afastei a saia com o pé. Seu corpo escultural prensou o meu com força contra a parede. A sensação de sua ereção volumosa contra minha virilha me provocou um arrepio delicioso.

"Vamos para o quarto", ele grunhiu no meu ouvido. O ar estava entrelaçado de amor e luxúria. Eu sabia o que ele queria — me levar para a cama e me mostrar o quanto me amava. Várias e várias vezes, até eu quase desmaiar de exaustão.

Mas eu não conseguia esperar. Eu o queria ali mesmo. Naquele momento.

"Não", murmurei. Meu corpo inteiro tremia de emoção. "Aqui."

Com as mãos erráticas encontrei os botões do seu *kurta* e passei a abri-lo. Ele deu um passo hesitante para trás para tirá-lo antes que sua boca encontrasse a minha de novo, me prensando contra a parede. As diversas cores do pó que cobria nosso corpo mancharam a tinta branca.

Seu toque incendiou minha pele e ele deslizou as mãos para os fechos que seguravam meu top no lugar, abrindo-os.

"Tem renda vermelha aqui também?" Sua respiração no meu pescoço levou meus sentidos a um frenesi. Marcus puxou a peça e viu que não havia nada por baixo, e que eu estava só de calcinha, para sua apreciação. Ele parou por um instante para me admirar. "Porra. Eu te amo."

"Eu também te amo." Passei os dedos pelo seu peito e abdome esculpido.

Sua boca colidiu com a minha, rapidamente baixando para o meu pescoço e meus seios. Ele pôs um mamilo endurecido na boca e me provocou com os dentes. A tensão no meu corpo só crescia, implorando para ser liberada. "Marcus. Por favor."

Seu toque alcançou meus quadris e removeu a barreira de renda entre nós. Ele envolveu minhas pernas na cintura e pressionou minhas costas na parede de novo. "O que você quiser, Sloan." Ele foi me penetrando lentamente entre suspiros irregulares. Suas palavras com promessas de prazer foram lidas pelo meu corpo como se as soubesse de cor. "Eu faço para você."

Ele estendeu o braço e o apoiou na parede, enquanto o outro continuava no meu quadril. As estocadas se tornaram mais profundas e mais fortes. O ritmo se acelerou. "Você." Isso foi tudo o que consegui murmurar antes que ele se perdesse por completo. O som familiar do seu quadril se chocando contra o meu preenchia o ambiente.

Agarrei suas costas marcadas e minhas unhas se cravaram na pele dele em busca de alguma coisa para me manter no lugar. A pressão que se acumulava dentro de mim se tornou insuportável. Por fim, a sensação de calor compactado explodiu em meu corpo todo, me deixando completamente trêmula enquanto ele continuava mantendo o ritmo de forma implacável. Seu orgasmo veio momentos depois. "Eu te amo, Sloan", ele murmurou na minha orelha.

"Eu te amo." Minha vontade era de ficar repetindo isso.

Continuamos desse jeito, agarrados junto à parede, por mais um tempinho. Então ele enfim levantou a cabeça para colar a testa à minha, com a nossa respiração enfim se tornando mais lenta. Ele limpou as lágrimas que eu nem sabia ter derramado. Levei as mãos para sua nuca e o apertei de leve.

"Meu", falei.

Ele sorriu. "Já sou seu há anos."

"Eu te amo." Segurei seu rosto entre as mãos e desfrutei da sensação de estar completamente segura nos seus braços.

"Nunca para de falar isso."

"Você vai ter que mandar repintar essa parede." Dei risada com o rosto apoiado no seu ombro enquanto ele me levava até o sofá, onde nos jogamos. "E limpar o estofado."

Dando um beijo suave na minha boca, ele olhou para a agora colorida parede do hall de entrada. "Eu deveria mandar emoldurar."

Continuamos ali, preguiçosamente entrelaçados. "Você está com gosto de *jalebi*." Marcus interrompeu um beijo lento e sem pressa e sorriu com a boca colada à minha.

"Acho que não comi mais nada hoje. Com certeza *jalebi* foi o motivo para eu ter tantas cáries quando era criança."

Minha avó preparava para mim sempre que vinha nos visitar, e eu fazia questão de comer o máximo que pudesse. Pensar nela sempre trazia uma pontada de decepção, principalmente comigo mesma. Eu gostaria de ter passado mais tempo valorizando as partes de mim que fazia tanta questão de esconder.

Soltei um suspiro profundo.

"Está tudo bem?"

"Hum-hmm." Rocei o nariz no seu pescoço. "Será que eu me sentiria menos impostora nesses eventos se continuasse chamando Saanvi?"

"Se você chamar uma rosa por outro nome, vai continuar sendo uma rosa." Ele passou os dedos pelo meu cabelo, massageando o couro cabeludo. Eu adorava sua disposição de conhecer cada parte do meu corpo.

"Acho que, quando tiver filhos, posso escolher para eles nomes mais tradicionais." Estava pensando em voz alta, só parando para pensar em como aquilo poderia soar quando ouvi a mim mesma. Eu o conhecia fazia tempo, então era fácil esquecer que nosso relacionamento ainda era recente, coisa de poucos meses. Me encolhi com a inevitável presunção de que estávamos indo rápido demais.

"Pode escolher os nomes que quiser." Marcus me deu um beijo na testa. "Eles vão ser Sutton, isso é certeza."

Nossos filhos.

Eu teria caído dura no chão se já não estivesse deitada.

44

SLOAN

Tirei o casaco quando entrei na cozinha.

"Como está a Penelope?" Marcus levantou os olhos do notebook. Estava de pé, debruçado sobre o computador aberto no balcão da cozinha.

Penelope e eu tínhamos ido a um brunch juntas naquela manhã. Ela e o ex tiveram um reencontro desagradável no fim de semana, e Pen precisava desabafar. Eu só o encontrei uma vez, quando ela tinha acabado de ser contratada pela firma. Era um cara bonito e simpático, e ela estava tendo dificuldade para superar o fim da relação.

"Está bem... quer dizer, vai ficar." Passei atrás dele para pegar um café. Agindo por instinto, pelo visto, Marcus fechou o documento com o que pareciam ser regras estatutárias.

Tentando ignorar isso, dei um beijo no seu rosto e fui até a geladeira.

Era coisa de trabalho, provavelmente.

Marcus sempre foi uma pessoa bem reservada. Dizia no máximo um décimo daquilo que estava pensando. As pessoas mais próximas se acostumavam com o tempo a decifrar o que suas poucas palavras significavam.

Não era da minha conta o que ele estava lendo. Se *fosse* coisa do trabalho, era confidencial, considerando o tipo de negócios que ele fazia.

Eu sabia disso.

Fazia sentido.

Mesmo assim, senti um nó no estômago. A insegurança me tornava desconfiada. As semanas anteriores tinham sido divinas. Estávamos apaixonados, e a nossa relação parecia firme e estável, como se nada fosse capaz de nos separar.

Esse breve movimento com o touchpad trouxe de volta toda a insegurança provocada pela discussão sobre a viagem a Zurique.

“Está preocupado com uma espionagem corporativa?”, perguntei no tom mais leve de que fui capaz. Fui até o outro lado do balcão e coloquei a caneca ali. Tecnicamente, eu era da concorrência. Era acionista da Amari Global, e no futuro teria um assento no conselho de administração, mas isso tudo parecia distante de mim nesse momento.

Ele se ajeitou e cruzou os braços. Pareceu indeciso por um instante, mas depois abriu um sorrisinho torto. “Se quiser informações, conheço um jeito bem mais fácil de arrancar de mim.”

Não respondi. Dessa vez, não me deixei levar pelo flerte, que me fez ficar ainda mais desconfiada. Larguei o café sobre o balcão e fui para o corredor. Não queria brigar e, se eu continuasse ali, com a frustração tomando conta de mim, era o que aconteceria.

Para mim, havia certo nível de confiança no que dizia respeito a Marcus. Eu sabia que ele não faria nada que pudesse estragar sua amizade com Henry. Apesar de detestar o fato de a amizade com Henry ser a única coisa que o impedia de ser traiçoeiro, pelo menos era uma garantia. Eu só queria que essa razão fosse eu.

“Posso mostrar uma coisa para você?”, sua voz perguntou da cozinha. Detive o passo e dei meia-volta.

“Claro”, falei sem muito ânimo.

Fui até lá e me coloquei diante do seu notebook. Ele apoiou os braços ao meu redor e se inclinou para a frente, apoiando o queixo no meu ombro.

Havia um contrato aberto na tela, um documento de propriedade suíço escrito em francês. Não era o que ele estava vendo quando eu cheguei, mas preferi não pensar muito nisso.

Demorei mais tempo do que Marcus para traduzir o francês, mas logo me dei conta do que estava lendo.

“Você comprou uma casa?”, perguntei. Prendi a respiração quando rolei o documento para baixo e vi o nome de nós dois na escritura. “Você comprou uma casa para a gente? Na Suíça?”

Ele não falou nada enquanto seus dedos mexiam no touchpad e abriam outra tela. Fotos de um chalé de montanha em Zermatt.

"Você não precisa comprar chalés na montanha para mim, Marcus." Dei um beijo em seu queixo. Era um gesto gentil, mas só fez com que eu me sentisse pior. O presente parecia genérico, principalmente para quem tinha me dado as coisas mais pessoais que já ganhei. "Já tenho um portfólio de imóveis grande o suficiente."

Ele soltou uma risada bem-humorada, que serviu como um cobertor pesado sobre minhas inseguranças, mesmo que temporário. "Pode acreditar em mim, doutora, eu sei que você não precisa ser cortejada com presentes extravagantes. Você não está atrás de um príncipe encantado, e não precisa de um cavaleiro de armadura."

Desviei os olhos da tela. "Então você é o quê?"

"Seu futuro." Sua respiração roçava minha clavícula. "E isso aí é uma pequena parte dele."

Apesar de saber que nosso relacionamento era sério, não imaginava que Marcus planejasse qualquer coisa para o futuro que não fosse para a Sutton Industries. Às vezes, me dizia coisas que me levavam a imaginar que ele estava pensando no que viria pela frente para nós, mas nunca tive coragem de falar a respeito. A possibilidade de descobrir que estava sendo relegada a um segundo plano era assustadora para mim.

Meus joelhos enfraqueceram, e me apoiei nele. "E como é o restante desse futuro?"

Mantive os olhos apenas na tela. Com dedos trêmulos rolei a página para ver os detalhes sobre o chalé.

"Invernos esquiando em Zermatt, porque é um lugar que você adora. E você adora porque era onde ficava quando visitava Henry nos tempos de colégio."

Henry detestou o tempo que passou lá. Minha avó era absolutamente contra, mas foi voto vencido do restante da família. Então ela me levava para visitá-lo sempre. Nós três ficávamos às margens do lago Genebra na primavera, e no inverno subíamos para Zermatt. Ela trazia livros em híndi para não esquecermos como ler e escrever em nossa segunda língua.

Esse assunto deve ter surgido em algum momento ao longo de nossos anos de amizade, mas como ele lembrava?

"Verões em East Hampton, naquela casa estilo Cape Cod perto da casa da sua família em Lily Pond. A que você sempre fica admirando quando vai para lá", ele disse. "Podemos pegar o jatinho e ir para Goa, porque você adora Vindalho e as praias de lá, apesar de não nadar no mar. E parar em Singapura para ver Penelope, porque vai sentir falta dela quando voltar para casa."

Ele me abraçou pela cintura e fez uma pausa. Em seguida soltou um longo suspiro, esquentando e arrepiando deliciosamente o meu pescoço.

"Depois, as crianças vão para a escola em Manhattan. Não sei se é uma boa ideia mandar para o internato porque... bom, você conhece o Henry."

Dei risada.

"Esqueci de alguma coisa?", ele murmurou.

As palavras ficaram presas na minha garganta. Uma vida planejada comigo. Uma vida nossa. O medo de não ser uma prioridade finalmente foi silenciado dentro de mim.

"Sim." Eu me virei, passei a mão no seu peito e respirei fundo, trêmula. "O que *você* quer?"

"O que eu quero já tenho."

Hesitei. Não consegui identificar a minha preocupação, mas ela continuava lá. "Está tudo bem?"

Ele assentiu. Sua mão subiu da minha cintura para o meu rosto. "Eu sinto muito pela maneira como programei a viagem para Zurique."

"Eu sei." Passei a mão pelo seu cabelo. Ele não conseguia lidar muito bem com situações que saíam do controle, como o nosso desentendimento. Isso provocava mais ansiedade do que ele demonstrava.

"Eu não posso te perder, Sloan." Um medo profundo transpareceu nas suas palavras.

Senti um aperto no peito. Sempre achei que era o medo que estava por trás de sua relutância de se aproximar das pessoas. Ele finalmente estava se abrindo comigo.

Segurei sua mão. "Você não vai me perder."

Me inclinei para beijá-lo. Para espantar a dor, o medo, o que quer que houvesse entre nós. Marcus grunhiu, me puxando para mais perto, me beijando até os meus lábios formigarem. Ele me puxou para o quarto, e eu fui com as pernas tremendo.

Marcus tirou as minhas roupas sem pressa, percorrendo cada curva do meu corpo com os dedos. Ele montou em mim na cama e voltou a me beijar, mapeando cada pedacinho meu com a boca, como se estivesse tentando gravar na memória. Me tocando como se quisesse deter o avanço do tempo.

Seus lábios chegaram ao meio das minhas pernas, com sua barba por fazer deixando uma trilha de arrepios na minha coxa.

"Marcus", gemi. Arqueei as costas contra o colchão quando ele afastou as minhas pernas.

"Eu não mereço você", ele falou, dando um beijo na minha pele. "Mas vou merecer." Seus lábios roçaram de leve o meu clitóris. "Prometo que vou." Sua língua finalmente me tocou, e ele abocanhou o meu clitóris, chupando e roçando os dentes com firmeza.

O calor que reverberou por mim me deu um sobressalto. "Marcus, por favor." Minha mão se enfiou no seu cabelo.

O apelo ofegante foi tudo que ele precisava. Marcus espalmou a mão sobre o meu umbigo e me prendeu ao colchão enquanto sua boca me beijava, me lambia e me chupava. Seus dedos entraram em mim, me penetrando e torcendo com uma precisão de especialista.

A pressão foi crescendo até meu corpo se contorcer em êxtase, explodindo em ondas incontroláveis. Os gemidos, as lágrimas e os apelos vinham sem aviso. Seus movimentos só pararam quando todos os tremores do orgasmo se acalmaram.

Eu mal conseguia abrir os olhos quando o senti se mexer na cama. Seu olhar turbulento encontrou o meu. Ele chegou mais perto para me beijar e aplacar as lágrimas. "Eu te amo", falou antes de se afastar.

Estremeci quando ele se posicionou entre minhas pernas. Seus olhos se cravaram nos meus, e não ousei desviá-los. Não quando Marcus me olhava *assim*. Como se não existisse mais nada no mundo. Só eu. Meu coração disparou no peito, um barco em águas revoltas. "Eu te amo", arfei fracamente, ansiosa pelo que viria.

Ele me penetrou devagar, desfrutando de cada pulsação ao seu redor, cerrando o maxilar enquanto tentava manter o controle, apesar do prazer avassalador.

"Nunca pare de dizer isso." A voz rouca de Marcus lançou uma onda de eletricidade por todo o meu corpo. Ele começou um ritmo sensual, se inclinando para me beijar de leve. Soltei um gemido baixinho de concordância.

"Nunca." Sua voz se perdeu em meio ao som dos nossos corpos em movimento apagando o resto do mundo. Cada movimento dos seus quadris e cada remexida dos meus me deixava quase lá. Seus músculos rígidos se tensionavam a cada estocada.

Ele me agarrou com força pelos meus quadris, deixando-os no ângulo certo para ter acesso àquele ponto que me deixava louca. Os movimentos circulares do seu polegar no meu clitóris foram a gota d'água. Meu corpo irrompeu em prazer novamente. Ele não parou, e continuou aumentando o ritmo até soltar um grunhido alto e gutural. Depois fez uma pausa, ainda dentro de mim, e chegou ao clímax.

Marcus baixou o corpo e colou a testa à minha, dando um beijo na minha boca. Nossos olhares se encontraram. Nos seus olhos, eu vi nosso futuro. Lá estavam todas as esperanças que eu tinha para nós.

45

MARCUS

As semanas se passaram como dias. O trabalho de Sloan em Londres estava chegando ao fim, e o meu já estava feito havia um bom tempo.

Passei as semanas anteriores providenciando tudo para transferir formalmente as operações de volta para Nova York. Com a fase de expansão encerrada, começava a delegar cada vez mais funções para a minha equipe de executivos.

Deixar de trabalhar catorze horas por dia me permitiu ter mais tempo livre. Comecei a redescobrir partes de mim mesmo que estavam soterradas fazia tempo, como o amor pela leitura, que ignorava para não perder um tempo valioso. Além disso, precisava descobrir como convencer Sloan a ir morar comigo. Estávamos praticamente vivendo juntos.

E havia o detalhe de contar a novidade para Henry e sua família. Ainda tinha muita coisa em risco, somando a isso o fato de que o conselho da Amari Global discutiria uma nova alternativa para o cargo do CEO quando o avô deles se aposentasse. Tudo o que eu fiz foi para ajudá-lo, e esperava que Sloan entendesse isso.

Não estava conseguindo dormir. Ficava deitado na cama olhando para o teto. Minha mente se voltava para um milhão de consequências das conversas desagradáveis que viriam.

Eu devia ter contado hoje. Devia ter contado desde a viagem a Bruxelas, mas o medo de perdê-la me impedia e me mantinha em silêncio.

Olhei para o seu lado da cama e sorri.

Sloan dormia pacificamente junto a mim.

Depois que consegui distraí-la do filme que pretendíamos assistir, acabamos na cama mais cedo que de costume. Sloan pegou no sono logo em seguida. A reta final de seu projeto devia estar bastante cansativa. Ela andava mais estressada nos últimos tempos.

Fui afastado dos meus pensamentos por uma vibração.

Virei a cabeça para o lado e vi a tela do celular de Sloan se acender na mesinha de cabeceira. Ela estava num sono tão profundo que não escutou. Depois que a primeira chamada caiu na caixa de mensagem, houve mais duas tentativas.

Era Henry.

Ele ligou várias vezes seguidas.

Tive um pressentimento ruim.

As chamadas pararam por um momento, mas então a tela do meu celular acendeu.

Meu coração disparou.

Engoli em seco, levantei da cama silenciosamente e saí do quarto para atender.

"Alô?" Minha voz saiu quase um sussurro. Seria um péssimo momento para Sloan acordar.

"Porra, desculpa. Vocês estão dormindo por aí. Esqueci do fuso."

Continuei em silêncio e tentei entender o que ele sabia antes de me preocupar de verdade. Ele parecia fora de si.

"Eu liguei para Sloan, mas ela não atendeu", Henry continuou.

"É quase meia-noite aqui", falei.

"Verdade." Ele fez uma pausa. "Ela está dormindo."

"Henry." Um arrepio me tomou. "O que aconteceu?"

"Hã, é o meu avô." Senti o ar preso no peito, e as minhas pernas amoleceram a ponto de me obrigar a me encostar na parede. "Ele morreu hoje."

Fiquei em silêncio.

Minha cabeça logo começou a raciocinar sobre os desdobramentos do fato. Não me permiti nenhum tempo para assimilar ou reagir à notícia. Ele era meu mentor, meu amigo, e o motivo para eu ter chegado tão longe. Era isso o que eu fazia quando perdia alguém importante para mim. Seguia em frente.

"Você pode tentar falar com..."

"Eu conto para ela. Assim que possível, nós voltamos para Nova York. Quando marcarmos a viagem, eu aviso." Já sabia o que ele ia me pedir: para entrar em contato com Sloan, dar a notícia para ela e levá-la para casa.

Ouvi um suspiro de alívio do outro lado da linha. "Não sei nem como agradecer. Obrigado."

"Eu sinto muito, Henry." Tentei ignorar a culpa que se evidenciou nas minhas palavras. Naquele exato momento, a irmã dele estava nua na minha cama.

Eu a amava. Jamais a magoaria. Ele ainda estava puto por causa da minha ausência, então sabia que, se contasse sobre meu envolvimento com Sloan, só pioraria tudo. Com o tempo, ele se acostumaria com a ideia. Eu preferia nem pensar em outra hipótese.

"Pois é. Eu também."

Ele desligou.

Deslizei pela parede até sentir o chão sob mim. Minha pulsação ecoava nos ouvidos. Essa morte não significava apenas que eu tinha perdido meu mentor e Sloan, seu avô. Sem a presença dele, a possibilidade de manter em segredo meu envolvimento com a Amari Global deixava de existir. Era só uma questão de tempo até tudo vir à tona.

O som do tique-taque do relógio me atormentava enquanto eu esperava com uma ansiedade mórbida.

A maior parte das coisas de Sloan tinha ido para a minha casa ao longo dos meses, então fazer suas malas não foi difícil. Quando a acordasse e desse a notícia, ela não estaria com cabeça para arrumar as coisas. Imaginei que qualquer coisa que pudesse ter sido esquecida seria facilmente substituída em Nova York. Eu só queria acordá-la no último momento possível. Aquela seria sua última noite de sono tranquilo em um bom tempo.

Sentei na cozinha para fazer as ligações e pedir para o jatinho estar pronto na manhã seguinte. Foi quando ouvi o rangido no piso.

"Marcus?" Sloan veio andando devagar pelo corredor, com os olhos se ajustando à luminosidade. Ela olhou para as malas feitas a poucos passos dali. Vestida apenas com uma camiseta minha da faculdade, retorcia nervosamente o tecido entre os dedos. "Está tudo bem?"

Eu a sentei na ilha da cozinha ao meu lado e dei a notícia. Ela chorou por um tempo, impactada, mas depois dessa reação inicial foi tomar banho e se trocou em silêncio.

Ela continuou calada no avião. Seu rosto não mostrava nenhuma emoção, mas seus olhos eram um turbilhão de sentimentos. Sloan e Henry tinham uma relação difícil com os pais e o avô. A infância dos dois foi passada entre cuidados prestados por babás e grandes expectativas. A única figura maternal em sua vida era sua avó, o que era um ressentimento de ambos.

Só quando aterrissamos em Nova York e chegamos à minha casa, onde Xander estava à nossa espera, ela chorou. Como se tivesse guardado toda sua vulnerabilidade para quando ele estivesse por perto para protegê-la, ela o abraçou com força e soluçou profundamente, o que provocou um aperto terrível no meu peito.

Não foi proposital. Ela estava de luto. Xander era seu melhor amigo. Fazia todo o sentido, mas isso não aplacou a dor que senti, ou a sensação de que o meu coração estava sendo arrancado com um picador de gelo enferrujado.

Depois que Sloan foi dormir, Xander passou uma hora me dizendo para não presumir coisas com base na reação dela. Aquilo me incomodou, mas não era o principal motivo da minha aflição.

Xander e eu ficamos em silêncio por um tempo na sala. Eram quase três da manhã. Simplesmente não sabíamos o que fazer. Eu estava exausto, mas não conseguiria dormir. Ele parecia meio perdido.

"Preciso te contar uma coisa", falei. Se ele descobrisse sozinho, seria pior. Eu já estava em maus lençóis com Xander e Henry, e não seria capaz de contar aquilo para o meu amigo. Para Sloan, então, parecia impossível.

Ele ergueu os olhos e se ajeitou melhor ao perceber que eu estava falando sério.

E ficou em silêncio e com uma expressão inerte enquanto me ouvia.

O conselho. A votação. O segredo que eu vinha guardando fazia mais de um ano.

"Eu entendo que você não queira contar para o Henry, por enquanto.

Mas precisa contar para ela." O tom de Xander era de irritação, e a tensão em seus ombros era visível. "O quanto antes."

"Eu sei", respondi, mais para mim mesmo.

Xander ficou de pé e passou a mão no cabelo, com um cansaço visível. Ele respirou fundo e pegou as chaves na mesinha de centro. "É sério. O quanto antes", repetiu.

Assenti, e ele tomou o caminho da porta.

Subi para o quarto para tentar dormir, sabendo muito bem que não conseguiria.

46

SLOAN

Chegamos a Manhattan de madrugada. Não dormi muito durante o voo.

Estava exausta quando chegamos à casa de Marcus. Dormi quase imediatamente depois de deitar no colchão. Não era bem o contexto em que eu esperava passar a primeira noite naquela cama.

Quando acordei, ouvi vozes no andar de baixo. Henry estava lá. Em algum momento da madrugada, senti Marcus se aninhar ao meu lado. É provável que ele tivesse programado um alarme para estar de pé antes de alguém chegar. Eu levantei e lembrei que, por esse motivo, deveria ter dormido no quarto de hóspedes.

Marcus teve o bom senso de trazer as minhas malas para cá, e deixou algumas roupas separadas na mesinha de cabeceira para eu vestir.

Sempre um passo à frente.

Sorri ao pensar nisso. A ideia de que todo esse cuidado estava sendo empregado em mim encheu meu coração de ternura.

"Oi." A voz de Henry me recebeu quando desci a escada. "Você está bem?"

Estavam todos sentados no sofá, em torno da mesinha de centro. Marcus e Xander se viraram para me cumprimentar. O olhar de Marcus continuou em mim, e sua expressão perdeu o brilho quando ele se deu conta de que não poderia me aninhar ao seu lado em meu estado ainda sonolento.

Dei de ombros e sentei ao lado de Xander. Mais do que qualquer outra coisa, eu estava me sentindo culpada por não estar tão triste. Quando a minha avó faleceu, passei horas e horas arrasada, aos prantos, no sofá da casa dos meus pais. Estava no primeiro ano da faculdade de direito, e fiquei uma semana sem ir às aulas para processar o luto.

Foi meu primeiro funeral depois da morte dos Sutton.

Xander me entregou uma caneca de café cheia até a boca. "O que aconteceu?", perguntei.

Minha pergunta me fez lembrar do horror da noite do acidente dos Sutton. A voz embargada de Marcus ao me fazer esse mesmo questionamento ficou gravada na minha memória. Quando ele e Xander chegaram ao hospital, era tarde demais.

Xander tinha feito o melhor jogo da sua vida naquele dia, e seus pais estavam lá para ver. Como sempre. Eu fui ao jantar de comemoração, e decidimos passar o fim de semana na fazenda dos Sutton. Geralmente nós íamos festejar com o restante do time, e os pais dele iam embora depois do jantar. Mas dessa vez foi diferente; Xander fez questão de ir para casa. Nós seguíamos alguns quilômetros atrás do carro dos pais dele.

O jogo começou mais tarde, por causa da chuva. As estradas ainda estavam escorregadias e o asfalto cheio de folhas molhadas. Quando chegamos ao local do acidente, foi um horror. Eu tentei impedir Xander de ver. O som de seus terríveis soluços ecoou nos meus ouvidos por anos e anos.

Xander virou uma sombra de si mesmo por meses. Marcus também. Minhas mãos tremeram só de pensar no que eles estavam passando naquele momento, às vésperas de mais um funeral, mais um lembrete de sua perda. Mais um nome a ser acrescentado a uma lista já longa.

"Segundo os médicos, parada cardíaca. Provavelmente por causa de uma arritmia assintomática." Henry deu de ombros e me tirou das minhas lembranças. As lágrimas se acumularam nos meus olhos. "Ele provavelmente não sentiu nada."

Essa lembrança fez meu corpo ser sacudido pelos soluços que eu estava tentando conter. As lágrimas caíam como gotas de chuva no meu café. Os braços de Xander envolveram meus ombros, e o seu peito abafou meu pranto.

A morte dos Sutton afetou cada um de uma forma diferente. Eu passei a temer toda e qualquer mudança drástica. A ansiedade mórbida em relação às consequências acabava comigo.

"Você está bem?", perguntei para ele. O medo de que alguma coisa pudesse abalar a felicidade dos dois me apavorava, principalmente no caso de Xander. Eu não suportaria vê-lo voltar para o fundo do poço em que caiu anos antes.

Xander me afastou com um gesto gentil, com as mãos nos meus ombros. Seu olhar se atenuou. "Você precisa parar de se preocupar tanto comigo."

"Marcus?" Olhei para ele e vi que sua expressão era de dor. Não de ciúme, nem possessividade. Ele queria ser a pessoa a me confortar. Nosso segredo parecia irrelevante naquele momento. Eu gostaria que tivéssemos contado para Henry quando Xander descobriu.

Marcus assentiu. Meu olhar continuou fixo nele por mais algum tempo antes de se voltar para Henry.

Me perguntei como o meu irmão devia estar se sentindo. Dizer que sua relação com nosso avô era tensa era um eufemismo. "Você está bem?"

Henry deu de ombros de novo. "Acho que sim."

"Tudo bem eu estar triste, mas não muito?", perguntei para ele. Henry era o único que me entenderia. Eu não sabia como explicar. É claro que estava chateada com a morte do meu avô. Sentindo um buraco no coração. Quase todas as minhas lembranças felizes da infância são da casa dele, com a minha avó. Perdê-lo foi como ter a porta fechada para esse passado idílico. Mas o meu sentimento predominante era o medo de como Xander lidaria com a situação.

Sempre fui próxima da minha avó, mas não do meu avô, que sempre foi distante. A empresa era a coisa mais importante para ele; nós vínhamos quase sempre em segundo lugar. Ele amava os netos, mas nós nunca criamos com ele um vínculo que girasse em torno de outra coisa que não fosse a empresa.

"Então somos dois." Henry abriu um leve sorriso. "Ele era um homem complicado."

Depois que consegui me recompor, Henry e eu fomos ver nossos pais. O velório seria no dia seguinte, então decidimos dormir lá.

47

MARCUS

Depois do velório, a família Amari voltou para a casa em Manhattan.

Shaan, o pai de Sloan e Henry, falou o que todos já esperavam ouvir. Ele pretendia se afastar da empresa. Isso não era segredo para ninguém, e era o motivo por que o conselho estava monitorando tão de perto o comportamento de Henry.

Xander e eu estávamos quase indo embora quando Sloan apareceu com uma pilha de álbuns de fotos, que colocou sobre a mesa. "Vejam só essas fotos do Henry no primeiro jogo de tênis dele."

Ela tirou as fotografias do álbum, e voltamos a sentar para ficar um pouco mais. Os momentos em que a família toda se juntava sempre me incomodavam. Xander parecia se sentir bem à vontade, mas eu ficava sempre um pouco deslocado.

"Marcus, você me ajuda com algumas fotos?", Beatrice, a mãe de Sloan, me pediu. Isso surpreendeu a todos, mas logo estava todo mundo distraído com outra fotografia. Que ela amava Xander, era um fato evidente. Os dois saíam para almoçar juntos na cidade fazia anos.

"Tem mais um monte de álbuns lá embaixo", Sloan explicou, sem levantar a cabeça de outra imagem constrangedora de Henry que Xander estava mostrando.

Escondida atrás de uma fachada sóbria de tijolos, a casa dos Amari em Manhattan era muito maior do que parecia de fora. Os cinco andares eram construídos em torno de uma escadaria central em espiral, e cada lance de degraus levava a um patamar espaçoso com piso de mármore. Eu saí da sala principal logo depois de Beatrice me chamar, mas, quando entrei no corredor, ela já tinha descido a escadaria grandiosa.

O som de seus saltos me guiou para o andar de baixo. O pavimento térreo da casa tinha uma academia de ginástica espaçosa, uma sala de jogos e um escritório. A caixa com os álbuns estava na frente do escritório. Andei até a porta e fui tomado por um arrepio. Eu nunca tive um relacionamento sério o bastante para ser apresentado aos pais de uma namorada, mas conhecia os Amari a vida toda. Isso devia valer para alguma coisa.

Beatrice estava atrás da mesa grande de mogno, diante de uma pilha de livros com um álbum de fotografias aberto em cima. Ali também havia uma pilha de álbuns antigos, e mais alguns espalhados pela sala, o cômodo mais desorganizado que eu jamais tinha visto.

"São esses?", perguntei. Ela balançou a cabeça e me chamou para ver o álbum que tinha aberto. Beatrice estava sendo simpática, como sempre. Seu cabelo, preso num coque bem arrumado, era como o de uma boa mãe da alta sociedade. Um dos dedos com unhas bem-feitas apontou para uma fotografia.

"Essa foi tirada num jogo de rugby."

Não consegui conter o sorriso. Era uma foto minha com Henry antes do início do jogo. Ele se machucou no *scrum* e, depois disso, largou o esporte e se limitou ao tênis e ao boxe. Ironicamente, sofreu lesões bem mais sérias fazendo isso do que no rugby.

"Vocês foram inseparáveis durante anos." Ela abriu um sorriso carinhoso e fez uma longa pausa. "Quando você pretende contar para o Henry?"

Seu tom de voz não tinha um pingo de irritação, mas senti meu coração se acelerar de novo. Como ela sabia? "Sobre?"

Beatrice levantou as sobrancelhas. "Posso não conhecer a minha filha tão bem quanto você, mas conheço o suficiente para saber quando ela está apaixonada."

Eu abaixei a cabeça. Beatrice se tornou mais maternal com os filhos depois da morte dos meus pais. Àquela altura, porém, Sloan e Henry não estavam mais interessados no que ela tinha a oferecer. Mas ela se esforçou. E não adiantava mentir. "Em breve."

"Que bom. Ele vai ficar feliz por vocês."

Não acreditei muito nisso. Henry e eu passamos por poucas e boas juntos. Ele sabia e tinha visto mais coisas minhas que qualquer outra pessoa. Mas Beatrice não deu nenhuma pista sobre o que achava da minha relação com sua filha. Ela definitivamente não era um livro aberto.

"E você, o que acha?", perguntei. Escondemos o relacionamento da família inteira durante meses. Beatrice era uma pessoa estoica, mas com certeza tinha uma opinião a respeito.

Ela deu risada. "Você lembra da formatura de Sloan na faculdade de direito?"

Lembrava, claro. De cada minuto. Sloan usava um vestido vermelho e saltos tão altos que a deixaram quase da minha altura, mesmo sabendo que todo mundo ia ficar falando que ela ficava alta demais com aqueles sapatos. A cerimônia de formatura foi a céu aberto; eu ainda lembrava das folhas secas que o vento soprou no seu cabelo. Ela estava empolgada com seu emprego na empresa. E seu perfume continuava o mesmo.

"Eu já estava desconfiada antes disso." Ela fechou o álbum, entregou para mim e continuou. "Mas naquele dia tive certeza. Por causa do jeito como você olhava para ela, como se não fosse conseguir respirar se tivesse que desviar os olhos. Minha filha não tem muita paciência. Fiquei surpresa por você ter demorado tanto."

Sorri, me sentindo mais leve. Os limites que cruzei enquanto tentava conquistar Sloan não pareciam mais fazer diferença a essa altura.

"Durante um tempo, cheguei a pensar que poderia estar errada." Ela veio até mim e pôs as mãos nos meus ombros, balançando pesarosamente a cabeça. "Comecei a achar que você ia continuar fugindo para sempre."

"Eu nunca mais vou sair do lado dela."

"Que bom." Ela empilhou os álbuns e me entregou. "Espero que você esteja presente no Dia de Ação de Graças todo ano de agora em diante. Sem exceções."

Naquela noite, Sloan foi para casa comigo.

Ela estava na cozinha de pijama, o curtinho de seda que me deixava louco, trabalhando em uns documentos.

Com a atenção voltada para a papelada da fusão, ela não ouviu quando me aproximei por trás, e teve um sobressalto quando sentiu meu hálito em sua nuca. "Vou tomar um banho rápido", murmurei no seu ouvido. Ela soltou um suspiro de contentamento quando a abracei. Seus ombros relaxaram, e meu rosto se perdeu no seu cabelo solto.

Eu precisava contar sobre o conselho, o último segredo que restava entre nós. Seu corpo se recostou no meu, se encaixando perfeitamente em mim. A tentação de continuar abraçando-a a noite toda era forte demais para resistir.

A conversa poderia ficar para a manhã seguinte.

48

SLOAN

O testamento seria lido para a família na casa dos meus pais no dia seguinte. Eu estava esgotada. A única coisa boa naquele dia foi ter ido para a casa de Marcus. Eu só queria deitar na cama e passar a noite abraçada a ele. Contaríamos tudo em breve. O peso do segredo estava cobrando um preço alto para ele. Dava para sentir.

Revisei alguns acordos relacionados à fusão, depois voltei minha atenção aos doze nomes que em breve decidiriam o destino de Henry.

O conselho.

Com a morte do meu avô e a aposentadoria do meu pai, Henry seria o CEO interino. Com isso, sua nomeação definitiva dependeria da votação do conselho. Normalmente, isso não seria uma preocupação. Henry era mais do que capaz de ocupar o cargo. Mas seu comportamento fora do trabalho estava chamando a atenção. Portanto, precisávamos garantir que ele tivesse votos suficientes para continuar no comando.

Tentei especular de onde viriam os seis votos necessários. Um empate levaria a um voto de desempate para o acionista majoritário, e minha família tinha ações suficientes para manter Henry no cargo, embora isso não fosse ser bem-visto pelo mercado.

O ideal era conseguirmos sete votos, mas eu só podia cravar três que com certeza seriam favoráveis a nós.

Passei a fazer parte do conselho depois do falecimento do meu avô, e seria a segunda maior acionista da companhia. Comigo, éramos quatro votos.

Havia quatro que poderiam ir para qualquer lado. Três deles provavelmente seriam para o não. Havia uma votante sobre a qual eu não sabia nada. Marie Therese Anderson.

Segundo a documentação, seu lugar no conselho tinha vindo junto com a aquisição da Ellory, mas, quando tentei encontrar alguma coisa sobre uma mulher com esse nome na indústria farmacêutica, minha pesquisa não resultou em nada. Talvez ela já tivesse ações da companhia antes da aquisição, mas a única informação que encontrei nos documentos foi seu nome, sem nenhuma outra evidência de que ela de fato existia.

Tinha alguma coisa estranha ali.

Era um nome francês, o que não fazia muito sentido, já que a Ellory era sediada nos Estados Unidos. Tentei vasculhar a mente em busca de alguma outra lembrança associada a esse nome, e aleatoriamente pensei na linhagem dos Bourbon.

A dinastia de monarcas francesas.

Louis, Philippe, Marie Therese, todos herdeiros legítimos de Luís XIV, o rei da França que construiu Versalhes e decorou o palácio com o brasão da flor de lis.

Minha pulsação disparou.

Minha mente estava a mil.

O nome do meio de Xander era Philippe.

O de Marcus era Louis.

A mãe deles era uma acadêmica de história francesa, e metade disso tudo eu só sabia por causa dela.

Não podia ser.

Não fazia o menor sentido Marcus ter uma testa de ferro no conselho da Amari Global. Eu estava sendo paranoica, meu raciocínio afetado pelo luto. Por que ele iria querer um assento secreto no conselho?

Eu sabia o motivo, mas me recusava a acreditar. Não podia ser esse o homem que dizia que me amava, com quem eu estava praticamente morando fazia meses. Ele não esconderia uma coisa dessas. Um sentimento de traição e mágoa se abateu sobre mim.

Minhas pernas e meus braços começaram a se mover por conta própria. Abri o notebook dele para a tela de bloqueio sem nem pensar no que estava fazendo. Fiquei encarando a tela, sabendo que a senha deveria ser alguma coisa relacionada àquilo tudo. Os irmãos Sutton quase nunca falavam sobre seus pais, a não ser com Henry e comigo. Esse vínculo com a história da França era algo que jamais me passou pela cabeça das outras milhares de vezes que li os nomes dos membros do conselho. Daria uma senha perfeita.

Então me dei conta. Com as mãos trêmulas, digitei *Clovis*.

Segundo a lenda, era ele o rei dos francos quando a flor de lis se tornou um símbolo da monarquia. E eu só sabia disso por causa da mãe deles.

Era preciso digitar outro código, dessa vez com dez caracteres. Teria que ser algo que ninguém poderia adivinhar. Nada de nomes ou lugares. Alguma coisa que ele escondia, mas nunca poderia esquecer. Não eram seus pais, porque essa informação era pública. Nem Xander, seu único parente restante, porque isso poderia ser deduzido.

Com uma pontada no peito, digitei o número do *meu* celular.

Acesso autorizado.

Quase como se estivesse à minha espera, a lista dos membros do conselho da Amari Global estava aberta. Passando os olhos em alguns arquivos, confirmei o que mais temia. A Ellory era uma cortina de fumaça, uma empresa de fachada. A aquisição só foi feita para garantir o assento no conselho que agora Marcus controlava.

Ele tinha ações da companhia, um voto no conselho e uma lista das pessoas que precisava influenciar.

Senti um vazio no estômago, que algo cáustico tratou de preencher.

Não.

Aquilo não poderia ser verdade. Ele não poderia estar planejando assumir o controle da companhia.

A revelação foi tão atordoante que não ouvi o chuveiro ser desligado, os passos dele na escada e nem quando ele me chamou mais de uma vez.

"Sloan?"

Fui pega no ato de ler documentos confidenciais no computador dele, mas não era eu quem precisava dar explicações.

"Marie Therese?" Ondas de náusea me invadiram quando me virei para ele, e sua expressão confirmou tudo. Minha voz ficou trêmula, e as lágrimas se acumularam nos meus olhos enquanto eu tentava conter o sentimento profundo e arrasador de traição. "Por que tem uma princesa francesa morta no conselho da empresa da minha família?"

"Sloan." Ele se aproximou lentamente, como se estivesse diante de uma cobra venenosa. E talvez fosse verdade, com toda a raiva e mágoa dentro de mim prestes a transbordar. "Me deixa explicar."

"Explicar por que você tem um assento no conselho?" A dor provocada pela mentira alimentava a minha raiva e me levava além de qualquer lógica. "Por que seria? Um voto no conselho significa o controle da companhia, sem o meu avô por perto."

Ele recuou como se tivesse levado um tapa na cara. Seu corpo estava tenso, os maxilares, cerrados, e os olhos, furiosos. "Sloan, não é isso..."

"O motivo só pode ser esse. É a única concorrente que restou para você."

Eu estava tão concentrada em conseguir votos para Henry que não pensei nas alternativas. Caso Henry recebesse um voto contra, outra pessoa seria nomeada, que precisaria ter ações da empresa e o apoio do conselho.

"Minha nossa, escuta o que você está dizendo, Sloan." Ele ergueu o tom de voz para disfarçar o choque causado pelas minhas acusações. "Você passou a vida toda desejando por uma coisa que na verdade nem queria. Então por que acha que eu ia querer?"

A certeza de que Marcus estava mentindo para mim me deixou em um estado de frenesi. Essa mentira era um meio para um fim, que eu não precisei de muito tempo para tentar entender qual era. Escolhi a pior opção e me agarrei a ela. A julgar pela sua expressão, funcionou.

Eu não conseguia nem pensar direito. A casa toda parecia estar rodando, e a única coisa que mantinha os meus pés no chão era a raiva. Meu cérebro em fúria fazia questão de lembrar que Marcus sempre foi calculista. Ele não cometia erros. Não dava ponto sem nó.

Cada coisa que ele fazia tinha um propósito.

Saberíamos sobre a nossa herança só no dia seguinte, mas eu já tinha certeza de que seria a segunda maior acionista da empresa. Com as ações que Marcus tinha, e através do assento da Ellory, ele poderia ser nomeado CEO.

Meu voto seria útil. E ele sabia disso.

Ele estava escondendo alguma coisa o tempo todo.

Dava para sentir isso toda noite quando íamos para a cama. Ele nunca se abria por completo.

"Eu também era parte desse plano?" Minha voz ficou embargada, e um soluço me escapou.

Eu nunca tinha visto antes aquela expressão no seu rosto. De devastação absoluta. Essa pergunta acabou com ele.

Um silêncio se instalou por um momento.

Ele se aproximou de mim e segurou o meu rosto entre as mãos. Eu deixei. Queria que Marcus levasse aquilo embora, a angústia e o sentimento de traição. Queria que ele fizesse aquilo sumir. "Claro que não, Sloan..."

"Então por quê?" Mais um soluço escapou. Tirei suas mãos de mim, mas não me afastei. As lembranças de tantas noites íntimas passadas entre conversas e amor voltaram à minha mente como parte de uma trama malévola. "Por que mentir para mim?"

A indecisão estava estampada nos seus olhos. "A Ellory é uma empresa minha. A aquisição foi planejada. Seu avô me pediu para fazer isso um ano atrás, para garantir um voto a mais no conselho para nomear Henry como sucessor."

Coloquei a mão espalmada no seu peito e a deixei ali por um momento, hesitante. Então o empurrei.

"Por quê?" Minha voz recuperou a firmeza, e meu coração saiu da boca.

"Ele precisava de alguém de confiança para votar a favor de Henry, se fosse preciso, quando se aposentasse." Ele se aproximou. "Eu queria contar para você."

"E por que não contou?", esbravejei, apesar de saber que provavelmente ele tinha prometido segredo. "E uma promessa para o meu avô não era motivo suficiente."

Ele ficou em silêncio.

Aquilo não fazia sentido. Se fosse assim tão simples, ele poderia ter me contado. E *teria*. Se sua intenção não era enfraquecer a posição de Henry, e sim fortalecer, por que não me dizer? Não revelar esse segredo para Henry era uma coisa, mas para mim?

Então congelei.

Eu tinha ações da companhia.

E um assento no conselho, e era mais do que qualificada.

"Quem eles pretendiam nomear?" Minha voz saiu carregada de puro veneno. "O conselho. Se não era você, então quem?"

"Sloan, eu pensei que você não..."

"Quem?" Eu não queria explicações. Queria uma resposta, apesar de já saber qual seria.

Os olhos dele desviaram dos meus. "Você."

"A McLaren, os livros, o chalé em Zermatt", eu listei num tom amargo. A raiva se cristalizou como ressentimento. "Tudo isso para me distrair, para eu não me incomodar quando você ajudasse a tirar de mim o que eu mais queria na vida."

"Queria mesmo? *De verdade?*"

"Isso não importa. Você devia..."

Antes que eu pudesse responder, uma nova voz preencheu o cômodo. "Marcus, quando você ia me contar sobre o assento no..."

Envolvidos como estávamos na discussão, não ouvimos Henry entrar. Ao virarmos para ele ao mesmo tempo, o encontramos boquiaberto, com a descrença estampada na cara.

Ele continuou em silêncio, atordoado com o que via. Eu usava meu pijama de seda, de regatinha justa e short que mal cobria minha bunda, uma coisa que jamais pensei em usar na frente do meu irmão.

O silêncio era total, e seu olhar alternava entre nós dois. Não foi preciso muito tempo para entender tudo. Eu deveria estar em casa. Marcus claramente tinha acabado de sair do banho, e estávamos os dois prontos para ir dormir.

"Henry." A voz de Marcus era séria, mostrando o autocontrole de costume quando ele tentou encarar a suposição inevitável. "Escuta só..."

"Minha *irmã*?" Henry deu alguns passos determinados na direção de Marcus, exalando fúria. Segurei o braço dele e o puxei para trás com uma força surpreendente. A parte lógica do meu cérebro enfim saiu do estupor. Eu sabia que a discussão podia acabar em pancadaria. "Porra, eu te mato."

A conversa civilizada que Henry pretendia ter quando chegou não tinha mais a menor chance de acontecer.

"Ah, sim, Henry, porque é disso que você precisa agora, que a polícia venha." Tive que entrar na frente do meu irmão, totalmente concentrado em Marcus, que jamais compraria briga com Henry. Mas o fato de eu agir como se isso pudesse acontecer o magoaria, e era o que eu mais desejava no momento.

Henry enfim deu um passo atrás, e eu o empurrei para ainda mais longe, me colocando entre os dois.

"Mentir para mim sobre a Ellory e abandonar a gente todos esses anos não bastava?" Henry afastou a minha mão e se aproximou mais um passo, com o rosto vermelho de raiva. "Você tinha que comer a Sloan também? Porra, o que você tem na cabeça?"

"Me escuta..." A voz de Marcus se elevou sobre a de Henry.

"Não", eu interrompi calmamente. Meu coração estava disparado, mas eu não daria mais a Marcus a satisfação de me ver com raiva. Ele já tinha conseguido mais do que deveria de mim. Continuei olhando só para Henry. "Lá fora, agora."

"Sloan...", Henry protestou.

"Agora", esbravejei. Ele recuou, surpreso. Henry queria briga, e eu também. Mas precisávamos ir embora, antes que eu dissesse alguma coisa da qual me arrependeria para sempre. Não por causa de Marcus, mas Xander. "É sério. Quero ir embora daqui."

Quando Henry me olhou, seu olhar mudou imediatamente, e ele ficou preocupado comigo. Pela primeira vez em anos, isso não me irritou. Meu irmão mais velho protetor sempre esteve ali, atrás do homem que vivia se estranhando comigo.

"Nem tenta ligar para ela", Henry avisou para Marcus, andando para trás enquanto eu o empurrava para a porta.

Vesti um casaco por cima da pouca roupa que estava usando. Irritada demais para pensar, peguei minha bolsa, meu notebook e o braço de Henry, para puxá-lo porta afora. Parei na soleira e lancei um último olhar para Marcus.

"Sloan, por favor, me deixa explicar."

O tom de súplica na sua voz quase me fez parar para ouvir.

"Apesar do que o meu avô achava, eu poderia ser uma líder tão boa quanto Henry. Mas é bom saber que você concordava com ele."

Saí sem esperar para ver o quanto ele estava magoado.

Ficamos em silêncio por alguns minutos enquanto o motorista nos levava de volta à casa de Henry, no Upper East Side.

"O assento no conselho é para garantir a votação", falei, olhando pela janela. Era por isso que Henry tinha ido até lá; chegou à mesma conclusão que eu. "Com o meu voto e o dele, você só precisa de mais um."

Ele suspirou. "Pois é, eu imaginei." Ele sacudiu levemente os papéis que tinha na mão. "O nosso avô estava sempre alguns passos à frente de todo mundo."

"Pelo menos por ora, é uma coisa a menos com a qual se preocupar." Eu sabia que essa votação era mais importante para Henry do que ele deu a entender nos últimos meses.

"Sabe, você provavelmente conseguiria os votos se quisesse assumir meu lugar", ele especulou, abrindo um sorrisinho. "Você quer?"

Sorri com seu tom brincalhão; com certeza ele estava só brincando. "Foi você que nasceu para isso, não eu."

Ele sempre foi o futuro da empresa. Por um bom tempo, pensei que fosse isso o que eu queria. Mas na verdade só queria que reconhecessem minha capacidade. Queria aprovação. Sendo bem sincera, até da aprovação eu já tinha desistido. Me apeguei a esse ressentimento porque desistir faria parecer que eu estava cedendo. Minha insistência era mais por despeito. E já estava na hora de deixar isso para trás.

"Isso não responde à minha pergunta." Ele agora falava sério.

Soltei um suspiro profundo. "Não. De verdade, não mesmo."

Ele olhou pela janela, e o silêncio voltou a preencher o carro. "Dorme lá em casa hoje. É melhor você não ficar sozinha", ele sugeriu, com os olhos voltados para o trânsito. Estávamos entrando na parte da conversa que realmente o deixava constrangido.

"Tá tudo bem."

"Sloan." Ele apertou os lábios. "Pelo menos uma vez na vida, me deixa ajudar."

Meus ombros desabaram. "Tá."

"Você está bem?" Seus olhos encontraram os meus.

Fiz que sim com a cabeça.

Ele abriu a boca algumas vezes, mas não disse nada. Ficamos em silêncio pelo restante do trajeto.

"Sloan?" Henry parou no hall assim que entramos, pondo as mãos nos meus ombros. "Eu posso quebrar a cara dele, se isso te fizer se sentir melhor."

Dei risada. Sentia falta de Henry. A competitividade nos jogou um contra o outro. Eu não podia deixar isso acontecer de novo. "Estou, sim, Hen." Dando de ombros, complementei: "Pelo menos agora você já sabe".

49

MARCUS

Girei o uísque no copo e dei mais um gole. Era quase meia-noite, e eu não conseguia dormir.

Tentei deitar na cama, mas os travesseiros ainda estavam com o cheiro dela da noite passada.

Foi uma briga séria, mas isso acontecia com todos os casais. Ficaria tudo bem. Precisava ficar.

Na verdade, eu não queria me envolver nessa questão, mas devia muito ao avô deles. E ao Henry também. Ele tinha passado por poucas e boas nos últimos anos, e a única pessoa com quem contava não estava lá para ajudá-lo.

Rishi tinha me ligado havia pouco mais de um ano e contado sobre seus planos de se aposentar e passar o comando da empresa para o neto, em vez do filho. Eu achei uma ótima ideia. Henry era mais do que capaz.

O único problema era a atenção negativa que Henry recebia da mídia. Ele estava perigosamente próximo de não conseguir sair vencedor na votação que nomearia o novo CEO quando Rishi deixasse o cargo. Esse último ano foi passado inteiro tentando evitar aparições na imprensa, para não receber um voto negativo. Como isso não funcionou, tentamos garantir os votos necessários acrescentando um assento ao conselho e influenciando o máximo possível os votantes.

Ninguém associado à companhia poderia ter uma empresa de fachada a ser adquirida pela Amari Global, então eu era a escolha perfeita. Possuía capital para isso, e Rishi tinha a certeza de que eu votaria em Henry quando chegasse a hora. As circunstâncias também exigiam que tudo fosse feito de forma discreta. Henry não podia nem sequer ficar sabendo.

Na época, o impacto sobre Sloan não era uma preocupação. Sempre achei que ela havia desistido disso tudo. Quando eu e ela estávamos a caminho de Londres logo depois do Ano-Novo, o plano já estava em execução. Ao perceber o quanto aquilo pesava sobre ela, não consegui contar. Fiquei com medo. Torci para que ela nunca precisasse saber. Se Rishi não tivesse morrido, teria se aposentado em alguns anos e Henry seria seu sucessor, conforme planejado.

Ao longo dos últimos meses, eu quis mostrar que comigo as coisas seriam diferentes. Em vez disso, menti para ela e provei que era apenas mais do mesmo. Alguém que punha as próprias vontades na frente das suas.

Fui afastado dos meus pensamentos com uma batida na porta.

Minha pulsação se acelerou de esperança. Eu só queria ir para a cama com ela nos braços. Todo o resto poderia ficar para o dia seguinte.

Eram Henry e Xander.

"Eu expliquei por que você tem um assento no conselho, e todo o resto", Xander disse logo de cara, para minha surpresa. "E, antes que você pergunte, ela está na casa do Henry. Sobre *esses* detalhes, você mesmo pode falar."

Xander entrou, deixando Henry parado nos degraus da entrada, hesitante.

Abri passagem para ele. Henry passou por mim em silêncio e foi atrás de Xander. Os dois sentaram à mesa da sala de jantar. Servi três copos de uísque e fui me juntar a eles.

Permanecemos sentados em silêncio.

Eram anos de amizade com Henry, incontáveis discussões e alguns embates físicos, mas nós sempre superamos tudo.

"Ninguém aqui tem nada para falar, então?" Depois de alguns minutos de silêncio, o tom de voz irônico de Xander ressoou pela sala. Ele entrelaçou as mãos sobre a mesa, olhando para mim e depois para Henry, como um pai decepcionado.

Mais silêncio.

"Sério mesmo? Nada?", ele insistiu. "Foi para isso que eu saí da cama?"

"Obrigado por trancar a porta dessa vez. Eu não queria interromper outra *visita* sua." Henry apertava o copo com força.

Xander esfregou o rosto.

A acusação fazia sentido. Ele não tinha nenhum motivo para acreditar que eu não trataria Sloan como todas as outras. Só ignorou o fato de que era meu melhor amigo e eu jamais arriscaria isso por causa de um capricho passageiro. Mas como ele poderia acreditar em alguma coisa que eu dissesse, considerando tudo o que aconteceu?

"Eu jamais faria isso com ela", afirmei.

"Porque você agora é um homem mudado?", ele retrucou com uma risadinha sarcástica. "Ela sabe que você já fez tudo isso que os tabloides publicam sobre mim?"

Ela sabia. Nunca falei com todas as letras sobre essa época, mas demos voltas no assunto antes. Sloan teve seus dias de loucura, e eu os meus. A preocupação de Henry era esperada. O problema foi manter tudo em segredo. E o fato de Xander ficar sabendo antes dele também não ajudava em nada.

"Cacete", Henry continuou. "Ela é minha irmã. Onde você estava com a cabeça, porra?"

"Não é passageiro. É um relacionamento, e sério", retruquei. "A gente devia ter te contado antes."

"Pois é, claro que devia." Seu tom de voz perdeu um pouco da mordacidade. "Mas acho que foi melhor eu aparecer no meio de uma discussão do que..." Henry se interrompeu quando se deu conta do que ia dizer, e estremeceu de desgosto.

"Henry", falei quando o silêncio voltou. "Eu sou apaixonado por ela."

Henry franziu a testa. "Quê?"

"E já faz tempo."

"Então..." Ele apoiou a cabeça na mão. "O que isso tudo quer dizer? Você quer namorar com ela? Vocês já *são* namorados?" Henry olhou para Xander. "Ele não me contou nada sobre essa coisa da Sloan."

"Eu não quero só namorar. Quero casar, ter filhos, quero uma vida e uma família com ela." Apesar da confissão, meu peito se apertou ainda mais. "Não sei quanto tempo vai levar para ela me perdoar por essa confusão, mas eu não vou desistir."

Henry ficou em silêncio, dessa vez por mais tempo.

"Ela vai perdoar, sim." Ele enfim quebrou a tensão. "Ela não quer a empresa. Estava com raiva." Henry se ajeitou desconfortavelmente na cadeira. "Só não vai estragar tudo." Seu aviso soou mais como uma pergunta. "E se vocês terminarem, como fica?"

"Isso não vai acontecer." Eu não tinha nenhum plano para caso isso acontecesse. O que quer que viesse, eu daria um jeito. Não havia nada no mundo que eu não faria para vê-la feliz. E iria além de qualquer limite para mantê-la assim. "As cagadas que eu fizer, eu resolvo."

Ele assentiu e passou a mão no cabelo. "Sobre o resto..."

"Eu devia ter contado."

"Pois é", retrucou Henry. "Eu não precisava ter que descobrir sozinho, e ficar sabendo dos detalhes pelo Xander e pela Sloan. É uma coisa que o meu melhor amigo devia ter me contado ele mesmo."

"Eu sei."

Depois de uma longa pausa, ele virou o restante de uísque que ainda tinha no copo. "E por que não contou?"

"Para você poder se valer da negação plausível. Rishi me pediu. E você acha que ia reagir bem a isso?" Soltei um grunhido e passei a mão no cabelo. Ele entendia por quê. Mas, em outros tempos, eu teria contado mesmo assim. "Desculpa."

Eu não queria ter entrado nessa história. Mas precisava ajudar Henry, porque, se a situação fosse inversa, ele faria o mesmo por mim. Nossos anos de amizade comprovavam isso.

"Então", Henry começou. "Sei que você e o meu avô eram próximos, mas você não o conhecia tão bem quanto Sloan e eu. Para você, ele era o megaempresário com instintos sempre certeiros para os negócios. Alguém que nunca pedia desculpas e muito menos permissão. Como seu amigo, o que posso te dizer é para não ser igual a ele. Porque para Sloan e para mim ele era o homem que nos fez competir um contra o outro desde crianças. Um homem que podia até nos amar, mas que colocava a ambição acima de tudo. Que jogou expectativas impossíveis sobre a gente. Era um bom sujeito, um cara ótimo, mas você não deve nada a ele."

Suas palavras ficaram pairando no ar.

Em um nível racional, eu sabia que era o principal responsável pelo meu próprio sucesso, mas me sentia em débito com Rishi. E um pouco de culpa também, por Henry e Sloan sempre ficarem aquém das expectativas dele. No fim, coloquei a vontade dele acima da sinceridade com Sloan.

E tinha cometido o erro de pôr outros interesses acima de Sloan duas vezes. Isso não podia se repetir.

"E obrigado", Henry falou, girando o copo vazio sobre a mesa. "Você sempre foi leal a mim. Sinto muito por *isso* ter ido longe demais."

"Tudo bem. Estamos resolvidos?", perguntei.

Ele assentiu, empurrou a cadeira para trás e levantou da mesa. "Acho que ter me obrigado a ver minha irmã de lingerie compensa o favor que você está me fazendo no conselho."

"Era um pijama, não lingerie." Era um golpe baixo, mas seria o último. Além disso, eu tinha passado um ano inteiro ajudando Henry, por mais que tenha sido um amigo de merda. Ele e Xander fizeram uma careta. "Então estamos quites."

Ele mostrou o dedo do meio e foi em direção à porta. "Até amanhã, cuzão."

Xander e eu ficamos sozinhos à mesa. Escondi o rosto entre as mãos. Aqueles tinham sido dias bem longos.

"Pode falar." Minhas mãos abafaram minha voz.

"Falar o quê?", Xander perguntou.

"Que você estava certo."

"Parece que você já teve o que merecia." Xander suspirou.

"Desculpa."

"Você anda se desculpando bastante ultimamente."

"É sério, eu me afastei de você — e não só agora, por anos", comecei. "Pensei que estava te protegendo, fazendo o que era melhor para nós dois. Não queria que você tivesse que lidar com certas coisas, então escondi tudo. E não deveria ter feito isso."

Xander suspirou de novo e baixou os olhos. "Eu sei. E também não colaborei muito para fazer você acreditar que eu aguentava o tranco."

Meu irmão não tinha muitos segredos; a maioria era bobagem, e envolvia essa coisa irritante de favores devidos entre ele e Sloan. Os poucos que eram sérios colaboraram para sua derrocada depois da morte dos nossos pais. E havia outro sobre o qual eu não sabia quase nada. Estava protegido pelas cláusulas de confidencialidade que ele mantinha com Sloan.

"Você vai me contar um dia sobre o que aconteceu?", perguntei, me referindo às ocasiões em que ele saiu de controle.

"Talvez." Ele abriu um sorriso torto e deu de ombros. "Pelo jeito ela ficou furiosa hoje, né?"

"É." A única outra vez em que eu a tinha visto com toda aquela raiva foi na noite da visita surpresa deles em Londres.

"Eu avisei. Os acessos de fúria dela são assustadores." Xander olhou para mim com compaixão. "Quando ela fica assim, a raiva toma conta. Ela fala e faz as coisas para machucar mesmo."

Como ir embora.

Eu só esperava que ela tivesse feito isso por despeito ou para me magoar, pois sabia que conseguiria. E não porque queria mesmo dar as costas.

"O que eu faço?" Detestei ter que perguntar isso.

O peito dele estremeceu com uma risada silenciosa. "Você deu de presente primeiras edições de alguns dos livros favoritos dela, e comprou um chalé na montanha só porque ela adorava ficar lá com a sua pessoa favorita na família... e com o Henry." Ele sorriu. "Acho que já aprendeu a mostrar para ela qual é sua prioridade."

"Mas ela não acredita", confessei. Senti a faca cravada no meu peito ser torcida. Ela achava que era tudo parte de um complô ou esquema para tornar a verdade mais palatável. E não era. Eu queria mostrar que comigo seria diferente, mas não tinha como mudar o que já estava feito. Dali em diante, porém, as necessidades dela viriam em primeiro lugar.

"Bom, você mentiu durante meses."

"Eu sei onde errei", retruquei.

A ideia de perdê-la era apavorante. Tanto que cometi um erro de amador. Se estivesse pensando com clareza, teria corrido o risco e contado tudo. Provavelmente ela ficaria furiosa, mas entenderia — afinal, não queria ser a CEO. Mas, no que dizia respeito a Sloan, até isso era arriscado demais.

"Que bom." Ele se levantou, me deu um tapinha no ombro e bocejou. "Com o tempo vocês se entendem."

Eu assenti, e Xander foi embora para a noite.

50

SLOAN

Fui embora logo depois da leitura do testamento. Evitei a chuva de perguntas da minha mãe quando ela percebeu que eu estava mantendo distância dos irmãos Sutton. Como precisava de um refúgio para pôr os pensamentos em ordem, fui para o escritório.

Não que tenha ajudado. Passei a manhã olhando para os mesmos nomes sem parar. Marcus sabia melhor do que ninguém como lidar com a questão do conselho. A coisa mais sensata seria falar com ele e resolver tudo. O único benefício de ter vindo para o trabalho foi ter uma conversa aberta com Reese sobre a minha promoção a sócia sênior.

A oferta de Londres era séria. E era tudo o que eu sempre quis, sem que fosse preciso esperar mais. Minha promoção a sócia sênior ainda não havia sido oficializada, então refleti a respeito.

Agora que estava de volta, não consegui encontrar uma forma de fazer aquilo dar certo. Nem se queria tentar encontrar uma solução. E havia Marcus para pensar também.

“Eu meio que estava esperando ver uma franjinha.” A voz de Xander me afastou das minhas mágoas. O peso da tristeza imediatamente se aliviou diante dos seus olhos verdes reconfortantes e seu sorriso charmoso.

“Laney confiscou minha tesoura.” Bati com a caneta na madeira e olhei para a mesa da minha assistente. Ainda era cedo para pensar numa intervenção capilar.

“Eu devo ter perdido sua ligação.” Ele revirou os olhos, com a mágoa estampada no rosto.

Fiz uma careta. Contávamos tudo um para o outro. Ou pelo menos sempre tinha sido assim. “Xan...”

Soltei um suspiro profundo, e meus ombros desabaram. Ele entrou na sala e me abraçou. Considerando a demonstração de camaradagem daquela manhã, deduzi que Marcus e Henry já tinham se acertado, e que Xander sabia o que havia acontecido.

Fiquei de pé para abraçá-lo melhor e impedir que ele visse a lágrima que escorria pelo meu rosto. Eu estava com saudade do meu melhor amigo. "Juro para você, se você tiver chorado no ombro da Penelope, eu..."

"Ela só volta na semana que vem." Soltei um risinho misturado com um soluço. Houve alguns momentos de silêncio. "Você já sabia?"

Ele estava lá, e relativamente calmo. Ou seja, não ficou surpreso. Sempre que alguém me magoava, Xander virava outra pessoa. Um vislumbre disso tinha aparecido em Londres, mas, em vez de bancar o protetor, ele fez o papel de mediador. Se eu não acreditasse que Xander aprovava aquele relacionamento, ali estava a prova.

Xander pôs as mãos nos meus ombros e me afastou um pouco para me olhar nos olhos. "Sabia. Mas o segredo não era meu, então não cabia a mim contar. Desculpa."

Eu concordei com a cabeça. Ele já estava no meio daquilo tudo, e agora mais do que nunca. Estranhamente, saber que Xander sabia tornou tudo menos doloroso.

"Por que você não conversa com ele?", Xander perguntou.

"Ele mentiu para mim." Quando falei isso em voz alta, não me pareceu tão ruim.

Marcus sabia tudo sobre mim. Eu havia passado seis meses me abrindo com ele mais do que com qualquer outro antes, e mesmo assim uma coisa importantíssima para a minha vida estava sendo escondida de mim o tempo todo. Ele sabia qual era a minha posição em relação à empresa, e mesmo assim guardou segredo. Henry assumir o comando da companhia não me incomodava nem um pouco. O problema era a facilidade com que Marcus me manteve no escuro a esse respeito.

Esse era o xis da questão. Eu confiei nele para tudo, e mesmo assim fui mantida à distância. Houve momentos em que pensei que ele estava se abrindo, e outros em que me senti como uma observadora distante.

"E você foi embora, em vez de resolver a situação."

"De que lado você está?", perguntei. Era para ser só uma brincadeira, mas ele ficou bem sério.

"Vê se cresce, Sloan. Estou do lado daquilo que é melhor para você. Não vou concordar o tempo todo com você só para te agradar. Às vezes *você* precisa de um empurrãozinho na direção certa." Ele não esperou pela minha resposta. "Ele fez uma puta cagada. Mas vocês dois são adultos. Você não pode ir embora sempre que se irritar."

"Eu sei." E também sabia que ele ficaria magoado, e foi por isso que agi assim. Quando me sentia encurralada ou ferida, atacava. E ia direto na jugular.

Nesse momento, eu me dei conta do quanto ele se abriu comigo. Não seria possível magoá-lo tão profundamente sem conhecê-lo assim tão bem. Sempre atribuí seu comprometimento irredutível com a carreira como um sinal de narcisismo, mas estava errada. Ele queria se sentir necessário, porque quem era útil não era abandonado.

"Vocês dois são muito cansativos", Xander resmungou. "Você quer que essa relação dê certo?"

"Quero."

"Então é melhor resolver isso antes que não seja mais possível."

"Foi só uma briga." A raiva que causou a discussão tinha passado durante aquela noite mesmo. Eu sabia o que queria, e era ele. Sempre foi. "Né?"

"É bom que tenha sido só isso mesmo." Sua risada quase jovial aliviou os meus nervos. "Caso contrário, estamos presenciando a origem da história de Marcus como um supervilão."

"Xan." Soltei um suspiro, dessa vez mais profundo. Não queria ter que encarar aquilo tudo ainda.

"Vem, vamos." Ele deu um passo atrás e apontou para a porta, porque já sabia o que eu ia pedir. Eu queria sentar no sofá, chorar um pouco e beber um vinho. E precisava do meu melhor amigo para isso.

"Conversei com Reese hoje. Ele não sabia da proposta de Van der Baun." Eu me recostei na bancada da cozinha de Xander.

Felizmente, depois da primeira oferta de Van der Baun, sentei com

Jay Sachi e defini alguns termos da fusão do Burton. E esses termos incluíam a continuidade dos meus serviços jurídicos... em Nova York. Não foi difícil convencê-lo, apesar de Jay não ter nada a ganhar com isso, porque continuaria em Londres e manteria pouquíssimo contato com a firma dali em diante.

Esse pequeno acréscimo às cláusulas do contrato significava que a firma poderia perder um de seus maiores clientes se não cumprisse com o que foi antes prometido para mim. Ninguém passava uma Amari para trás.

"Eles estão disputando você agora?" Xander sorriu e pegou uma garrafa de vinho. "Sendo assim, você podia incluir uma sala privativa na negociação. Eu não gosto da ideia de Penelope ficar tão perto de você o tempo todo."

"Não é exatamente uma disputa. Reese está preparando a papelada. Eu vou ser sócia sênior aqui em Nova York, como estava planejado desde o começo." Peguei a taça que ele me serviu e fui para o sofá. Tinha passado a questionar o que eu tinha desejado havia tanto tempo. Essa necessidade desesperada de perfeição afetava todos os aspectos da minha vida, e na maior parte do tempo atrapalhava minha felicidade. "E, sobre essa disputa de melhor amigo que você inventou, Pen não está nem aí para isso."

"Então eu estou só brincando comigo mesmo?"

Eu dei risada e olhei por cima do ombro. "Todo mundo faz isso de vez em quando, Xan."

Fazia meses que não víamos um filme juntos e, como eu ainda não estava a fim de encarar os meus problemas, Xander cedeu e topou assistir a alguns filmes de mistério de assassinato. Sentei no sofá e quando mexi na bolsa para pegar o celular vi uma coisa.

Era o diário encadernado em couro marrom que eu tinha comprado para Marcus anos antes.

No meio do acesso de raiva, devo ter pegado sem querer junto com as minhas coisas. Apoiei a taça na mesinha de centro e abri o diário. Estava em branco, a não ser por algumas anotações aleatórias nas primeiras páginas. A curiosidade falou mais alto, e folheei as páginas até notar um volume na parte de trás. Uma fotografia caiu no chão.

Eu me inclinei e a peguei. Era uma foto de nós quatro na minha formatura na faculdade de direito. No verso, uma anotação com a minha caligrafia:

Não perca isto.

Uma emoção tomou conta de mim.

De vez em quando, uma coisa *assim* acontecia. Um pequeno lembrete de que ele sempre esteve no meu coração, o tempo todo. Dei cópias da foto para Henry, Xander e Marcus. Cada uma tinha um recado diferente; aquele era o dele.

Marcus levava a foto para todos os lugares aonde ia. E a manteve como uma promessa. Para mim.

Ouvi o som distante da voz de Xander. "Tem certeza de que não quer falar com ele?"

Assenti. "Eu ligo amanhã."

Ele revirou os olhos. "Liga agora."

"Xan, por favor", pedi. Alguma coisa na ideia da reconciliação me assustava. Marcus era o dono do meu coração; eu não conseguiria juntar os pedaços caso fosse partido.

"Tudo bem", Xander resmungou. "Mas vou contar para ele que você está aqui."

Olhei feio para ele.

"É como eu falei." Xander deu de ombros. "Às vezes você precisa de um empurrãozinho."

51

MARCUS

Sloan ignorou as minhas ligações o dia todo.

Ela estava presente na leitura, mas saiu sem falar com ninguém. Ainda estava com raiva. Tentei trabalhar, mas passei o tempo todo encarando meu telefone. A única distração que tive foi que não conseguia encontrar meu diário em lugar nenhum, o que ela me deu anos atrás. Eu sempre levava comigo. Isso estava me enlouquecendo.

Sloan até me mandou uma mensagem dizendo que estava bem, mas isso não aliviou em nada a minha preocupação. Saí do escritório mais cedo, torcendo para que, por algum milagre, ela estivesse no meu apartamento me esperando. Essa esperança se desfez quando cheguei e encontrei a casa vazia.

Muita coisa aconteceu nessa semana. Sloan precisava de tempo. Todos os meus instintos me diziam para ignorar a mágoa provocada pela briga até eu não pensar mais a respeito. Até parar de doer.

Não deu certo. Se teve alguma coisa que aprendi nos últimos anos, foi que era impossível escapar do que eu sentia por ela. E de qualquer forma eu não queria.

Xander: Ela está aqui, e está bem.

Eu ia acabar enlouquecendo. Ela deveria estar ao meu lado.

Eu: Estou indo aí.

Eu não podia passar mais uma noite sem ela, e nunca mais colocaria nada além de Sloan como prioridade para mim. Tinha dito que não desistiria, e é verdade. Meia hora depois, eu estava na porta de Xander.

Ele deu um passo para o lado e me deixou entrar. Meus olhos foram atraídos para os dela imediatamente.

"Eu vou sair." Xander pegou suas chaves e passou por mim. Antes de ir, se virou e olhou feio para nós dois. "Não transem no meu sofá."

A porta se fechou. Sloan estava em silêncio diante do sofá.

SLOAN

Num piscar de olhos, ele me envolveu nos braços. Fiquei tensa por uma fração de segundo antes de ceder. Era tão fácil me deixar ser abraçada. Ficar assim, enlaçada por ele, era tentador.

Seu peito tremia. "Nunca mais vá embora assim." Seu tom era imperativo, mas também de súplica. Essa era a parte que provavelmente mais o atormentou. Senti um aperto no peito com esse pensamento.

Eu o afastei e sentei no sofá. Ele fez o mesmo. "Quero todos os detalhes. O que aconteceu?"

Marcus me contou tudo. Desde o início. Seu envolvimento com o conselho, a aquisição da Ellory, a possibilidade que ele e meu avô estavam tentando evitar: a de que eu virasse CEO.

"A intenção nunca foi tirar nada de você. A ideia era garantir o plano de sucessão." Ele segurou minha mão, e eu deixei. "No começo você era..."

"Irrelevante", esbravejei. O que antes era uma ferida aberta causada pela rejeição já não doía tanto. A verdadeira mágoa era pela mentira.

"Não pensei em como isso te afetaria, se ia afetar." Ele não desviou os olhos quando disse isso, me permitindo ver o arrependimento profundo estampado no seu rosto. A confissão tornou a dor ainda pior. "Quando percebi o quanto isso ainda era importante para você, quase te contei diversas vezes."

"Por que não contou?"

"Fiquei com medo", ele falou, soltando um suspiro suave de tristeza. "De perder você."

Sua vulnerabilidade era visível, me provocando uma pontada no coração. Todas as suas barreiras tinham sido removidas. Sua guarda estava baixa. Ele se abriu completamente para mim. Saber que ele estava disposto a arriscar ter seus sentimentos feridos de novo abalou minha determinação. E o fato de ter feito isso para salvar nosso relacionamento a minou de vez.

"Marcus, não podemos continuar assim."

"Sloan..." Seus olhos procuraram os meus, e o pânico era perceptível na sua voz.

"Ficar nesse vaivém, sem saber o que você está me contando e o que está omitindo. Sem saber qual é sua motivação, ou que cálculo está fazendo em cada situação." Abaixei a cabeça, com os olhos cheios de lágrimas. "Estou tão cansada."

Ele segurou o meu rosto. "Eu devia ter contado. Não sou bom nisso, mas prometo que vou ficar. Vou pisar na bola às vezes, mas vou *aprender*. Não vou mais te magoar." Sua voz era suave, mas firme. "O cálculo é simples, Sloan. Tudo o que for preciso para te ver feliz eu vou fazer."

"Eu quero acreditar em você", falei com a voz embargada.

"Então me deixa provar." Seus polegares acariciaram o meu rosto, limpando algumas lágrimas. "Sabe aquela vida, a que eu falei em Londres? Estava falando muito sério. O único momento em que consegui visualizar *de verdade* um futuro para mim foi quando me imaginei ao seu lado, compartilhando tudo com você." A voz dele estava trêmula.

Tentei segurar as lágrimas, mas elas escaparam, junto com um pequeno soluço.

"Quero fazer esse futuro virar realidade, não para limpar a minha barra com você, mas porque não existe nada mais importante para mim do que a sua felicidade. Eu faço qualquer coisa por isso. Encontro o livro que você quiser. Porra, eu desenterro Cervantes e falo para ele escrever outro. Porque com você eu me sinto inteiro de novo, é meu equilíbrio, é quem me faz querer *tudo*. Você é o meu futuro, o único que importa. Então me deixa provar isso para você."

Ele se inclinou para a frente e beijou de leve meus lábios, querendo apenas uma chance.

"Ok, prova para mim", falei baixinho. O que eu queria, mais do que tudo, era passar a vida conhecendo todas as formas que ele encontrasse de me amar.

Marcus passou os dedos pelo meu cabelo, e não pude evitar recostar a cabeça em seu peito. "*Main karoonga*", ele disse. Eu vou.

Não é possível. Ele aprendeu a falar híndi?

As palavras ficaram entaladas na minha garganta até eu consegui dizer: "Quê?".

Marcus segurou minhas mãos de novo; dessa vez, eram as minhas que tremiam. "Estou aprendendo há alguns meses. Depois do jantar que você fez, aquele que eu me convidei, percebi que tinha alguns lados seus que não conhecia direito. E virou minha missão começar a entender. O híndi foi o primeiro passo. Nunca vou ser fluente, e a perspectiva de conseguir ler alguma coisa é bem duvidosa. Meu melhor vai ser o que uma criança recém-alfabetizada saberia."

Dei risada em meio a um soluço silencioso.

"Quero que você se sinta valorizada. Totalmente. Nunca vou querer que você sinta que precisa esconder alguma parte sua. Vou aprender tudo a seu respeito e vou me esforçar para entender o que ainda não sei. Agora, se você não conseguir descrever alguma coisa em inglês ou francês, pode falar em híndi também."

Sentindo o coração preenchido, respirei bem fundo. Não consegui pensar em nada para responder, então o beijei. Completamente envolvida pelo beijo, deixei que ele me puxasse para seu colo.

Ele enxugou delicadamente as minhas lágrimas.

"Estou com o seu diário. O que te dei de presente", contei enquanto os meus lábios formigavam com aquela sensação tão familiar. "Você guardou todo esse tempo e não escreveu nada?"

"Enquanto tivesse páginas em branco, era um motivo para continuar levando comigo." Ele soltou o ar com força pelo nariz. Sua confissão foi como uma declaração de amor. "Para mim sempre foi você, Sloan."

Essas palavras me deixaram eletrizada. "Quantas surpresas..." Limpei mais algumas lágrimas. "Você vai me deixar mimada."

"Vou continuar te surpreendendo." Marcus enlaçou minha cintura e me abraçou com força. "Nunca mais vou esconder nada, só as surpresas."

"Adoro jogos." Eu funguei e tentei recuperar alguma compostura. "Você me dá uma pista do próximo?"

"Não", ele respondeu, com o corpo já relaxado.

"Por favor?", pedi, me inclinando para dar vários beijos no seu maxilar.

"Tudo bem, mas você precisa concordar com o que eu vou pedir depois."

"Tá."

"Vamos morar juntos na minha casa."

Senti sua mão tremendo nas minhas costas. "Isso não foi um pedido. Você está me convidando ou me comunicando?"

"Porra, doutora." Seu tom de voz era brincalhão. "*Main bheekh maang hoon.*" Estou implorando.

"Agora você está só se exibindo." Dei um tapinha de brincadeira em seu peito.

Ele riu com gosto. Não havia nada que abalasse mais minha estrutura do que *aquele* olhar. A transformação que acontecia quando uma alegria profundamente soterrada escapava dele. Seu rosto todo se iluminava de um jeito que eu havia visto poucas vezes. Isso me aqueceu até os ossos.

"E então?" Ele parecia apreensivo. Era a coisa mais linda que eu já tinha visto.

"Sim, eu vou morar com você." Eu me inclinei para a frente, dei mais um selinho em sua boca e imediatamente me afastei. "Qual é a minha pista?"

"Você me ajudou a fazer." O sorriso malicioso no seu rosto deixou claro que eu não precisava saber mais nada.

Antes que eu pudesse interrogá-lo, ele me pegou pela nuca e me puxou para um beijo. Nossas línguas deslizaram uma na outra em um tango bastante conhecido por mim. Um calor subiu pelo meu corpo. Interrompi o beijo depois de um tempinho, e com olhos suplicantes procurei os seus.

"Me leva para casa", pedi.

52

SLOAN

Henry e Marcus estavam certos de que meu irmão tinha cinco votos para se manter como CEO. E três votos contrários. Restavam quatro ainda em jogo.

Precisávamos de três coisas: uma forma de conseguir mais um voto favorável (o ideal seriam dois), uma forma de impedir um ou dois votos contrários, e um plano B.

Impedir um voto contrário era o caminho mais fácil. Sentei na cama com o meu notebook para ler o estatuto da companhia.

Uma nuvem de vapor me distraiu quando Marcus saiu do banheiro com uma toalha enrolada na cintura. Desviei os olhos da tela para admirá-lo um pouco. Ver as últimas gotas escorrerem lentamente pela sua musculatura rígida parecia um prazer proibido. Saber que eu era a única que tinha acesso ao que estava embaixo daquela toalha incitou a minha possessividade. Uma parte minha ainda enlouquecia ao pensar que sempre transaria com aquele corpo.

Passamos os últimos dias trabalhando de casa, porque não conseguíamos sair da cama. Eu não estava nem um pouco a fim de ter mais discussões como aquela no futuro, mas o processo de fazer as pazes não era dos piores.

Marcus raramente trabalhava no escritório de casa. Nunca tirava folgas. Mas pouco a pouco estava começando a mudar.

"Eu já sei como você é sem roupa", ele falou com uma risadinha quando me pegou olhando e me cobrindo com o lençol. Era um hábito bizarro, uma vergonha remanescente de uma vida toda se escondendo.

Em vez de ir para o closet, ele veio para a cama, se inclinou para a frente e pôs meu notebook na mesinha de cabeceira. Então me puxou até ficar totalmente deitada no colchão. "E como é a sensação do seu corpo." Ele deu um beijo no meu queixo. "E como é o seu gosto." Foi para o meu pescoço, com seu hálito quente deslizando pela minha clavícula.

"Eu posso dizer o mesmo sobre você."

O sorrisinho presunçoso que ele abriu quando puxei a toalha me deixou desnorteada. Ele voltou para os meus lábios enquanto o peso do seu corpo me prendia ao colchão. Os beijos brincalhões se tornaram acalorados em um instante. Sua mão jogou a toalha no chão e arrancou o lençol entre nós.

"Eles vão chegar daqui a pouco", lembrei inutilmente.

Suas mãos desceram para os meus quadris, e ele enlaçou as minhas pernas em torno da sua cintura. Por mais que eu quisesse uma distração, sabia que naquele momento não seria possível. Engoli em seco, sentindo minha determinação se desfazendo.

"Se não estivermos lá embaixo quando Henry chegar, ele vai saber a razão", avisei.

A menção ao nome do meu irmão fez Marcus recuar. "Voltaremos a esse assunto mais tarde." Com relutância, ele levantou e foi se vestir. Seguindo sua deixa, tomei um banho rápido e me troquei também. Henry e Xander chegariam em uma hora.

Devidamente vestida, sentei à mesa da cozinha e esperei por eles enquanto repassava o estatuto. Em particular, estava analisando os requerimentos para votação dos membros do conselho de administração. Marcus acha que poderíamos alterar essas regras para impedir que um votante desfavorável a nós comparecesse à votação.

Ao que parecia, essa manipulação do método de votação foi como os Waldorf conseguiram manter o controle da empresa da família.

Marcus estava investigando Julian. Isso não me deixou nem um pouco surpresa.

Quando Xander e eu colocamos a família de Julian no radar do FBI, eles também tiveram que enfrentar um conselho de administração hostil. A fortuna dos Waldorf vinha desde a época das primeiras siderúrgicas, e eles conseguiram se manter à frente da companhia. Allister, o pai de Julian, convocou a votação um dia depois de incluir no estatuto a necessidade de que todos os membros do conselho que quisessem votar precisariam estar presentes na reunião.

Como era uma empresa de alcance global, era quase impossível que todos comparecessem. Com isso, e talvez algum tipo de chantagem, eles conseguiram se manter no controle.

Passei a maior parte da manhã em busca de uma brecha para esse método no estatuto da Amari Global. Era possível, mas com uma exceção importante. O voto por procuração não era permitido. Isso significava que Marcus precisaria votar como representante da Ellory, o que levantaria uma série de questionamentos, por se tratar de um CEO da concorrência.

"Você não vai poder votar por procuração. O representante legal da Ellory precisa comparecer pessoalmente se Henry mudar o estatuto."

"Ainda bem que eu passei a empresa para o nome do Xander na semana passada." Ele abriu um sorriso amarelo. Os segredos ainda eram um assunto incômodo. "Para ser sincero tinha até esquecido, depois de tudo o que aconteceu.

Sorri. "Tudo bem." Me inclinei na direção dele e o beijei na boca. Suas intenções eram boas, e mudanças levavam tempo.

Levantamos a cabeça ao ouvir a porta se abrir e fechar. Xander e Henry tinham chegado. Depois da aparição repentina de Henry uma semana antes, me convenci de que ter pessoas trabalhando em casa não era uma ideia tão ruim. Para isso, minha assistente encontrou Madeline, que seria uma espécie de governanta e cuidaria da contratação de mais funcionários.

"Como anda a vida no paraíso?" Xander sentou ao meu lado e olhou para a tela do computador.

"Para com isso." Henry fez um muxoxo desconfortável e sentou em silêncio na nossa frente, se ajeitando na cadeira. A animosidade entre ele e Marcus tinha praticamente se dissipado, mas ainda era necessária alguma adaptação ao que seria nosso novo normal. Dizer que ele não estava de todo à vontade com o nosso namoro era um eufemismo.

"Nós vamos morar juntos", contei do nada. Eles descobririam mais cedo ou mais tarde, e eu não queria mais saber de segredos. Olhei para Marcus, que aparentava estar se preparando para uma discussão. Xander não parecia surpreso, e Henry estava visivelmente incomodado, exatamente como eu esperava.

"Hen... Está tudo bem?", perguntei.

"Ah, sim." Henry passou a mão pelo cabelo e olhou para os papéis à sua frente. "Isso é normal, tedioso, até. Não me deixa nada constrangido."

Soltei um suspiro e peguei um croissant da bandeja sobre a mesa. Eu esperava que essa reunião matinal fosse um passo na direção certa com meu irmão. Ele e Marcus pareciam bem quando estavam sozinhos, mas, com todo mundo presente, o clima ficava estranho.

"Algumas regras." Henry bufou. "Vocês podem manter os beijos e os carinhos num nível mínimo? E trancar as portas..."

"Boa sorte com isso." Xander deu risada.

"Esse problema é facilmente resolvido batendo na porta", lembrei.

"Que tal manter o foco?", Marcus sugeriu. Ele estava quieto, visivelmente desconfortável.

"Pois é", Henry concordou. "Eu vou mudar o estatuto e exigir a presença dos votantes na reunião. E depois convocar a votação."

"Ótimo. Confirmamos que os cinco votantes a favor vão estar na cidade. E que talvez os dois contrários não venham", acrescentei.

"E os neutros?", Xander perguntou.

"Conversei com todos eles durante o mês passado", Henry garantiu. "Podemos contar com pelo menos um."

Suspirei. "Não temos um plano B."

"Temos, sim", disse Henry, com um sorrisinho torto. "Tecnicamente, temos uma preterida."

Sorri. "Não tenho a menor intenção de ser CEO, então é melhor isso dar certo."

Ficamos em silêncio, dos mais desconfortáveis, a respeito dessa possibilidade.

Marcus e eu não conversamos sobre o que isso significaria para nós. Eu não podia ser sócia de uma firma de advocacia e CEO de uma companhia de alcance global ao mesmo tempo. A firma poderia me ceder um período sabático ou coisa do tipo, mas eu não podia contar com isso. E havia também as explicações pessoais. Não pegaria bem eu estar à frente da maior farmacêutica do mundo enquanto Marcus liderasse a maior empresa de biotecnologia; embora não fosse ilegal ou antiético, não pegaria bem. A última coisa que eu queria era continuar mantendo nosso relacionamento em segredo.

"Vai dar certo, sim." Marcus passou a pasta que estava sob o meu notebook para Xander. "Em nenhuma circunstância você pode deixar Sloan ou Henry ler isso."

"Material de chantagem contra o conselho?" Eu sorri. Como ele conseguia ser tão gostoso?

"Sim, contra os doze membros. É para usar só se a coisa ficar feia mesmo." Marcus estreitou os olhos para Xander. "Isso transformaria uma pessoa neutra em inimiga, o que nenhum CEO vai querer que aconteça. Mas, se for preciso, você vai ter que usar, Xander."

"Espionagem corporativa é divertido." Xander folheou os documentos, fechou a pasta num movimento rápido e ali espalmou as mãos. "Puta merda", disse, arregalando os olhos.

Marcus segurou a minha mão. "Eu não posso contar para você porque..."

"Negação plausível." Acariciei sua mão com o polegar. "Entendo."

Nossa vida juntos sempre seria um pouco complicada, mas eu nunca me interessei por coisas fáceis. Escolheria sempre um amor turbulento, arrebatador e intenso em vez de uma coisa mais simples. A cada dia da minha vida.

53

SLOAN

No dia da votação do conselho, precisei correr até a firma para pegar algumas coisas, já que a minha promoção vinha com uma nova sala. Henry e eu tínhamos acertado tudo na Amari Global pouco antes de eu dar essa escapada.

Quando voltei, meia hora antes da reunião, Henry estava conversando com os membros do conselho que já haviam declarado seu voto nele. Ao vê-lo fazendo isso, mais uma vez pensei no quanto não queria aquele cargo.

Xander, o membro mais novo do conselho, veio até mim. Seus olhos se voltaram para a minha camisa por um instante, e ele abriu um sorriso largo. Em seguida, se inclinou para mais perto de mim, segurando o riso. "Sua camisa está do avesso."

Assustada, soltei um gemido quando percebi que ele tinha razão. Peguei o paletó do meu terninho na cadeira atrás dele e o vesti de novo.

"Sério mesmo? Você só ficou uns quarenta e cinco minutos fora." Ele deu uma risada.

"Quê?" Meu sorriso entregou tudo. Desde que nosso relacionamento se tornou público, Marcus ficou bem mais relaxado. Além disso, estava insaciável, e queria me ter onde quer que estivéssemos. Nas semanas anteriores, tinha me puxado para dentro de closets, escritórios vazios e carros.

Naquela manhã, ele me interceptou na minha sala nova. Eu era sua, e ele estava tratando de demonstrar isso.

"Qual é", Xander retrucou, revirando os olhos. "Não pense que eu não sei por que vocês demoraram tanto para chegar ao jantar da semana passada."

Senti meu rosto ficar vermelho. Nós éramos péssimos em disfarçar. “Não sei do que você está falando.”

“Se você engravidar, eu já aviso que quero ser padrinho.”

“Não é bem o tipo de coisa que você pode se convidar assim.”

A perspectiva de ter filhos era mais animadora para mim do que eu esperava. Estávamos indo um pouco depressa demais, mas às vezes parecia não ser o suficiente. Não tínhamos nenhum plano além de morarmos juntos, mas a ideia do que viria no futuro fazia meu coração bater forte.

A sala ficou em silêncio perto das nove da manhã, quando Henry pediu a atenção dos presentes. Todos se sentaram de frente para o relógio. O estatuto previa dez minutos de tolerância para a chegada dos votantes.

O ambiente estava tenso.

Como advogada, eu estava acostumada a acompanhar reuniões do conselho de administração, mas nunca como participante. A primeira coisa a ser abordada eram as mudanças imediatas implementadas em razão da morte do meu avô. Antes da reunião, Henry parecia prestes a vomitar a qualquer momento, mas, assim que começou, ele demonstrou um profissionalismo exemplar. Fiquei orgulhosa dele.

O voto para manter Henry no cargo foi o primeiro item da pauta. E as coisas não saíram tão bem.

Conseguimos votos suficientes a favor de Henry, mas com uma condição: que ele continuasse como CEO interino até o ano seguinte, e com seu contrato vinculado a uma cláusula de conduta moral. O conselho repetiria a votação daqui a um ano, e tinha poder para decidir por sua saída caso ele não cumprisse as estipulações propostas.

Nesse aspecto, estávamos de mãos atadas.

Quando o dia terminou, esperamos por ele em nossa casa para comemorar. Afinal, ainda era uma vitória.

“Ao Henry.” Brindamos com nossas taças.

“A vocês três”, Henry corrigiu. Seu ego estava dominado nas últimas semanas, o que provavelmente era obra do conselho. “Nós teríamos que colocar Sloan numa saia justa se não fosse pelos seus esforços.”

“E sabe o que é engraçado?” Xander deu um grande gole de sua taça e apontou para Marcus e para mim. “Eles trepam pela cidade inteira, mas quem os tabloides perseguem é o Henry.”

Como ninguém riu, ele se retratou. "Tudo bem, não é exatamente engraçado."

"A gente devia comemorar", sugeri. Os últimos meses tinham sido difíceis por várias razões. Aquela era a última nuvem cinzenta que pairava sobre nós. Senti Marcus se mover atrás de mim e me abraçar pela cintura. Ele me puxou para junto de si, cada vez menos preocupado com os protestos de Henry contra demonstrações públicas de afeto. "Discretamente. Nada muito escandaloso. Mas uma comemoração de verdade."

Alguns momentos de silêncio se passaram. "Tá. Vamos fazer as malas para o fim de semana, então." Xander estalou os dedos. "Hamptons."

54

MARCUS

O dia estava ensolarado e úmido quando decidi ir ao cemitério. Era bem cedo naquele sábado quando avisei Sloan, que ainda estava na cama. A reunião do conselho tinha sido algumas semanas antes, e ela já estava instalada de vez na nossa casa.

Era um lugar que nunca visitei desde o funeral. Era demais para mim naquela época, e depois disso concluí que era uma situação que eu preferia evitar. Meus olhos passearam pelas lápides de granito. A culpa me arrebatou numa onda poderosa. Quando deixei meu sentimento por Sloan vir à tona, um monte de coisas veio junto.

Mas não foi tão difícil quanto eu pensava.

Agachei e recolhi algumas flores velhas que estavam ao lado do túmulo de ambos.

Alguém veio aqui recentemente?

"Sloan e Henry se revezam para vir trocar a cada duas semanas." A voz de Xander surgiu de trás de mim. Eu me virei e o vi se aproximando com flores frescas nas mãos.

"Sloan contou que eu estava aqui?", perguntei, apesar de ter certeza de que a resposta era sim. "Acho que vou ter que me acostumar com isso."

Ele sorriu. "Pois é, ela me ligou de manhã e me pediu para trazer peônias."

Xander me entregou as flores, que substituí pelas antigas. Dei um passo para trás e suspirei, com os olhos fixos nos nomes à minha frente. "Eles fizeram isso esses anos todos?"

Henry ainda estava um pouco distante comigo, e não só por causa do meu relacionamento com Sloan. Nós nos apoiamos um no outro durante toda nossa vida adulta. Ele ainda estava com raiva por eu ter ido embora. Provavelmente se sentiu abandonado numa época em que precisava do melhor amigo. E eu o entendia, ainda mais quando lembrava de tudo o que ele fez por mim.

Xander assentiu. "São mais ou menos" — seus olhos pareceram perdidos em pensamentos — "duzentas e oitenta e seis trocas de flores no total."

Ficamos pensativos por alguns minutos.

"Você finalmente veio." Xander enfiou as mãos nos bolsos.

"É..." Soltei um suspiro. "Acho que tenho uma tendência a ignorar as coisas com as quais não quero lidar."

Ele deu risada. "Talvez um pouquinho."

"O que vocês fazem quando vêm aqui?"

Xander olhou ao redor. "Henry dá notícias sobre você e a empresa. Sloan prepara uma lista de coisas que quer contar para eles. Eu na verdade não faço nada. Não venho tanto quanto eles."

Apenas assenti. Nós quatro cuidávamos uns dos outros de várias formas diferentes.

"Quer ir fazer um treino de agilidade?", perguntei depois de alguns minutos de silêncio. Xander não jogava bola desde a morte deles. Eu não era o único que poderia me beneficiar de um pouco de terapia de aversão. "O clube tem uns gramados de futebol nos terraços lá embaixo."

Ele ficou tenso por um instante, e então balançou a cabeça. "Não, mas posso te ajudar com a festa de aniversário da Sloan."

Não insisti. Poderia tentar de novo outra hora.

"Obrigado." Como não compareci às festas nos últimos dois anos, só enviando presentes, ela me ligou para agradecer em ambas; eu ainda tinha as mensagens de voz gravadas. Sloan perdoou minha ausência mais depressa que Xander e Henry, mas eu precisava compensar o tempo perdido com ela também. Não que dar uma festança fosse garantir isso, mas ela pelo menos poderia dançar a noite inteira. Sloan adorava isso.

Ainda ficamos por lá por um tempo antes de voltarmos.

"Como foi?", Sloan quis saber. Ela estava lendo no sofá quando cheguei.

"Tudo bem." Dei um beijo nela e sentei ao seu lado.

"Henry vem amanhã para o brunch." Ela se inclinou para mais perto de mim e leu a mensagem do irmão no celular. Então suspirou e pôs o aparelho para marcar a página no livro. "Essa é uma boa notícia."

"Está vendo? Ele vai ficar bem."

Ela assentiu.

Olhei para a última caixa com suas coisas, encostada num canto. "Já está se sentindo em casa?"

"Hmmm." Ela sorriu e ficou toda animada. Levantou e foi para o corredor, de onde voltou alguns instantes depois, com um presente embrulhado na mão. Parecia uma foto; e eu já tinha um palpite sobre qual seria. "Comprei uma coisa para você." Entregou o embrulho para mim e se afastou.

"Agora temos duas." Eu abri o presente. Ela havia ampliado a fotografia da formatura que eu guardava no diário. A sua já estava pendurada no corredor. "O seu recado ainda está no verso?"

"Sim, escrevi hoje de manhã. Não perca isso."

Soltei um suspiro de contentamento.

Ao longo dos últimos anos, essa foto e o diário eram minha única conexão com ela.

Um vínculo.

Agora poderia ficar pendurada na parede para sempre. Eu não precisava mais dela; tinha Sloan. Esse simples fato me manteria atado a uma felicidade radiante pelo resto da vida.

Epílogo

SLOAN

DOIS MESES DEPOIS...

Me instalar na minha sala nova foi estranho. Seria a mesma ainda que eu fosse promovida a sócia diretora. Essa meta tinha perdido um pouco do brilho para mim, agora que eu não sentia mais a necessidade de me provar para ninguém.

Era sócia sênior fazia uns dois meses, e era exatamente o que eu esperava. Pensando bem, esse tipo de conquista na prática era só confete. Era legal conseguir e brilhar um pouco, mas, dali em diante, eu desfrutaria do que já tinha e iria atrás apenas do que quisesse de verdade.

Sentei atrás da mesa e parei um pouco para assimilar tudo aquilo. Um gritinho escapou da minha garganta quando coloquei as pernas sobre a cadeira e comecei a girar.

"Eu vi isso", Xander falou quando a cadeira se voltou para a frente de novo. Esperei a leve tontura passar e levantei para cumprimentá-lo. Ele me entregou um jornal. "Viu isso?"

HERDEIRA DO IMPÉRIO AMARI
NOS BRAÇOS DA CONCORRÊNCIA

"Vi." Revirei os olhos e joguei em cima da mesa o tabloide de fofoca, que trazia estampada a foto de um evento beneficente a que todos os sócios compareceram. Por esse exato motivo, Marcus e eu esperamos até a situação com o conselho se resolver antes de começarmos a frequentar eventos públicos. Henry também estava lá, mas desacompanhado.

"Agora que Henry está se comportando, parece que voltaram a se interessar por você."

"Que ótimo." Já tinha me acostumado, mas sabia que Marcus não se sentia à vontade. Ele sempre conseguiu se manter longe dos holofotes, assim como eu. Depois que decidi entrar na faculdade de direito, a imprensa perdeu o interesse no que eu fazia. Pelo visto, a consultoria de relações públicas contratada por Henry o fez parecer ser chato, e nossa relação acabou chamando a atenção.

Por ora, eles estavam interessados em nós só porque éramos novidade, uma manchete chamativa para atrair leitores por algum tempo. Selena, a gestora de relações públicas de Henry, nos incentivou a entrar no jogo. Os jornais adoravam um drama e, se continuássemos nos mostrando completamente apaixonados, logo se cansariam de nós.

O que não seria muito difícil.

"Está pronta?" Xander pegou o jornal da minha mesa e jogou no lixo. Depois que voltei da minha breve estadia em Londres, ele e eu voltamos a almoçar juntos com a regularidade de sempre.

"Sloan?" Marcus apareceu na porta, digitando no celular. Ergueu os olhos, e seu sorriso desapareceu quando viu Xander. Naquele dia ele não ia poder me debruçar sobre a mesa.

"Você vai ficar segurando vela no nosso almoço?", Xander perguntou.

Ignorando o irmão, Marcus olhou para mim. "Trouxe uma coisa para você." Ele apontou para dois carregadores que traziam para dentro o que parecia ser uma pintura enorme. Não dava para ver exatamente qual era. "Em qual parede?" Seu sorriso maroto atraiu meu interesse.

Xander e eu nos entreolhamos, sem entender nada, e eu apontei para a parede à minha esquerda. A outra era inteiramente ocupada por uma estante de livros. Atrás de mim, só havia janelas.

Nos voltamos para os carregadores que começavam a instalação. Marcus ficou ao lado de Xander enquanto eles trabalhavam. O embrulho de papel pardo escondia o quadro.

"Você comprou um Rembrandt para ela?", Xander perguntou.

"Não, os artistas são meio que desconhecidos." O tom de Marcus era quase de tédio, mas seus olhos diziam outra coisa. Ele estava com *aquela expressão*. "Bom, pelo menos no mundo da arte."

Por fim, com o embrulho removido, suspirei ao entender o que estava vendo. Um arranjo de cores espalhadas sobre um fundo branco. Só que a tela na verdade era *drywall*, com uma camada de selante por cima. O que estava diante de mim era um pedaço da parede contra a qual ele me prensou depois de dizermos que nos amávamos pela primeira vez.

Com uma linda moldura. Pendurado na minha sala.

Ele me abraçou por trás envolvendo minha cintura.

"Você me ajudou a fazer", Marcus murmurou no meu ouvido. Era a pista que ele tinha me dado alguns meses antes sobre a minha próxima surpresa.

Me virei para ele e pus os braços em volta do seu pescoço. "Adorei."

Ele se abaixou e me deu um beijo suave. Meu corpo se arqueou na sua direção instintivamente. E, naquele dia, foi isso o que transformou um gesto meigo numa coisa a mais. Um grunhido grave vibrou em sua garganta, e as minhas mãos começaram a se perder nos seus cabelos.

"Não entendi nada." A voz de Xander reverberou pelo ar carregado de luxúria. Foi sua forma de nos lembrar que continuava ali. Inclinando a cabeça, ele olhava para o quadro com uma expressão confusa.

"É melhor mesmo." O tom de Marcus foi totalmente sério.

"Enfim." Ele deu de ombros e tomou o caminho da porta. "Podemos ir almoçar?"

"*Tumhari.*" *Sua*, foi o que murmurei no ouvido de Marcus antes de me juntar a Xander.

"Eu sei." Marcus logo nos seguiu.

MARCUS

QUATRO MESES DEPOIS...

Henry estava dando uma festa beneficente de Ano-Novo. Na verdade, o evento era da família inteira. Pedi para ele e Xander passarem na nossa casa antes, enquanto Sloan cuidava dos últimos detalhes. E deixei bem claro que era para irem sozinhos.

Eu estava andando de um lado para o outro, à espera. Tinha servido um copo de uísque para mim e deixado copos e a garrafa na mesinha de centro para quando eles chegassem. Mas o que eu bebi não acalmou meus nervos.

"O que é tão importante para você precisar me arrastar até aqui do nada?" Xander entrou na sala. Sua expressão tranquila se transformou em preocupação ao me notar. "Minha nossa, o que aconteceu?"

Se era tão difícil pedir o consentimento dele, como eu conseguiria falar com Sloan? *E se ela disser não?* Minha mente entrou em parafuso com essa possibilidade. Ela diria sim, né? Foi tudo muito rápido. Talvez rápido demais.

"Que diabo deu nele?" Henry chegou, e eu parei de andar de um lado para o outro. Xander sentou no sofá, e Henry fez o mesmo.

"Sloan está grávida?" Os dois me olharam como se a pergunta de Xander tivesse alguma razão de ser.

Provavelmente tinha. Nós não tínhamos muito autocontrole no que dizia respeito ao sexo.

"Quê?" Balancei a cabeça e sentei no outro sofá diante deles. "Não."

A sala ficou em silêncio por alguns minutos. Henry e Xander, constrangidos, beberam um pouco de uísque até eu finalmente resolver falar.

"Chamei vocês dois aqui porque queria pedir uma coisa." Eles trocaram olhares confusos antes que se dessem conta. Nenhum outro aspecto da minha vida me deixava nervoso, mas tudo o que envolvia Sloan me causava uma reação inesperada. Pensei que fosse passar mal, e claramente não estava conseguindo esconder isso muito bem. "Eu gostaria de ter o consentimento de vocês para pedir Sloan em casamento."

Estávamos indo muito rápido, mas eu não queria esperar. Queria que ela fosse minha esposa. Queria ter filhos com ela. Queria coisas que jamais pensei que pudesse ter. Ela descobriu partes de mim que pensei estarem perdidas para sempre.

"Claro que você tem o meu consentimento." Henry abriu um sorriso afetuoso, enchendo meu copo vazio e levantando o seu para um brinde.

"Xander?", perguntei. Ele olhou para baixo, o que me deixou paralisado.

"Dã." Um sorriso se abriu no seu rosto. Ele levantou o copo.

"Para a aquisição que finalmente vai fazer Marcus Sutton sossegar", Henry disse. Brindamos. "E por favor nunca diga para Sloan que eu me referi a ela como aquisição", ele acrescentou, aos risos. "Como era do feitio de Rishi Amari, nosso avô queria que o anel de casamento da família ficasse com quem casasse primeiro. Acho que ele deixou com a minha mãe."

"Pois é, também preciso falar com vocês sobre isso." Tirei três alianças do bolso. Todas estavam na mesma caixinha de veludo. O anel de casamento da família Amari, a que eu escolhi e a aliança da minha mãe.

"Tá, já deu para entender. Você é apaixonado por ela." Xander deu risada e pegou as joias antes de se deter na que conhecia melhor. A da nossa mãe. "Ela não precisa de três."

Ele ficou encarando a aliança por um momento.

"Mamãe deixou para mim", contei.

A expressão de Xander era indecifrável. Ele nunca leu o testamento nem nada relacionado ao espólio dos nossos pais. Eu havia cuidado de tudo. Perdido em pensamentos, ele mordeu o lábio, sua emoção ameaçando acabar com a postura despreocupada.

"Se ela gostar, deveria usar." Xander sorriu, olhando para a aliança. "Mas, sinceramente, gostei mais da que você escolheu." Ele fungou e deu um passo para trás.

"Espera aí", o meu irmão falou, me devolvendo as joias. "Quem vai ser seu padrinho?"

"Ela precisa aceitar primeiro."

"Ela vai", os dois disseram em uníssono.

Eu não tinha pensado muito nessa questão do padrinho, porque estava ocupado com a aliança e o pedido. Simplesmente presumi que seria Henry. Sem chance que Sloan me deixaria ficar com Xander.

"Quem seria a dama de honra de Sloan? Ou melhor, cavalheiro de honra?" A intenção de Henry era clara. "Porque, se não for Xander, seria Pen..."

"Sei lá, Henry. Quem Marcus iria querer que desse a festa de despedida de solteira dela?"

Escondi o rosto entre as mãos. Xander passava de franco e aberto a caótico em um piscar de olhos.

"Quando você vai fazer?" Henry felizmente mudou de assunto.

Essa parte já estava planejada.

"Fazer o quê?" A voz de Sloan ecoou pelos corredores. Enfiei a caixa com as alianças de volta no bolso, e nós três tentamos disfarçar. Por que de repente isso se tornou impossível, eu nunca vou saber. Ela estreitou os olhos ao nos ver, sabendo que Henry e Xander só precisavam estar lá dali a algumas horas. Nenhum dos dois estava vestido para o evento.

Ela deu mais alguns passos vagarosos até o sofá. Seu cabelo estava preso num coque elegante, como na noite de gala do ano anterior. "Hein?"

"Nada não." Henry levantou e olhou para Xander. "É melhor a gente ir."

"Você fez alguma coisa no cabelo?" Xander era notoriamente péssimo em mentir para Sloan, e sabia disso. "Ficou ótimo."

Alguns segundos depois, ouvimos a porta se fechar.

Fiquei sozinho com ela para explicar aquela interação bizarra. "O que foi que eu interrompi aqui?", ela perguntou.

"Nada. Eles só deram uma passada aqui para beber uma coisa."

Ela não acreditou. "Eu arranco a verdade de você mais tarde." Sloan suspirou, largou a bolsa na mesinha de canto, veio até mim e envolveu meu pescoço num abraço. "Sabe no que eu estava pensando hoje mais cedo? Lembra do ano passado?"

A festa de Ano-Novo da Hightower Energy era um evento que eu jamais esqueceria. Foi a noite em que tudo mudou. "Você lembra?"

Ela deu risada. Levei as mãos à sua cintura e a puxei para mais perto. "Você nunca me contou o que aconteceu." Seus olhos brilharam, e ela roçou os lábios nos meus. "Eu sei que não me comportei como uma dama."

Isso era mais do que verdade. Pensava muito naquela noite, ainda mais depois que Sloan e eu resolvemos ficar juntos. Ela não bebeu muito, mas quase não comeu. Quando entramos no carro, estava claramente embriagada.

Depois que chegamos aqui, foi um pouco difícil levá-la para o quarto de hóspedes. Ela insistia que não estava com sono. Depois reclamou que o vestido estava apertado e, em vez de ir para o quarto tirar, abriu o zíper e deixou que caísse pelo seu corpo enquanto subia a escada. Isso a deixou apenas com uma calcinha fio dental de renda e o sutiã sem alças que usava por baixo.

Eu a observei por um momento, congelado em uma incredulidade deliciosa. Se houvesse alguma dúvida de que Sloan queria o mesmo que eu, pelo menos em termos físicos, aquela noite provou isso.

Como um cavalheiro, desviei o olhar. Mas, como também não estava morto, fiz isso só depois de registrar bem o que tinha visto. Era tudo o que eu precisava para atormentar os meus sonhos durante meses.

"Seu vestido." Eu colei a testa à dela. "Você tirou enquanto estava subindo a escada."

Sloan ficou vermelha e sorriu. Pensei que ela lembrasse pelo menos em parte daquela noite. "Que dama."

"Você quase acabou comigo naquela noite", falei com uma risadinha. "Precisei de todas as minhas forças para não olhar, e ainda mais para não encostar em você."

"Posso te compensar isso?" Suas mãos passaram do meu peito para minha cintura. Seus dedos roçaram meu cinto. "Quando a gente voltar para casa hoje." Um grunhido de contrariedade escapou da minha garganta. Ainda faltava um bom tempo para a festa. "Eu não posso bagunçar meu penteado. Demorou duas horas para fazer."

"Eu pego leve."

"Não pega, não." Ela riu e se afastou, pegando a bolsa. "Além disso, a gente não pode se atrasar para a grande noite do Henry."

"Essa noite você é minha."

Ela lançou um olhar sedutor por cima do ombro. "Eu sou sempre sua."

E eu sou seu. Meus dedos batucavam a caixinha no meu bolso.

Epílogo bônus
O pedido

A imprensa estava se tornando cada vez mais um problema em Manhattan. O assédio era quase constante, sobretudo para Henry, mas Sloan andava chamando a atenção com cada vez mais frequência. Ela passou a ficar mais tempo em casa. Então sugeri um breve respiro em Paris.

"Vamos lá para o outro lado." Sloan sorriu para mim por cima do ombro, alguns passos à frente. O ar frio de fevereiro sacudia as janelas da famosa galeria dos espelhos enquanto ela a atravessava. Seu reflexo reluzia sobre o vidro antigo, sob a luz suave dos lustres, e o pôr do sol no início a fazia brilhar levemente.

Eu tinha alugado Versalhes para o dia todo, para Sloan e eu podermos fazer nossa visita sem esbarrar em outros turistas. A liberdade de circular sem ser reconhecida já estava melhorando seu estado de espírito; o peso nos seus ombros não estava mais lá, e ela passou o dia todo sorrindo. Versalhes era um de seus lugares favoritos no mundo, e a chance de passearmos sozinhos pelo castelo era o pretexto perfeito para levá-la até lá.

"Estou logo atrás", avisei, enfiando a mão no bolso e procurando nervosamente a aliança. De novo.

Planejar um pedido de casamento surpresa para qualquer pessoa era difícil, mas para Sloan parecia impossível. Ela decifrava com facilidade minhas intenções e lembrava de tudo nos mínimos detalhes. Se eu a levasse em uma viagem surpresa para Londres ou Bruxelas, ela saberia que haveria algum outro motivo, porque sabia da relevância dessas cidades para o nosso relacionamento. Versalhes, porém, era um lugar que nunca visitamos juntos, e eu estava torcendo para que ela não desconfiasse de nada.

Sempre que eu conseguia pegar Sloan de guarda baixa, ela ficava felicíssima. Era o tipo de joguinho que ela adorava perder. Eu só esperava que aquele dia saísse conforme tinha imaginado.

Primeiro, uma pergunta sobre a galeria. "Acho que nós parecemos diferentes em cada espelho", comentei, olhando para Sloan enquanto ela admirava os adornos do teto.

Então ela disse: "Sabia que esses espelhos gigantes são compostos de centenas de outros espelhos menores?". Ela se aproximou de um, apontando para uma fresta mínima no vidro. "Então, tecnicamente, estamos olhando para centenas de reflexos."

Sorri.

Sim, sabia. E tinha certeza de que ela sabia também, tanto que todo o planejamento do pedido dependia disso.

"Ah, é?", falei, vendo-a passear pelo local onde os espelhos se encontravam e se tornavam um só. "Então temos uma Sloan diferente em cada um." Dei um passo à frente e segurei sua mão. Ela olhou por cima do ombro, com as sobrancelhas erguidas. "E eu amo cada uma delas."

Ela abriu um sorriso, e eu a puxei para junto de mim. Sloan enlaçou o meu pescoço, me encarando com um brilho intrigado nos olhos que me avisou que eu não tinha muito tempo até ela me decifrar. "Marcus?"

"Sloan...", murmurei, levando as mãos à sua cintura. "Saanvi Amari."

Seu sorriso radiante se transformou numa expressão mais séria quando ela notou o meu nervosismo. Seus lábios se entreabriram, mas ela não disse nada. Meu coração disparou no peito.

"Não sei exatamente quando me apaixonei por você, mas foi definitivo assim que aconteceu. Eu passei a ser seu." Soltando-a do abraço, me ajoelhei, tirando a caixinha do bolso. Ela respirou fundo e arregalou os olhos. Eu consegui surpreendê-la, no fim das contas. "Vou passar o resto da vida tentando fazer você sentir uma fração que seja da felicidade que me proporciona, se você quiser."

Pequenas lágrimas começaram a escorrer da lateral dos seus olhos, brilhando como o cristal dos lustres acima da nossa cabeça. Ela engoliu em seco.

Segurei sua mão. "Casa comigo, Sloan."

Com os dedos trêmulos, ela assentiu. "Sim."

O alívio tomou conta de mim. Levantei do chão e a abracei, colando a minha boca à sua.

Ela me puxou para mais perto, aprofundando o beijo. Um gemido baixo escapou dos seus lábios quando puxei os cabelos para trás. Então me afastei, segurando o rosto dela. "Eu te amo."

Com o polegar limpei as lágrimas de seu rosto. Ela olhou para a caixinha ainda na minha mão. Eu tinha esquecido completamente de pôr a aliança no seu dedo.

"Por que você está com três alianças?" Ela deu uma risada misturada com um soluço.

Voltei a segurar sua mão e a virei para abraçá-la por trás, apoiando o queixo no seu ombro. Coloquei a caixinha aberta diante dela, que passou o dedo pelas três joias.

A aliança da minha mãe.

A da sua família.

E a que me deixou boquiaberto.

Meses antes, fui até a Harry Winston comprar um presente para ela. Não tinha nenhuma intenção de olhar alianças, mas uma chamou a minha atenção. Os raios de luz que se refletiam no diamante era reluzentes e vívidos; me lembrava os olhos de Sloan quando ela sorria.

Mas não estava à venda. Estava em exposição, por empréstimo de um colecionador particular. Só que eu sabia que aquela pedra impecável, de corte oval de onze quilates, seria perfeita para Sloan. Era rara. Luminosa. Quase inatingível. Consegui até imaginar a aliança no seu dedo, brilhando enquanto ela cumpria sua agenda do dia, e voltava para casa à noite.

Foi naquele momento que eu soube que precisava pedir Sloan em casamento.

Chamei a consultora de vendas e apontei a peça. Meia hora depois o dono foi contatado e convencido a abrir mão da joia. A pedra foi colocada num anel de platina e entregue a mim numa caixa.

Uma semana depois, pedi o consentimento dos pais dela, de Henry e de Xander.

Inicialmente, a ideia era usar a aliança que comprei — uma peça nova, para simbolizar a vida que construiríamos juntos. Henry podia dar o anel de casamento dos Amari para sua noiva um dia, e a aliança da minha família poderia ficar para Xander. Mas nosso passado também era parte de nós, e eu queria que ela escolhesse. Então, naquele dia Sloan poderia escolher uma, duas ou até as três se quisesse. Desde que ela fosse minha.

"Eu queria deixar você escolher", falei.

Seu dedo indicador passeou pelo anel de casamento da família Amari.

"Henry vai precisar desse em breve", ela falou, resoluta. Levantei uma sobrancelha, me perguntando se ela sabia alguma coisa que eu não. Ela deu uma piscadinha. "Confia em mim."

Assenti.

Sloan se voltou de novo para a caixinha. Seus dedos tocaram a aliança da minha mãe. Ela respirou fundo e soltou o ar bem devagar. "Um dia o Xan vai ficar bem. E, quando esse dia chegar, é a pessoa que conseguir entrar no coração dele que vai merecer a aliança da sua mãe."

"Sloan", murmurei. Quando tinha escolha, ela sempre colocava a felicidade de Henry, de Xander e a minha na frente da sua. "Escolhe qual *você* quiser."

"Eu estou fazendo isso. Quero essa." Ela pegou a aliança que eu tinha escolhido, fechou a caixa e me entregou. "Quero passar o resto da vida olhando para ela, sabendo que foi você que escolheu só para mim."

Ela estendeu a mão e pôs a aliança no dedo.

O que eu pensei naquele momento aqueceu meu coração. Estávamos vivendo o futuro que eu imaginava. Juntos.

"O resto da nossa vida parece ótimo", falei, trazendo sua boca para mais um beijo.

Epílogo expandido

SLOAN

DOIS ANOS DEPOIS...

Antes de casarmos, eu quase nunca visitava Marcus no trabalho. Um sexo ocasional sobre sua mesa era a única exceção. Uma Amari entrar no território dos Sutton parecia tabu. O que tornava o sexo ainda mais gostoso.

Só que, desde que tínhamos casado havia um tempinho, eu passava por lá com mais frequência — menos pela minha mudança de sobrenome e mais pelo fato de, com a gravidez, minha paciência ter se tornado ainda mais curta. Eu precisava de cada vez mais respiros do ambiente de trabalho ultimamente. E o escritório de Marcus ficava mais perto de casa.

"Ele está livre?" Me aproximei da porta do escritório, e seu assistente assentiu.

Distraído com o que estava lendo na tela, ele não percebeu quando entrei. Ou isso, ou queria me manter na ilusão de que a minha barriga de oito meses "mal aparecia". Marcus levantou os olhos da tela e abriu aquele sorriso. Mesmo depois de tanto tempo, meus joelhos ainda ficavam trêmulos. Ele imediatamente levantou e me fez sentar.

"Por favor, me diz que não veio andando." Seu rosto era pura preocupação. Ele pegou outra cadeira para apoiar os meus pés.

"Eu precisava tomar um ar."

Ele suspirou e me trouxe um copo d'água. Marcus passou de protetor a ditador quando soube da minha gravidez. E não era o único. Henry me tratava como se eu fosse feita de vidro. Xander, que conseguiu segurar a onda por mais tempo, começou a ficar igual ao Marcus quando entrei no último trimestre.

Essa superproteção bem-intencionada não me incomodava mais tanto quanto antes. Afinal, era motivada pelo amor.

“O que aconteceu?”, ele perguntou, se apoiando na mesa.

“Um associado me irritou.”

“Como?”

“Na verdade, nem sei.” Eu dei risada quando lembrei. Um associado veio me perguntar sobre um caso de litígio. Não era minha área, então o mandei falar com Maya Malhotra, uma associada sênior. Ela era competentíssima, além de irmã de Rohan. Não sei por que fiquei tão irritada, mas ele pareceu não gostar de eu não ter ajudado. Foi meio abusado, e não gostei disso. Inclusive, fiquei até um pouco mal por jogar aquele abacaxi para Maya descascar. “Sua filha está me enlouquecendo.”

Ele deu risada e ajoelhou ao meu lado, passando a mão na minha barriga. Nossa bebezinha chutou. “Ela pode estar pedindo para você diminuir o ritmo.”

Marcus passava a maior parte das noites tentando me convencer a tirar a licença-maternidade mais cedo. A data prevista de nascimento era em três semanas, e talvez fosse uma boa ideia, mas eu não gostava de pensar em outra pessoa fazendo meu trabalho. Além disso, estava me sentindo ótima.

“O médico disse que estou bem.”

Ele suspirou de novo. Conversávamos sobre isso quase toda noite. “Por que não tiramos o restante do dia de folga?”

Isso era outra novidade. Depois que me mudei com ele, mantivemos o hábito de cozinhar juntos certas noites. Não importava a agenda, chegávamos em casa por volta das sete. Desde o início da gravidez, ele passou a delegar cada vez mais funções e a ir à minha empresa quase todos os dias para me buscar.

Quando queria que eu diminuísse o ritmo, ele diminuía comigo.

“Os sócios seniores já conversaram.” Eu não tinha ido embora por causa de uma simples pergunta de um associado. “Quando abrir uma vaga de sócio diretor no ano que vem, estarei no páreo.”

Ele sorriu por um momento. Passei a mão pelo seu cabelo e suspirei. Seu sorriso se transformou numa expressão de quem entendia o que estava acontecendo. “Você não quer ser a CEO da firma, né?”

Era basicamente essa a função dos sócios diretores, um afastamento do trabalho de advogado. Eu estaria no comando do escritório. Tomaria decisões importantes para os rumos da firma. O impacto seria global.

Parecia horroroso. Eu adorava meu trabalho; não queria abrir mão do que fazia para virar diretora da firma. Quando via como Henry e Marcus trabalhavam, me sentia ainda mais grata por ter me desviado dessa roubada. Na verdade, eu já tinha tudo o que queria. Estava satisfeita comigo mesma. "Sem querer ofender, mas o seu trabalho é um saco."

Ele soltou uma risada grave e feliz. Nossa bebezinha chutou na barriga ao ouvi-la. "Então é só recusar."

Assenti. Era isso o que eu pretendia fazer. "Vem, vamos para casa."

Marcus puxou a cadeira que apoiava as minhas pernas e me ajudou a levantar. Passei as mãos pelo seu peito e soltei um suspiro de contentamento. Ele me deu um beijo rápido na boca.

Depois de dizer mais algumas coisas para o assistente, veio se juntar a mim no elevador.

"Saindo mais cedo de novo, Sutton?", provoquei. Ele me abraçou e beijou minha cabeça.

Depois caiu na risada. A bebê continuou chutando. "Tudo bem dar uma chance para o Henry recuperar o terreno perdido."

MARCUS

ENTÃO, DOIS ANOS MAIS TARDE...

"Não! Essaqui." Os olhos castanhos de Meera estavam voltados para os livros na prateleira mais alta. Ela ignorava prateleiras inteiras de livros para bebês na estante e apontou para um de Sloan. O que comprei para ela quando estávamos em Londres.

Durante as últimas visitas, reorganizamos a enorme estante de livros do antigo escritório dos meus pais. Passamos os diários e livros favoritos da minha mãe para as prateleiras mais altas. Sloan encheu as que Meera conseguia alcançar com livros apropriados para sua idade, mas esses nunca chamavam a sua atenção. Ela era inflexivelmente do contra, assim como a mãe.

Ela pulou e tentou pegar o livro em que estava de olho, virando para mim com um sorriso de expectativa quando não conseguiu alcançá-lo. "Papai! Levanta!"

O poder que aquela criança de dois anos tinha sobre mim era notável. Obedeci às suas ordens e a levantei para pegar o livro que ela queria.

"Amorzinho." Sentei com ela numa poltrona perto da janela. Ela parecia um clone em miniatura da mãe. "Esse é meio longo. Seu tio Xander chega daqui a pouco."

O rosto dela se iluminou. Xander a mimava até não poder mais. Ela era a primeira bebê da família, então Henry e Xander competiam pelo posto de tio favorito. Henry comprava tudo o que ela queria. Xander a deixava viver uma vida totalmente sem regras.

"Neve?", Meera perguntou quando virou para a janela. Geralmente não nevava tão no início do inverno, mas Xander adorava dizer que era capaz de mudar o tempo para ela. No ano anterior, tinha contratado a equipe de um resort de esqui para cobrir a casa de neve.

Fiz que sim com a cabeça.

No ano em que Sloan e eu ficamos noivos, decidimos passar o Natal na casa dos meus pais. Era para ser uma coisa especial e restrita àquela vez, mas acabou virando uma tradição.

Meera deu uma risadinha, pulou do meu colo e correu para fora do escritório para encontrar Sloan, que estava sentada com os pés para cima no sofá da sala de estar. Meera colocou o livro ao seu lado.

"Meera, você pegou isso?" Sloan ficou com um olhar distante no rosto por um momento enquanto passava a mão sobre a capa de couro macio.

"Ainda estamos negociando os termos." Peguei minha filha no colo e a sentei ao meu lado. Ela se inclinou para a frente de leve e esfregou a barriga de Sloan.

"Vai ser advogada." Sloan sorriu. A data prevista de nascimento era em duas semanas. Nossa ideia era ficar na cidade, considerando o estado avançado da gravidez, mas Meera nos convenceu do contrário. Ela adorava a casa, e eu não conseguia dizer não. E tinha a sensação de que seria assim com o próximo bebê também.

"Bom, então ainda bem que a Sutton Industries tem uma segunda opção." Eu me inclinei para a frente e beijei sua barriga. Felizmente, essa gravidez tinha sido sem sustos, como a primeira.

"E se ele quiser ser advogado também?"

"Por precaução, é melhor fazermos mais", sussurrei, apesar de Meera não conseguir entender o que aquilo significava. Mas ela escolheu esse exato momento para se colocar entre nós e nos afastar. Levantando o livro com uma expressão irritada em seu rostinho angelical.

Estar com Sloan e Meera me proporcionava uma serenidade que nunca senti antes, mesmo com todas as preocupações que acompanhavam a paternidade. Não importava o que eu estava fazendo, meus pensamentos estavam sempre com elas. A ansiedade para vê-las era uma agonia deliciosa.

Quando Sloan abriu o livro, o som da porta se abrindo nos interrompeu. "Meera", Henry chamou do hall de entrada. "Seu tio favorito chegou."

"E eu trouxe neve", Xander acrescentou.

Meera pulou do sofá e largou o livro que queria tanto ler.

"Seu melhor amigo está fora de controle." Eu me virei para Sloan. Xander a deixaria até saltar de paraquedas, se ela quisesse.

"Olha só quem fala, o cara que o melhor amigo comprou um estábulo cheio de cavalos." Ela deu risada. *Aquela* risada. Eu a beijei antes de levantar e ir atrás de Meera.

Playlist

"Style" — Taylor Swift
"Back to You" — Selena Gomez
"In My Head" — Jason Derulo
"Into You" — Ariana Grande
"Some Say" — Nea
"Alibi (Under the Starlight)" — Eli Rose
"No One Compares to You" — Jack & Jack
"Find You" — Nick Jonas
"Lost" — Maroon 5
"Just Friends" — Virginia to Vegas
"Me Because of You" — HRVY
"Come & Get It" — Selena Gomez
"Heart to Break" — Kim Petras
"Slow Hands" — Niall Horan
"Wave of You" — Surfaces
"Maan Meri Jaan" — King, Nick Jonas
"Nights Like This" — St. Lundi
"Million Ways" — HRVY

Agradecimentos

Para os leitores, sejam cinco, quinze, cinquenta ou quinhentos. Não sei nem dizer o quanto é importante para mim que vocês tenham passado seu precioso tempo se perdendo neste mundinho. Quando escrevi este livro, foi um trabalho por amor — e espero que tenham gostado.

Para R.S., obrigada por me dar tempo e espaço para perseguir um sonho adiado. Assumir todas as obrigações para garantir que eu tivesse tempo para escrever foi um esforço monumental, que você encarou como o homem que todos os meus personagens masculinos se esforçam para ser. Obrigada por ser todos os meus sonhos. E, por fim, obrigada por me lembrar do novo lema da minha vida: *Eu escrevo sobre pecados, não tragédias* (agradeço ao Panic! At the Disco pela inspiração).

Para Dimple, que nossa correspondência nunca seja interceptada. Mas vamos continuar a codificá-la mesmo assim, por garantia. Obrigada por me dar coragem, vivendo sua vida em seus próprios termos. Você é uma inspiração maior para mim do que imagina.

Para Jessica Rita Rampersad, você é a pessoa mais fofa que eu conheci durante esse processo. Suas ideias e sugestões foram incríveis, mas *você* é a estrela. Mal posso esperar para ver o que você vai fazer com todos os seus talentos. Você é realmente única.

Para Gabby, seu feedback me ajudou demais. Agora sei como deve ser uma colonoscopia. Obrigada por sua sinceridade brutal quando precisei.

Para Sam, você foi o primeiro a ler este livro, e seu feedback me ajudou a crescer. Isso sem contar o quanto você ajudou a moldar essa história. Obrigada por encontrar meus pontos cegos!

Para Selma, suas mensagens de voz proporcionaram alguns dos momentos mais divertidos do processo. Sloan e Marcus (e todo o elenco) não seriam quem são sem sua sinceridade e disposição para compartilhar o que pensa.

Para Joanna e Jaime, obrigada pelo trabalho incrível de edição e por amenizar meu apetite por travessões e pontos e vírgulas.

Para os leitores das cópias antecipadas, vocês deram uma chance para este livro, e para mim, quando muita gente não quis. Vocês têm um lugar especial no meu coração por isso.

Para a única pessoa que vai entender isso, marshmallows são bons, mas...

TIPOGRAFIA Adriane por Marconi Lima
DIAGRAMAÇÃO Vanessa Lima
PAPEL Pólen Natural, Suzano S.A.
IMPRESSÃO Lis Gráfica, agosto de 2025

FSC
www.fsc.org
MISTO
Papel | Apoiando o manejo florestal responsável
FSC® C112738

A marca FSC® é a garantia de que a madeira utilizada na fabricação do papel deste livro provém de florestas que foram gerenciadas de maneira ambientalmente correta, socialmente justa e economicamente viável, além de outras fontes de origem controlada.